NOUS NE NÉGLIGERONS AUCUNE PISTE

lemasque.com

LUCIEN NOUIS

NOUS NE NÉGLIGERONS AUCUNE PISTE

Couverture et conception graphique : © Louise Cand.

ISBN : 978-2-7024-5126-7

Lucien Nouis, né en 1971, est l'auteur d'études sur Rousseau, Diderot, l'*Encyclopédie* et la pensée des Lumières. Il a publié en 2013, chez Classiques Garnier, un livre intitulé *De l'infini des bibliothèques au livre unique. L'archive épurée au* XVIIIe *siècle*. *Nous ne négligerons aucune piste* est le premier volume des enquêtes du commissaire Émile Bordarier.

1

Les sourcils relevés, la tête penchée, gémissant doucement, la chienne n'était pas sûre de comprendre s'il fallait se réjouir de voir son maître lutter avec ses bottes.

— Mais oui, tu vas sortir, ma pauvre vieille !

Son mal de crâne lui arracha une grimace que lui renvoya impitoyablement le miroir de l'entrée. Il n'aimait pas se redécouvrir en épave quadragénaire, avec des poches sous les yeux grandes comme des sacs à charbon, des dents de fumeur au long cours, des joues grasses et jaunâtres, confites par les apéros à répétition.

Un déchirement passa sous son front, comme si quelqu'un y avait glissé le bord du chausse-pied en corne qu'il tenait dans sa main. Il s'efforça à nouveau de faire entrer son talon dans le cuir desséché, dur comme de l'écorce. Finalement convaincue, la chienne se mit à remuer la queue, à gratter le linoléum de ses griffes, à japper de manière obscène.

— Bon, chérie…

Il entra dans la cuisine, où sa femme, en blouse bleu ciel, les bigoudis en bataille, s'affairait à vider les restes du repas de la veille sur les emballages et les épluchures qui débordaient de la poubelle. Des os pris dans le gel d'une sauce noire, des rognures de fromage glissaient des assiettes, poussés par une fourchette.

— Bon, chérie...

Elle releva lentement la tête, ahurie.

— J'y vais... Tu finiras de faire les valises... Il faut que tout soit prêt ce soir, parce que demain...

La lèvre de sa compagne s'était infléchie en une sorte de sourire qu'il jugea cruel.

— Alors, tu ne vas pas te dégonfler, hein ? Et n'oublie pas le collier.

— Et toi, n'oublie pas les draps, les serviettes, les maillots.

— J'ai le tien et celui de Mathieu, mais je vais descendre chez Mireille en acheter un pour moi...

— Alors...

Elle ne prit pas la mouche, malgré le ton sarcastique, le glissement dubitatif du regard sur sa silhouette, le mouvement de recul esquissé, comme si elle n'arrivait pas à entrer entièrement dans son champ de vision. Elle avait ouvert le robinet et regardait l'eau bouillonner dans le faitout graisseux. À croire qu'elle avait déjà oublié sa présence et ce qu'elle lui avait demandé de faire sous peine de se tirer avec le marmot et de le laisser tout seul devant sa télévision. Il aurait pu jurer qu'elle était en train de réfléchir au genre de maillot qu'elle allait essayer. Bikini, ou une pièce ? Ce n'est pas du jeu, se dit-il, les médocs, ça insensibilise, tout l'énervement retombe sur celui qui n'en prend pas.

Dans la voiture, la chienne surexcitée se mit à tourner sur la banquette, tombant par terre, entre les sièges, remontant et posant son museau sur la vitre baissée. Il alluma la radio, choisit France Bleu et s'abandonna à la voix mélancolique d'un chanteur à l'accent du Sud. Il s'était déjà décidé pour un de ses coins habituels. Ç'aurait plus de sens, comme ça. Il prit une route étroite qui montait dans la garrigue, entre des murs de pierres sèches crêtés de figuiers de Barbarie, puis se gara à deux cents mètres d'une tour de télécommunication dont le rouge et le blanc vibraient contre le ciel.

La chienne connaissait bien l'endroit. À peine descendue, elle se mit au travail, reniflant la terre, humant l'air, pendant qu'il prenait son fusil dans le coffre de sa Kangoo, mettait sa veste de chasse, posait sa casquette porte-bonheur sur sa tignasse grise.

La chaleur montait du sol pierreux, en vibrations qui sentaient comme sent toujours la garrigue en plein été. Une odeur d'herbes aromatiques, de pizza au feu de bois. Au-dessus crépitaient les lignes à haute tension, sur lesquelles étaient enfilées quelques boules de métal censées avertir les avions et les ULM de l'obstacle, mais surtout cabossées pour avoir servi de cible à des chasseurs désœuvrés.

La chienne trottinait devant, l'arrière-train décalé, la queue dressée. Lorsqu'elle quitta le chemin, il la suivit, la respiration un peu sifflante. Au bout d'un moment, il alluma une cigarette. Il était dans une petite clairière bordée de chênes verts, au milieu de détritus électroménagers, près d'un matelas éventré, pourri, d'où tire-bouchonnaient des ressorts rouillés. Quelque part vers l'ouest, à un ou deux kilomètres, des détonations de fusils de chasse retentirent. À cause des dégâts entraînés par la prolifération des sangliers, la saison ouvrait de plus en plus tôt. Il regarda sa montre. Neuf heures. Il écrasa sa cigarette et se remit à marcher, plus lentement, les bottes un peu lourdes.

Un chasseur sachant chasser…

Sa chienne grattait un carré de terre remuée. Sans doute des sangliers à la recherche de glands.

Oui, c'était ça qu'Odette lui avait répété toute la semaine. Son argument massue.

... doit savoir chasser sans son chien qui salope tout avec sa merde et sa pisse, qui raye le lino et le parquet à coups de griffes, qui jappe au milieu de la nuit rien que pour nous faire chier, qui couvre le canapé de poils et c'est encore bibi qui doit passer l'aspirateur.

Elle n'en voulait plus, du cabot, elle en avait soupé. C'était elle ou lui. À prendre ou à laisser.

Elle s'en foutait, de son amour pour cette bête qui l'avait accompagné pendant des années dans ses chasses. Elle s'en foutait encore plus que ce soit à lui d'inventer une histoire à raconter à Mathieu. S'il avait eu plus de courage, merde, il aurait choisi de garder la chienne et d'aligner sa femme.

Il poussa un nouveau juron et mit la bête en joue. Au moment où il pressa la détente, il reconnut dans les yeux levés vers lui, dans le retroussement de la truffe noire, un air d'interrogation, de surprise, mêlé d'effroi. *Papa la prenait pour du gibier, papa était en train de commettre une terrible erreur !*

Avait-elle aboyé ? Il n'en était pas sûr.

Il posa son fusil contre un arbre et sortit de son sac une petite pelle télescopique, acquise à l'époque où ils faisaient encore du camping sauvage, avec le petit. Il se mit à creuser juste à côté du ventre rose au poil clairsemé et des pattes qui tressaillaient.

Il se sentait lâche, mais cet effort physique lui parut quand même presque héroïque par cette chaleur, avec ce mal de crâne qui s'était maintenant mué en une pulsation sourde. En récompense de ses bons et loyaux services, il lui devait bien une sorte de sépulture, à cette pauvre bête ! Dieu savait combien de poissons rouges il avait regardé tourner dans la cuvette des WC, sans que ça ne lui fasse ni chaud ni froid, parce que là ou dans un bocal, après tout, c'était du pareil au même. Mais sa chienne…

L'autre raison justifiant la transpiration qui mouillait sa casquette et lui dégoulinait maintenant sur le visage, c'était qu'il n'avait pas envie qu'un promeneur tombe sur la dépouille et qu'on lui fasse des emmerdes, genre 30 Millions d'amis.

Il avisa le collier, qu'il avait failli oublier, et retira de la masse ensanglantée le petit morceau de cuir et le médaillon sur lequel était gravé « Pipette ».

La vie est un bâton merdeux, chacun l'attrape par où il peut.

Chez lui, la proximité du néant avait toujours le pouvoir de susciter des pensées profondes.

Au moment où il se remettait au travail, sa pelle souleva quelque chose de mou. Couvert de flocons noirs, comme un morceau de viande oublié sur le gril. Un bras. Et au bout du bras, une main. Elle tenait une poignée de terre.

2

Le commissaire Émile Bordarier arriva en tâtonnant jusqu'au fond d'un couloir obscur, où il finit par trouver les toilettes, puis le commutateur. Sous le grésillement hésitant d'un néon de faible intensité, le petit coin lui parut à peu près assorti à la salle de restaurant vétuste et crasseuse où il venait de déguster une exceptionnelle gardiane de taureau en compagnie de sa nouvelle collègue, Vera Cordelle. Étouffant malgré le minuscule aérateur à ailettes qui grinçait dans le mur bleu sale, il se vida la vessie dans la cuvette stagnante, tout en se regardant dans un miroir curieusement placé. La lumière n'était pas très flatteuse, mais ça ne suffisait pas à expliquer les cernes brunâtres qui empiétaient sur ses joues. Il était temps de prendre des vacances, de se mettre au vert et à l'eau gazeuse. Il s'essuya les mains après avoir tenté sans succès de faire mousser un morceau de savon veiné de noir abandonné sur le bord du lavabo, puis tira son portable de sa poche. Depuis plusieurs jours, il cherchait à joindre sa fille et commençait à s'inquiéter de ne pas avoir de nouvelles. Cette fois encore, elle ne décrocha pas.

Cordelle avait commencé à taquiner une île flottante aux pralines roses du bout de sa cuillère. C'était la première fois qu'il l'invitait à déjeuner, après trois mois d'observation curieuse où il n'avait pas osé se rapprocher de cette rouquine de quarante ans, dynamique et redoutablement intelligente.

À son arrivée, début juin, un courant électrique était passé dans les bureaux du commissariat, qui n'avait pas encore diminué d'intensité. Il suffisait qu'elle fasse un pas dans une pièce ou que le bruit de ses talons résonne dans un couloir pour que les visages les plus prématurément marqués par le cynisme, l'abus d'alcool et la tabagie s'éclairent de sourires ravis. Le plus frappant était que même les sévèrement dépressifs, ceux qui n'emportaient jamais leur arme de service à la maison, s'efforçaient maintenant de plaisanter en sa présence. Bordarier se dit en la regardant que s'il était vrai que le sex-appeal se nourrit toujours de mystère, il n'était pas étonnant que le sien s'approche des sommets. On ne savait presque rien d'elle. Son lieu de naissance indiquait un bled en Sibérie. Il avait cru comprendre qu'elle était arrivée en France à l'adolescence. Des études poussées. Droit. Psychologie. Puis la police. Certaines personnes se prétendant mieux informées que d'autres laissaient entendre qu'elle avait fait partie d'une équipe chargée d'infiltrer les milieux russes du proxénétisme, puis qu'elle avait dû reprendre son identité et changer d'air en urgence. Ce qui entretenait les rumeurs était que la hiérarchie, pour une fois, s'était montrée étonnamment discrète. Tout commissaire qu'il était, Bordarier n'en savait pas plus que les autres. Et puis Cordelle, aimable mais distante, ne lâchait rien sur ses anciens états de service. On avait quand même fini par comprendre qu'elle avait une passion pour les chiens, dont elle et son compagnon marocain avaient commencé à faire l'élevage depuis qu'ils s'étaient installés dans une grande maison en périphérie de Nîmes.

Ce fut donc Bordarier qui s'ouvrit et partagea ses soucis, tout en faisant rapidement disparaître un soufflé au cédrat.

Cordelle le regardait droit dans les yeux.

— Et c'est déjà arrivé qu'elle s'absente comme ça, sans donner de nouvelles pendant plusieurs semaines ?

— L'année dernière. Elle est partie en Espagne pendant trois mois. Pas un seul coup de fil, pas la moindre carte postale…

— Et la maman ?

Bordarier croisa les bras et s'appuya sur le dossier de sa chaise.

— Elles ne se voient pas beaucoup.

— Vous en voulez ? C'est bon mais c'est vraiment trop.

Elle poussa son dessert vers lui en lui faisant signe de se servir. Incapable de résister, le commissaire cueillit une praline avec sa cuillère à café. Il était sur le point d'y revenir lorsque son portable se mit à vibrer. La tête chauve de Tristan Genet s'était affichée sur l'écran. C'était son adresse, ce restaurant, à Genet, une de ses trouvailles qu'il préférait garder secrètes, mais qu'il avait partagée avec Bordarier lorsque celui-ci, un récent soir de confidence irrigué par trois excellentes bouteilles de clairette-de-bellegarde, lui avait parlé d'un souvenir ancien qui lui était revenu récemment.

— J'ai repensé à ce que vous m'avez dit, l'autre jour… J'espère que vous n'avez pas été déçu. C'est toujours risqué de chercher à retrouver le passé. On ne trempe jamais son pain deux fois dans la même sauce.

Qu'est-ce qui avait délogé du labyrinthe de sa mémoire le fumet d'une gardiane préparée un dimanche d'août 1975, quelques jours après la mort de son père ? Mystère. Mais il avait tout à coup eu envie de retrouver la saveur de cette viande de taureau que sa mère, encore vêtue de noir, avait mise à mariner toute une nuit avec du vin, de l'écorce d'orange séchée, du thym, du laurier, dans une cocotte en terre cuite, puis roussie à la poêle dans de l'huile d'olive, avant de la faire mijoter jusqu'à ce que la lumière blanche du jour ait fait place au rose du soir. La couleur du deuil, le cercueil posé dans la chambre, le corps emporté, les pleurs, tout cela s'était mêlé à la chair de ce taureau de combat mort dans les arènes de Nîmes. Le sang qu'il avait imaginé sortant du museau de l'animal ressemblait à celui de son père, qui avait éclaboussé la tapisserie de la chambre et qu'une voisine, au lendemain du drame, avait vaillamment épongé pour eux. Le repas avait été comme une deuxième et étrange cérémonie funéraire, douce et réconfortante.

— Vous appelez pour quoi ?

— Et Cordelle, elle a pris quoi ? La gardiane aussi ? Au fait, vous avez pu lui tirer les vers du nez ? Elle a parlé des Russes ?

— Non.

— Dommage. Ah oui ! Je vous appelais pour vous dire qu'un chasseur a découvert un corps dans la garrigue, pas loin de la quatre-voies, près du terrain militaire. La victime n'est pas encore identifiée. Une femme, probablement. Chögyam est déjà sur place.

Bordarier regretta d'avoir presque vidé la bouteille de saint-chinian à lui tout seul. À sa décharge, il fallait admettre qu'il n'avait pas du tout prévu de retourner au commissariat après déjeuner, mais de prendre l'après-midi pour partir à la recherche de Marion.

Résigné, il nota l'adresse que lui donna l'inspecteur, puis fit signe à un jeune boutonneux un peu hébété, manifestement trop frais sorti d'une école hôtelière, de lui apporter deux cafés, un armagnac et l'addition.

3

Le commissaire manœuvra prudemment son Autobianchi Primula Coupé S sur une route de terre creusée d'ornières. Il ne tenait pas du tout à ce qu'un branchage ou une pierre vienne rayer le jaune moutarde récemment refait de sa carrosserie. Tant qu'ils avaient roulé toutes fenêtres ouvertes, la température lui avait paru presque supportable. Mais maintenant, c'était comme s'ils avaient été engloutis dans la gueule d'un four. Il maudit en silence le vent tout droit venu du Sahara qui cuisait depuis deux jours la région nîmoise, accablant tous les êtres vivants à l'exception des cigales, dont l'orchestre invisible saluait le soleil et donnait voix aux lauriers-tins, aux pins d'Alep, aux arbousiers, aux genévriers, aux ajoncs et aux pistachiers.

Il essuya son front et ses joues du revers de sa manche, un peu gêné de constater qu'au contraire de la sienne, la peau de Cordelle était restée parfaitement sèche. Au loin se profila la silhouette imposante de Chögyam Namgyel. Du haut d'un tertre rocheux auquel il donnait l'apparence d'un Himalaya miniature, il leur faisait signe de le rejoindre.

Dès le moment où Cordelle était arrivée dans le commissariat, ces deux-là s'étaient entendus comme larrons en foire. Était-ce parce que chacun avait reconnu en l'autre un émigrant, un exilé ? Au fil du temps, le commissaire avait fini par reconstituer le parcours étonnant de Namgyel. Né en Inde de parents tibétains qui avaient fui l'invasion chinoise, il avait été confié aux moines d'un monastère bouddhiste. À Dharamsala, on l'avait remarqué pour ses qualités athlétiques et son goût pour la bagarre. Après un entraînement rigoureux aux arts martiaux, le moinillon était devenu membre de la sécurité pour plusieurs monastères et garde du corps lors des déplacements des grands lamas. Une rupture radicale était intervenue au milieu des années 1990. Pour suivre la trace d'une belle Norvégienne, Namgyel avait fait le trajet inverse des hippies des décennies précédentes et avait échoué en France après un essai avorté d'acclimatation aux glaces scandinaves. Se trouvant bien dans le Midi, il s'était naturellement tourné vers le métier le plus proche de celui qui était le sien au monastère. Il avait ainsi passé une grande partie de sa carrière dans la police sous le nom du « Chinois », avant que celui-ci ne tombe finalement en désuétude avec l'arrivée de nouvelles générations de policiers éduquées au politiquement correct.

Bordarier pressa le pas pour rattraper les longues boucles de Cordelle qui se balançaient à quelques mètres devant lui. Observant ses efforts avec un petit rire des paupières, Namgyel attendit qu'il les ait rejoints, puis entreprit de les mettre à la page tout en les guidant vers la scène de crime.

— C'est une femme, mais pour l'instant on ne peut pas dire grand-chose de plus. Le visage est inexistant et il y a une crémation partielle. On a pu relever des empreintes de pneu. Elles ont dû être faites après l'orage de la nuit de samedi à dimanche. Depuis, bien sûr, avec la canicule, tout a séché.

Arrivés en haut du chemin, ils firent le tour du périmètre délimité par des bandes jaunes. Des techniciens de la Scientifique, en combinaisons blanches, surchaussures, charlottes et masques, s'activaient autour du corps qui gisait au milieu d'une petite clairière. Une femme, effectivement. Menue, sans doute jeune. De son visage, il ne restait qu'un trou grimaçant, son crâne comme une boîte vide, une caverne.

Bordarier eut un haut-le-cœur. Les gésiers confits de l'entrée, la portion généreuse de taureau, le riz, les desserts, le vin, l'armagnac et le café commençaient à s'agiter dans son estomac.

— Et ça ?

Il montra une boule de poils jaunes ensanglantée, jetée sur le côté, d'où sortaient quatre pattes raides comme des allumettes plantées dans une patate.

Namgyel attira leur attention sur un homme en veste de chasse qui était assis à l'ombre d'un chêne vert. Il tirait sur un mégot et les regardait d'un air mauvais.

— Feu le chien de M. Albert Ravaud. C'est lui qui a donné l'alerte. Apparemment, il était venu ici pour s'en débarrasser d'un coup de fusil... Il a découvert trop tard qu'on lui avait piqué son coin...

Sur le visage de Cordelle, les taches de rousseur se découpèrent avec de plus en plus de précision, comme par un étrange effet de réticulation. L'image qui vint spontanément à l'esprit de Bordarier fut celle d'une pieuvre hypnotisant sa proie. Elle qui vivait avec une meute, qui pouvait s'arrêter net dans la rue pour se faire lécher les mains et le visage par un toutou, que ne ferait-elle pas à un homme capable de tirer sur son chien ?

— Mais puisque je vous dis qu'il était vieux et malade ! Vous n'avez qu'à l'autopsier !

Comme perforé par le regard aigu et froid de Cordelle, le bonhomme se tortillait d'angoisse. Sa voix graillonnait, il avait l'écume aux lèvres, son cou se divisait en deux pans gélatineux et tremblotants.

— Vous allez me garder longtemps ? J'ai une location à Palavas qui commence demain, moi... Ma femme et mon fils m'attendent pour faire les valises !

Scénario terriblement banal, crut comprendre Bordarier. Comme des dizaines de milliers de Français à l'approche des vacances, par ailleurs assez bons citoyens et bons voisins, ce monsieur avait décidé de se débarrasser de son animal de compagnie. Sauf qu'au lieu de l'abandonner sur un bas-côté, en forêt ou sur une aire d'autoroute, comme la plupart, il avait imaginé pouvoir régler le problème une bonne fois pour toutes. Il fallait au moins reconnaître une certaine logique à cette démarche jusqu'au-boutiste, grâce à laquelle il ne risquait pas de se trouver au nombre des infortunés propriétaires de chiens et de chats particulièrement collants qui réussissaient à retrouver la trace de leurs maîtres en traversant d'incroyables distances. Et, encore plus incroyablement, sans en concevoir la moindre rancune.

Comme Cordelle donnait l'impression de vouloir se faire l'instrument d'une justice furieuse et implacable, le commissaire jugea bon de faire une tentative pour détendre l'atmosphère.

— Vous connaissez cette chanson ? « *J'prends mon vélo, mon tricot, mes sabots, mon cageot, mon piano, mon lasso, et je me casse à Palavas. J'prends ma paillote, ma calotte, ma capote, ma culotte, ma menotte, ma cocotte, et je me casse à Palavas...* »

Cordelle le regarda, surprise. C'était gagné. La pieuvre, distraite, n'allait pas frapper.

Un sourire de fin connaisseur était apparu à l'extrémité supérieure du 1,98 mètre qui constituait l'enveloppe terrestre de Namgyel. Grâce à un prêt du commissaire, avec qui il aimait échanger autour de la chanson française, lui aussi était possesseur d'une cassette où figurait le tube antédiluvien.

Bordarier se tourna vers le chasseur.

— Vous ne voyez pas ?

L'autre hocha la tête, l'œil plus alerte, comme s'il avait entrevu la possibilité d'échapper miraculeusement au coup de guignon qui lui était tombé dessus. À croire qu'il espérait une récompense, comme à la radio.

— C'est « Je me casse à Palavas », de Marc Charlan.

— Bravo ! Alors, pourquoi ne pas le prendre avec vous, votre chien, à Palavas ? Nos amis de la race canine ont aussi besoin de vacances, vous savez !

— Oh pétard ! Vous n'allez quand même pas en faire des tonnes, non ?

Cordelle, pendant ce temps, s'était ressaisie.

— Tenez, je vais vous chanter une autre chanson. C'est dans le Code pénal : *Article R655-1. Le fait, sans nécessité, publiquement ou non, de donner volontairement la mort à un animal domestique ou apprivoisé ou tenu en captivité est puni de l'amende prévue pour les contraventions de la 5e classe...* Vous voulez savoir combien ça fait ?

— Mais merde, alors ! Vous déconnez ou quoi ?

— De 750 à 1 500 €. Et notez bien, monsieur Ravaud, que le montant peut être porté à 3 000 € en cas de récidive.

— Commissaire, commissaire !

Un policier arrivait au trot. Observant ses joues pourpres et sa sudation niagaresque, Bordarier se dit qu'il devait être porteur d'une nouvelle plutôt importante pour continuer à se mouvoir le long du chemin caillouteux alors que tous les indicateurs physiologiques lui criaient manifestement de s'arrêter et de chercher l'ombre. Le messager subclaquant s'immobilisa les mains sur les genoux, à peine capable de parler.

— Deux témoins... ils habitent une caravane au bout du chemin...

S'épongeant le front après trois cents mètres de marche en plein cagnard, Bordarier considéra d'abord le terrain clôturé de fil de fer où trois chevaux anorexiques broutaient des herbes jaunes d'allure coriace, puis la caravane années 1980, retapée par endroits à la résine époxy et en partie bâchée pour améliorer une étanchéité qui devait de toute façon rester déficiente, vu l'état des fenêtres. Il finit par poser son regard sur les deux drôles d'oiseaux qu'étaient les hôtes de ces lieux. Les cheveux décolorés rassemblés en un énorme chignon de dreads qui ressemblait au bout effiloché d'un câble de marine, un gilet ouvert sur une poitrine hâlée tatouée d'un trois-mâts, en short, un jeune affublé d'un bouc de pirate était assis sur la première marche de son abri nomade. À côté de lui, une fille en pantalon bouffant, chemise terre et épinard garantie 100 % chanvre, l'arcade sourcilière gauche percée de petits anneaux, la droite marquée d'une cicatrice sur laquelle les pilosités n'avaient pas repoussé, des poches sous les yeux, fumait nerveusement une cigarette ventrue qui menaçait de craquer par le milieu. Bordarier pensa à sa propre fille. Il n'aurait pas été surpris de la trouver là un jour, dans l'odeur de purin, sans eau courante. Malgré l'impression désagréable qui résultait de cette vision, il ne put s'empêcher de les trouver sympathiques, ces deux marginaux qui s'étaient posés en bordure de ville comme sur une île déserte.

Sylvain Meunier et Magalie Lautard. Apparemment pas trop d'ennuis avec la police. Six jours auparavant, le dimanche, juste après l'orage, ils avaient été réveillés par un bruit de moteur, vers 4 heures du matin, qui avait effrayé les chevaux. Sortis de leur caravane pour voir qui c'était, ils avaient eu le temps de relever le numéro d'une fourgonnette blanche.

— On a déjà essayé de nous voler les chevaux, alors depuis, on se méfie…

Bordarier regarda le bout de papier froissé que la fille lui avait tendu. L'écriture était tremblante, malhabile, mais le numéro bien lisible.

Son téléphone sonna.

C'était le procureur, François Sarriette, qui commençait à perdre sa voix, comme à chaque fois qu'une affaire grave se présentait à lui. En général, ça commençait par un léger enrouement, puis les consonnes se mettaient à accrocher, les voyelles à s'assourdir, jusqu'à ce que de decrescendo en decrescendo une quasi-aphonie se déclenche juste la veille du jour de la conférence de presse destinée à tenir le public au courant des progrès de l'enquête. Faisant face aux caméras et à une forêt de micros avec des yeux ronds, Sarriette murmurait des explications confuses que les journalistes tentaient désespérément de clarifier, transformant ce qui aurait dû être une simple séance d'information en une humiliation publique. Bordarier lui décrivit la scène de crime en détail, l'imaginant le front déjà soucieux, une pâleur naissante sur ses joues rebondies, triturant nerveusement les branches de ses lunettes ultralégères qui lui compressaient les tempes. Sa voix lui parvenait maintenant comme du fond d'un très, très long couloir.

— Il va donc falloir ouvrir une enquête criminelle…

— Je le crains fort, monsieur le procureur.

— Bon… Bien… Alors, je saisis le juge d'instruction… Oui, je crois que ce sera Stern, et puis, ma foi, nous verrons, nous verrons…

Aussitôt qu'il eut raccroché, le commissaire appela Tristan Genet pour qu'il lance une recherche sur le numéro de la plaque d'immatriculation. La réponse arriva en moins de dix minutes. Le vol de la camionnette avait été déclaré aux gendarmes par ses propriétaires six jours plus tôt. Dimanche, justement. Ils habitaient une maison isolée dans un coin des Cévennes, à peine à une heure de route.

4

Surpris et troublé, David Brioux eut du mal à comprendre que cette visite inattendue concernait le vol de son utilitaire, mais finit par inviter Bordarier, Cordelle et Namgyel à pénétrer à l'intérieur de sa maison. Avec sa chemise oxford, son bermuda qui laissait voir des jambes maigres, son regard un peu perdu derrière l'épaisseur trouble de ses lunettes, sa brosse années 1950, il n'avait pas a priori le profil du tueur. Bordarier reconnut même dans sa voix le petit tremblement de ceux qui n'ont pas l'habitude d'avoir affaire à la police.

— Je vais appeler Michel, il est dans le jardin. En attendant, faites comme chez vous. Je peux vous proposer des rafraîchissements, une citronnade ?

Ils n'étaient pas contre. Ils se partagèrent un canapé club assez marqué pour avoir du caractère, mais pas suffisamment pour suggérer une véritable usure. Sur la table basse en verre et armature tubulaire étaient disposés des magazines de décoration d'intérieur, d'architecture et de jardinage.

Après quelques bruits de portes qu'on ouvre et ferme, les murmures assourdis d'une discussion, des pas dans des escaliers, Brioux réapparut avec un plateau chargé de cinq verres remplis de glaçons et d'un pichet d'eau citronnée où flottaient des rondelles de concombre. Immédiatement derrière lui se trouvait un homme, nettement plus jeune, qui enleva ses gants de jardinage pour leur serrer la main.

— Michel Carcel. Alors, vous l'avez finalement retrouvé, notre utilitaire ? J'espère qu'il n'a pas servi pour un rodéo…

— Nous n'en sommes pas encore là, malheureusement, on sait juste pour l'instant qu'il a été vu près de Nîmes.

— Si loin ? Et vous savez qui c'est qui nous l'a piqué ?

— C'est précisément ce qui nous intéresse. On voudrait vérifier quelques détails avec vous, à commencer par la date et l'heure auxquelles le vol a eu lieu.

— La dernière fois qu'on a utilisé le Renault Trafic, c'était jeudi dernier, mais ce n'est que dimanche qu'on s'est aperçu qu'il avait disparu. On ne s'en servait pas tous les jours, vous savez, et comme on n'a pas la place pour le garer devant la maison, on avait l'habitude de le laisser un peu plus haut au bord de la route.

— Vous avez un autre véhicule ?

— Une Range Rover. Celle-là, on la gare ici.

Bordarier prit une gorgée du liquide trouble qu'on lui avait servi. C'était corrosif et amer. Il se demanda qui pouvait avoir imaginé de marier l'acidité des citrons avec cette infecte macération de légumes. Ça lui rappela les sandwichs de mie de pain détrempés par de pâles rondelles vertes qu'il avait ingérés lors d'un séjour maussade en Angleterre. Il fut surpris de voir que Cordelle buvait ça sans broncher. Tournant la tête dans l'espoir d'échanger un regard significatif avec Namgyel, il constata avec un léger effroi que lui aussi paraissait apprécier.

Brioux, en revanche, prit un air désolé.

— Vous n'aimez pas ? Vous préférez une bière, un pastis, un Aperol, une Suze ?

Ce genre de déclinaison laissait entendre que Brioux avait compris à qui il avait affaire, mais Bordarier ne prit pas la mouche. Pourquoi le nier ? C'était un fait qu'il aurait préféré l'une ou l'autre de ces options, ou même les quatre, quoique l'Aperol n'était pas vraiment son truc. Se rappelant cependant qu'il était en service, il se fit violence et refusa d'un geste évasif. Pour finir d'éloigner la tentation, il décida d'abréger les préliminaires et d'entrer dans le vif du sujet.

— Vous ne vous demandez pas pourquoi la PJ s'intéresse à votre utilitaire ?

— C'est vrai que nous, jusqu'ici, on n'a vu que les gendarmes... Et encore...

— Nous avons des raisons de penser qu'il a pu être utilisé dans un recel de cadavre.

Sa bombe lâchée, Bordarier observa ses hôtes. Ils eurent un mouvement de recul, comme s'ils s'attendaient à se voir immédiatement passer les menottes et embarquer en garde à vue. Leur effarement était plutôt instinctif, spontané, ils semblaient réellement tomber des nues.

— Un recel de cadavre ! Mais qu'est-ce que c'est ?

— C'est quand on essaie de faire disparaître un corps.

Namgyel se pencha en avant pour prendre la parole, ce qui permit à Bordarier d'observer son crâne rasé, qui formait des bourrelets de peau sur sa nuque. Il était sûr qu'il était en train de sourire, mais de ce sourire un peu flottant qui pouvait soit mettre en confiance, soit mettre franchement mal à l'aise, ça dépendait du contexte et de l'état psychique de la personne à laquelle il s'adressait.

— Vous déclarez le vol de votre véhicule dimanche dernier, à 18 heures, nous avons deux témoins qui le situent sur les lieux de la découverte d'un cadavre, dans la nuit de samedi à dimanche, avant que les gendarmes se soient déplacés pour constater le vol. Vous vous souvenez d'où vous vous trouviez à ce moment-là ?

Brioux avait pâli. Michel Carcel s'était redressé, tendu, sur son fauteuil. Par un phénomène acoustique curieux, qui pouvait tenir à une configuration interne digne de chatouiller la curiosité d'un ORL aussi bien qu'à un long entraînement des cordes vocales aux chants tibétains, Namgyel était capable d'aller chercher des graves très profond dans sa poitrine. Ses remarques les plus anodines en devenaient lourdes d'implications, comme si leur sens immédiat en cachait un autre, occulte, menaçant. Bref, il pouvait faire assez peur. Bordarier n'osait pas imaginer ce que ça avait pu donner à l'époque où il avait fait la police dans les monastères, lorsque ses interventions étaient appuyées d'un bâton plus grand qu'un homme.

Ayant avalé sa salive avec difficulté, Carcel parvint quand même à retrouver sa voix.

— Samedi dernier, euh, c'est facile, il y a eu une grande réception à la clinique des Magnaneries, chez le docteur Rancière. On est arrivés vers 19 heures et repartis vers 2 heures du matin.

Cordelle fronça les sourcils.

— Rancière ? C'est qui ça ?

Son accent russe avait un instant pris le dessus, volontairement ou non, impossible de le savoir, mais ce qui était sûr, c'était que le « r » roulé avait un peu entamé l'impression d'importance qu'on avait sentie lorsque le même nom avait été prononcé par Carcel. Bordarier se dit avec satisfaction que son équipe était capable d'avoir un effet plutôt déstabilisant. Pour la plupart des gens, la police pouvait à la limite inclure un petit contingent d'immigrants issus des anciennes colonies de la Grande Nation… Mais des Russes et des Chinois ? Enfin, pour être plus précis, corrigea mentalement Bordarier, Namgyel était un descendant de la diaspora tibétaine, né en Inde, il ne fallait pas tout confondre.

— Le directeur de la clinique, au-dessus du village de Saint-Sauveur-du-Merlet. On se voit souvent, parce qu'on fait partie d'un think tank pour le développement de la commune.

— Vous y êtes allés en Range Rover ?

— C'est plus pratique pour ce genre de déplacement. L'utilitaire, c'est pour quand on a des choses à transporter.

— Comme quoi ?

— Jeudi, justement, on avait des ruches à déplacer pour un ami. Vous savez, on a bien une petite idée de qui pourrait nous l'avoir volé. Il y a ces marginaux qui n'arrêtent pas de faire parler d'eux. Ils sont en guerre contre la mairie et contre tous ceux qui veulent dynamiser la commune. Ils auraient pu chercher à nous nuire. Ils ont illégalement installé une yourte sur un terrain municipal, impossible de les faire dégager.

Brioux enleva ses lunettes pour renchérir. Elles s'étaient peut-être embuées d'émotion.

— De toute façon, même s'ils partaient du terrain, on les aurait encore sur le dos. Avec les aides qu'ils reçoivent, le RSA, ils peuvent s'offrir une petite location, à moins qu'ils se trouvent carrément un squat…

Bon, se dit Bordarier, ce sont toujours les mêmes à qui on essaie de faire porter le chapeau.

— Si ça ne vous gêne pas, on aimerait voir l'endroit où vous gariez votre véhicule.

C'était dans l'élargissement d'un virage en épingle à cheveux, à cinquante mètres au-dessus de la maison. Il y avait des empreintes de pneu dans la terre, que Cordelle photographia avec le nouveau Canon dont le commissariat avait enfin été doté. En revenant sur leurs pas, les policiers découvrirent une vue plongeante sur le jardin. Deux larges terrasses, tenues par des murs de pierres sèches. La pousse était vigoureuse. Des parterres et des buissons de fleurs s'ouvraient en corolles multicolores. Une vigne touffue montait pour former un berceau et des rosiers s'enroulaient sur une treille. Un de ces jardins que seule peut produire une vraie passion, pensa Bordarier.

5

Les mains sur le volant, agréablement surpris par la vaillance avec laquelle les 1 300 centimètres cubes et les 75 chevaux de la Primula négociaient ces routes de montagne, le commissaire observait Cordelle du coin de l'œil. Elle était en train de prendre des notes dans le gros carnet qu'elle transportait toujours avec elle. Il se demandait depuis trois mois ce qu'elle pouvait y consigner, surtout depuis qu'il s'était aperçu que son incapacité à saisir quoi que ce soit de ses pattes de mouche n'était pas la conséquence d'une aggravation soudaine de sa presbytie, comme il avait pu le croire un moment, mais du fait qu'elle écrivait en cyrillique. Ce qui était sûr, c'était qu'elle ne s'en servait pas toujours dans le cadre d'une enquête. Il la voyait parfois sortir son stylo pendant sa pause-café, lever de temps à autre les yeux vers le plafond d'un air méditatif. Et si c'était de la poésie ? Elle dut sentir son regard, parce qu'elle referma le carnet et se tourna vers lui.

— Il va falloir vérifier l'alibi auprès des invités de ce bonhomme, ce Rancière…

Bordarier ne put s'empêcher de hausser les épaules, certain qu'il serait en béton. Mais elle avait raison, le protocole d'enquête était ce qui devait suppléer l'instinct, souvent trompeur, surtout pour ceux qui s'en pensaient dotés plus que d'autres.

Ils trouvèrent facilement le chemin de Saint-Sauveur-du-Merlet, le village le plus proche, où ils se garèrent sur la place principale. Bientôt installé à la terrasse du Globe, Bordarier put s'éponger le front avec une serviette en papier et adresser un remerciement silencieux aux platanes, dont l'ombre tombait sur lui comme une bénédiction liquide et fraîche, ainsi qu'au serveur qui lui avait apporté un demi perlé de condensation. Les paupières mi-closes, Namgyel paraissait entièrement absorbé dans la contemplation de sa tasse de café. Quand il était comme ça, on ne savait pas s'il était en train de méditer ou de s'endormir, ou de suivre les mouvements de quelque chose de minuscule et de très intéressant à quelques centimètres de ses yeux.

Le portable de Cordelle sonna avant qu'elle ait pu toucher à son Perrier. Il l'entendit expliquer à son mari qu'elle était sur un homicide et qu'elle était incapable de lui donner l'heure à laquelle elle allait pouvoir rentrer. Puis la conversation porta sur l'état de santé d'un chien qui avait mangé quelque chose qu'il n'aurait pas dû.

— Qu'est-ce que tu veux que je te dise, tu lui donnes un vomitif ! J'aimerais quand même savoir comment tu as fait pour laisser traîner cette saloperie dans l'enclos ?

À partir de là, une dispute commença, qui ne mit pas longtemps à prendre de l'ampleur. Namgyel resta parfaitement impassible, comme entièrement ailleurs, mais le commissaire ne put s'empêcher de dévisager plusieurs fois sa coéquipière avec fascination, se demandant à quoi pouvait bien ressembler le quotidien avec cette femme au caractère trempé, en qui affleurait un fond de rudesse qu'il ne pouvait que qualifier de sibérienne. Il décida que ce serait de toute façon mieux que de rentrer chaque soir dans une maison vide, ce qui lui arrivait la plupart du temps depuis son divorce. Excepté, bien sûr, quand Benedetta faisait le voyage de Paris.

Elle finit par raccrocher en poussant un grognement d'exaspération.

— Si ce chien crève, il va m'entendre.

— C'est dur à cuire, un chien, vous savez. Faut pas tout de suite imaginer le pire.

— C'est toujours le pire qui arrive, avec moi, commissaire, alors difficile de ne pas l'imaginer...

Il était rare que Cordelle fasse référence à sa vie privée. Si Genet avait été là, il aurait donné un coup de coude au commissaire pour l'encourager à s'engouffrer dans la brèche. Il n'en fit rien, certain que tout se serait refermé au moindre signe de curiosité. Ce qu'il n'avait pas vu venir c'était que Namgyel sortirait de la contemplation de sa tasse de café pour poser une main réconfortante sur l'épaule de Cordelle, comme s'il avait parfaitement saisi ce à quoi elle faisait allusion. Si jamais la machine à ragots qu'était Genet apprenait ça, Namgyel ne connaîtrait plus la paix pendant des semaines.

Les blessures secrètes de sa coéquipière renvoyèrent Bordarier aux siennes. C'était justement dans ce village qu'il était venu plusieurs fois en vacances, à l'époque où il avait tenté de sauver son couple d'une érosion dont les causes ne lui étaient pas apparues très clairement. Ç'avait peut-être été le travail qui l'appelait la nuit, la petite qui pleurait, l'appartement miteux, à Nîmes, qu'ils avaient détesté dès le premier jour mais qu'ils n'avaient jamais eu la force de quitter. Des choses, pourtant, dont il se disait encore maintenant qu'ils auraient pu les supporter, avec un peu de bonne volonté. Ces montagnes et ce village n'avaient été l'occasion que de quelques courts répits avant que tout ne finisse par se défaire, mais il y restait attaché, comme à quelque chose sur quoi il avait beaucoup misé et qui continuait à compter, même dans l'échec. Il eut soudain envie d'y rester, dans ce village qui lui tombait dessus. De toute façon, il y aurait à faire, ici, au moins pendant deux ou trois jours. Vérifier l'emploi du temps de ceux à qui ils venaient de rendre visite, interviewer des témoins éventuels, prendre contact avec les gendarmes pour vérifier l'avancement de leur enquête sur le vol de l'utilitaire, en apprendre plus sur les marginaux qui semblaient s'être mis à dos une partie du village. Deux ou trois jours durant lesquels, finalement, il préférerait travailler seul.

— Plutôt que de rentrer avec vous, je vais rester ici pour chercher des témoins, voir s'il n'y a pas eu de disparition signalée.

Il fouilla dans sa poche et posa ses clés de voiture à côté du Perrier de Cordelle. C'était un choix délibéré. Il savait que Namgyel était plutôt du genre à froisser de la tôle. À sa décharge, il était vrai que la voiture était arrivée relativement tard dans sa vie, après des années de voyages à bord de camions brinquebalants où il fallait s'en remettre aux divinités peintes en couleurs vives sur la carrosserie, un panthéon sans doute assez inclusif mais qui au mieux ne faisait que la moitié de son travail.

— Vous en êtes sûr ?

— Mais oui, prenez ma voiture, je descendrai à l'hôtel et je prendrai un bus demain, il y en a deux par jour au moins en cette saison. Vous ferez attention…

Avec son sourire en coin, elle devait se dire que son attachement pour la Primula était une bizarrerie de plus à ajouter à une liste qui commençait à devenir assez longue. Il sentit qu'elle allait le chambrer un peu et ne fut pas déçu.

— J'ai conduit des tacots bien pires en Russie, ne vous inquiétez pas.

— Dites, c'est pas une Lada, ma Primula !

Il regarda Namgyel et Cordelle s'éloigner. Lui, grand, la nuque droite, qui menait la marche d'un pas ample et souple de moine athlétique, elle en retrait, les épaules tendues, un peu hautes, comme si elle avait trop longtemps combattu des vents contraires.

Lorsque la voiture eut disparu à l'autre bout du pont, Bordarier se carra dans sa chaise en fer et se mit à observer la place, presque déserte à cette heure.

Le grincement d'une porte attira son attention. De la maison adjacente au bar, un carlin sortit la tête, hésita dans l'entrebâillement, releva le museau comme pour s'assurer que l'intention de la personne, invisible, qui tenait la poignée, était bien de le laisser sortir. Encouragé par la poussée ferme d'un chausson rose à pompon, l'animal trottina jusqu'au platane le plus proche, qu'il renifla d'abord, puis marqua d'un bref jet d'urine.

Alors qu'il était sur le point de s'en retourner vers la porte entrouverte, quelque chose, une idée peut-être, l'interrompit.

Bordarier n'était pas certain que ses énormes pupilles noires, cerclées d'un mince liseré clair, puissent pratiquer le parallélisme, mais l'animal parvint à les diriger à peu près dans la direction du pont à dos d'âne. Son sommet ne laissait voir que les chênes verts qui couvraient la pente de la montagne d'en face.

Non, décida le commissaire, ce n'était pas une idée qui l'avait fait s'arrêter, mais un bruit, celui d'une voiture, qu'il avait entendu avant tout le monde. Une Peugeot Partner traversa le pont et s'arrêta au bord de la terrasse du bar.

Celui qui en sortit était un homme d'une soixantaine d'années, brûlé et noueux comme seuls peuvent l'être les travailleurs qui ont passé leur vie au grand air. Il portait un uniforme vert et jaune fluo d'employé municipal. Arrivé au comptoir, il se tourna vers le chien tout en ouvrant le sucrier.

— Ben alors, bichette à sa mémère, quéque tu veux ! Ah, tiens, ah oui, c'est un susucre que tu veux, hein, poulette, allez, qui c'est qui va l'avoir son susucre, hein, c'est qui ?

En une salve serrée, il lança trois petits cubes blancs vers l'animal, puis tapa du pied et émit un aboiement menaçant.

Le carlin sursauta, rebondit sur ses pattes, se roidit, laissa échapper un jappement enroué, sembla un instant sur le point de prendre la fuite, mais changea d'avis en considérant les friandises tombées devant lui, blanches dans la poussière. Il vint les renifler puis, après une dernière hésitation, se mit à les croquer une à une.

À peine arrivé dans ces montagnes, le commissaire avait senti un frisson familier courir sur son épiderme, qui lui donnait l'impression d'un réveil imminent au terme d'une longue torpeur. C'était net. Quelque chose en lui était plus alerte. À nouveau, il se mettait à déchiffrer le monde comme si les incidents les plus anodins étaient porteurs d'un sens urgent, profond. Dans ces cas-là, lorsque montait en lui cette attention nouvelle, il lui fallait d'abord travailler sans appui, sans distraction. Ne pas effaroucher les gens et les choses, les laisser venir à lui.

6

Un peu sale, un peu poussiéreux, avec ses vieilles moquettes élimées, son hall enfumé par le graillon des cuisines, l'hôtel-restaurant des Bancels n'était pourtant pas sans charme. Le commissaire fut accueilli par Élisa, la trentaine, la frange abrupte et un sourire au milieu duquel deux dents faisaient le grand écart. Les formalités accomplies, elle lui remit un lourd porte-clés en boule avec ceinture antichoc en caoutchouc noir, lui donnant des indications détaillées sur l'emplacement de la chambre 28, l'une des meilleures, avec vue imprenable sur la rivière et les montagnes.

Il ouvrit la porte et découvrit un sol de tomettes cirées, des rideaux brodés, un lit en chêne, un petit bureau en merisier dans un coin, un tableau représentant une bergerie. Ses chaussures enlevées, il s'allongea sur le dessus-de-lit.

Il pensa à Cordelle, puis à Marion, se disant que chacun portait quelque part en soi une toundra sibérienne, de grandes étendues gelées où ne poussaient que des herbes courtes.

Lorsqu'il se réveilla, le soleil finissait de passer derrière la montagne et embrasait les rideaux de cretonne.

Guidé par son odorat, Bordarier trouva assez facilement la salle de restaurant. Sur une vingtaine de tables, seules trois étaient occupées. Il n'y avait pas de musique de fond. Un homme et une femme, la soixantaine passée, examinaient une carte des vins grand format sous le regard patient d'un serveur gominé. De jeunes parents, leur enfant endormi dans une poussette, se tenaient par la main et semblaient ne rien trouver à se dire. Une femme seule, les cheveux gris tirés en un chignon haut qui la faisait ressembler à un ananas, lisait une brochure touristique posée à côté de sa salade justement servie dans une écorce d'ananas. Ô mystère des sympathies entre les êtres et les choses ! se dit le commissaire en hésitant entre le « menu randonneur » et le « menu gastronomique », qui donnait droit, pour un supplément de quatre euros, à un très tentant foie gras truffé. Il était en train d'opter pour le foie gras (à quoi bon jouer pour soi-même la comédie de l'indécision !), lorsqu'un homme fit son entrée dans la salle, le pas rapide, l'œil inquisiteur.

Ayant apparemment trouvé ce qu'il cherchait, il s'avança vers la table où s'était installé le commissaire. Quelque chose dans le complet bleu sombre, le sourire découvrant une dentition parfaitement blanche, les yeux vifs enchâssés dans un réseau de rides prématurées, les cheveux juste assez grisonnants pour inspirer l'idée de compétence et d'expérience, signalait l'élu, le meneur de troupes, le premier de cordée local.

— Monsieur le commissaire ?

— Monsieur le maire ?

L'homme le regarda, manifestement pris au dépourvu.

— On... se connaît ?

— Pas encore, monsieur ?

— Éric Darieux...

— Émile Bordarier.

Le sourire du maire s'était si bien déformé que le commissaire se demanda s'il n'allait pas prendre la forme d'un point d'interrogation. À partir de quel savoir secret, semblait se demander le pauvre homme, son interlocuteur était-il arrivé si rapidement à déterminer sa fonction ?

Antennes tendues, comme une fourmi hume les messages chimiques de ses congénères, Bordarier sentit qu'il avait bien fait de rester sur place. C'était un homme inquiet qui était spontanément venu vers lui.

Darieux recevait des invités à dîner.

— Comme j'ai appris par mes amis David et Michel que des policiers venus de Nîmes leur avaient rendu visite à cause du vol de leur utilitaire, en tant qu'élu de la commune de Saint-Sauveur-du-Merlet et représentant de la République, j'ai saisi l'occasion qui se présentait de faire connaissance et de m'informer des progrès de l'enquête. Accepteriez-vous de vous joindre à nous ?

Bordarier ne fit pas même semblant d'hésiter et se leva en enfilant sa veste.

— Mais avec plaisir…

Ayant sans doute senti du fond de sa cuisine, comme une araignée au centre de sa toile, que quelqu'un venait de diminuer d'un couvert la recette déjà maigre de la soirée, le chef avait jailli de la porte à battants pour leur barrer le passage. Le maire afficha son meilleur sourire, posa sa main sur l'épaule de l'hôtelier.

— Monsieur Treillet, excusez-moi de vous enlever votre client, mais j'aimerais introduire le commissaire auprès d'amis que je reçois chez moi ce soir, et…

Bordarier eut l'impression que le maigre blafard qui essuyait ses mains dans un torchon blanc se retenait avec peine de planter ses dents dans la jugulaire du maire.

— Eh bien, allez-y, ne vous dérangez pas pour moi !

— Je vous revaudrai ça, monsieur Treillet.

Une fois dans la rue, Darieux demanda à nouveau au commissaire de bien vouloir pardonner cette intrusion.

— Jamais nous n'aurions pu imaginer qu'il puisse exister un lien quelconque entre votre affaire et le village. Quand Michel m'a prévenu que vous étiez passé avec vos collègues, j'ai allumé la télé. Nous avons regardé le journal régional avec mes invités qui arrivaient. Et puis on vous avait vu descendre à l'hôtel, alors… Cette pauvre fille, tout de même… Penser qu'une camionnette volée ici aurait pu servir à transporter son corps !

La maison du maire était à cinq minutes à pied. Bordarier pénétra dans une salle à manger où une grande table nappée de blanc était dressée sous un chandelier à pendeloques. Un miroir monumental était accroché au mur, à côté d'une panoplie d'armes anciennes. En face, sur le manteau d'une cheminée vide de cendres, une énorme croûte assombrie par le temps et la fumée représentait une scène de chasse, avec meutes, cors et cavaliers. Un sanglier blessé courait vers les fourrés, l'œil éperdu, la langue pendante.

Seules deux places étaient encore libres. Celle de l'hôte, en bout de table, et celle du nouvel invité d'honneur, juste à sa droite. Le commissaire étudia les visages tournés vers lui, se demandant qui il avait déplacé. Michel Carcel et David Brioux étaient là, qui le saluèrent en lui demandant s'il avait du nouveau. Il répondit que non, hélas. Le maire lui présenta sa femme, Mélanie Darieux, très élégante avec son chignon serré et sa robe blanche qui lui arrivait aux genoux. Il fut intéressé de voir qu'Antoine Rancière, dont la fameuse fête était l'alibi des propriétaires de l'utilitaire, était lui aussi présent, avec son épouse. Cramoisies d'avoir pris un ou deux apéritifs de plus que d'habitude en attendant le retour de leur hôte, trois femmes se levèrent, vibrantes d'excitation d'être présentées au policier. Leurs maris, affables, fats, à tous les coups membres du Rotary club, cachant sous des sourires plats le désarroi que leur causait ce changement soudain d'atmosphère, lui serrèrent la main en se déclarant ravis. Ça sentait la droite ultraconservatrice. Bordarier se demanda comment un couple gay avait réussi à trouver sa place ici.

Deux jeunes, sans doute engagés pour l'occasion, commencèrent le service. Naturellement, ce qui intéressait l'assemblée était le meurtre et la présence sur les lieux de cette camionnette volée à deux des leurs. On ne voulait parler que de ça et le maire menait la danse.

— Il se pourrait donc que les meurtriers, et peut-être la victime, soient d'ici, n'est-ce pas ?

Trouvant un peu maigre le consommé froid qu'on venait de lui servir, le commissaire chercha le pain et le beurre, mais n'aperçut qu'une corbeille déjà vide.

— Tout est possible, au point où nous en sommes. Nous n'avons pas encore identifié la victime.

— Pas de disparition signalée ?

— Monsieur le maire, si une femme disparaissait dans votre village, ça se saurait ?

— Ah, mais, je l'espère bien, commissaire ! La famille ou les voisins auraient déjà réagi. Surtout si, comme vous le dites, le décès remonte à au moins six ou sept jours. Tout le monde se connaît, ici, nous formons dans l'ensemble une communauté unie, qui se serre les coudes. À moins, bien sûr, que ce soit une marginale, une itinérante. Ces gens-là circulent, malheureusement. Nous ne sommes jamais très sûrs de savoir qui réside dans le village…

— Depuis que je suis ici, je vois beaucoup de personnes en rupture avec leurs familles, sans travail, marginalisées. Si j'étais vous, commissaire, j'irais chercher de ce côté. Je ne serais pas surpris qu'on trouve parmi certains groupes des personnes au passé chargé, peut-être criminel…

C'était Antoine Rancière qui venait de parler. Bordarier en profita pour l'observer de plus près. Son collier de barbe et ses épaisses lunettes lui donnaient un air à la fois professoral et un peu brute. Il se demanda ce qu'il faisait avec la frêle blonde, sa cadette d'au moins vingt-cinq ans, qui se tenait d'un air absent à côté de lui. Ses bras dénudés étaient clairement anorexiques. Il avait posé une main de gorille sur ses doigts longs et beaucoup trop fins.

— Nous ne négligerons aucune piste…

Une femme luisante de transpiration se pencha vers Rancière.

— Mais j'espère que ces gens, vous ne les voyez pas dans votre clinique, Antoine !

Bordarier trouva que le vert printanier du consommé faisait un contraste particulièrement réussi avec sa figure rouge.

— Non, ma chère Jacqueline. Vous le savez bien, nos services s'adressent à des patients habitués à un certain standing, pour qui entrer dans le circuit psychiatrique normal entraînerait probablement une aggravation de la maladie. Comment réagiriez-vous si on vous envoyait en traitement et que vous deviez de but en blanc renoncer à votre confort, à vos petits plaisirs ?

La femme fit disparaître son visage dans sa serviette, où elle étouffa un rire sifflant.

— Oh, vous savez bien que je n'aimerais pas ça.

Darieux se tourna vers le commissaire.

— Antoine est spécialiste du traitement des maladies mentales. Il nous a fait l'honneur de quitter la Bretagne pour venir ouvrir une clinique dans notre vallée.

— Qu'est-ce qui vous a décidé pour cette région ?

— J'ai toujours trouvé l'endroit agréable, commissaire, cette nature, cet air pur. Et puis je connais Éric depuis longtemps. Après notre mariage, Justine et moi avons décidé d'acheter l'ancien hôtel qui surplombe le village. Vous l'aurez peut-être remarqué en arrivant. Nous avons commencé à y accueillir des patients il y a exactement un an et demi.

Ils furent interrompus par l'arrivée du plat principal, un saumon entier, rose, froid, lustré de gelée, qui considérait le plafond de son œil blanc.

Intéressé par ce qu'il entendait, Bordarier décida de continuer à faire parler le docteur.

— Et en tant que psychiatre, monsieur Rancière, vous avez peut-être une opinion sur notre affaire ?

— Je suis sûr que je ne vous dirai rien que vous ne sachiez déjà. Et puis je ne suis pas criminologue. Il me semble cependant que chercher à faire brûler le corps de quelqu'un, cela peut être le produit d'un calcul rationnel. Il s'agit dans ce cas d'empêcher ou de retarder l'identification, d'effacer l'ADN du meurtrier, de compliquer le travail de la police. Ou alors, différemment, ce peut être un acte visant à annihiler entièrement l'autre, dans un crime passionnel, par exemple. La victime doit disparaître, ne plus laisser la moindre trace. C'est là que le pouvoir du meurtrier s'exerce de la manière la plus puissante. Il ne s'agit plus seulement de tuer, mais d'anéantir, de néantiser, si vous voulez… Ce peut être le geste de la plus grande trahison comme celui de la plus grande fidélité, parce que s'il ne reste rien de l'autre, voyez-vous, que des cendres, il ou elle ne pourra continuer à vivre qu'en vous, qu'avec vous...

La jeune femme qui était avec lui eut une sorte de hoquet. Bordarier vit qu'il lui prenait la main et la serrait assez fort.

Pascal Thaurin, dentiste dont le crâne moucheté brillait justement comme une gencive humide, fronça les sourcils et posa sa serviette sur la table après s'être essuyé la bouche.

— Ah, mais c'est que vous finiriez par nous couper l'appétit avec...

Le reste de la phrase se perdit dans un fracas de verre.

L'une des fenêtres donnant sur la rue venait de voler en éclats, traversée par une pierre d'assez gros calibre qui roula sur le tapis. Une voix masculine se fit entendre au-dehors.

— On aura ta peau, Darieux !

Bordarier se leva d'un bond, ouvrit la fenêtre et se pencha sur la barre d'appui. Il n'eut que le temps d'apercevoir trois coureurs passer sous la lumière orange d'un lampadaire et disparaître dans la courbe que faisaient les façades décrépies.

Trop tard pour espérer les rattraper.

Il rentra la tête dans le salon. Poussées vers les aigus par une peur qui se transforma rapidement en indignation, les voix se mêlaient en une cacophonie d'où émergeait cependant un message politique parfaitement clair.

— C'est absolument inadmissible...

— Nous avons été trop tolérants...

— Ils auraient pu tuer quelqu'un !

— Voyez ce que le laxisme...

— Oh ! mon Dieu, regardez tout ce verre !

— Personne ne veut sévir, moi-même, je...

— Encore faudrait-il que les moyens légaux...

— Chômage, désenchantement, déclin moral, c'est une trajectoire qui ne changera pas sans une reprise en main ferme.

— Que voulez-vous… L'homme de la situation n'est pas encore arrivé en France…

Quand tout le monde se fut un peu calmé, que la salade et le fromage eurent été servis, les bris de verres escamotés, les volets fermés, Bordarier commença à entrevoir les enjeux principaux du conflit.

Encore une fois, il s'agissait des yourteurs.

Ils refusaient d'admettre que le terrain sur lequel ils s'étaient installés ne leur avait pas été cédé indéfiniment par la commune. L'ancienne équipe municipale, de gauche, le leur avait prêté, et la nouvelle, de droite, voulait maintenant le reprendre.

« Le développement vert ! » répétait le maire alors que ses invités lançaient des « bien sûr » et des « c'est évident » avec des airs entendus. La municipalité avait besoin de ce terrain pour attirer les entreprises, capitalisme et écologie allaient de pair… Ce n'étaient pas quelques extrémistes de la décroissance et du zadisme qui allaient empêcher la marche du progrès !

Ils se transportèrent sur les canapés et les fauteuils richement tapissés du salon. Le docteur Rancière s'était assis à côté de la maîtresse de maison, Mélanie Darieux, avec qui il paraissait bien s'entendre. À vrai dire, l'impression d'intimité qui se dégageait de leur couple était telle que Bordarier n'aurait pas été surpris de le voir la prendre par la main et lui chuchoter des mots doux. À cause du voltaire court sur pattes qui lui était échu et du sourire intermittent que lui adressait Mélanie, qui aurait très facilement pu devenir moqueur, il ressemblait même par instant à l'amant un peu pot de colle qui mendie à genoux les faveurs de sa maîtresse, laquelle se demande si elle va se laisser amuser ou si elle ne ferait pas mieux de passer à autre chose. Pendant ce temps, sa jeune femme écoutait Pascal Thaurin d'un air absent. S'il n'avait jeté à intervalles réguliers un regard aigu dans sa direction, on aurait pu croire que Rancière l'avait entièrement oubliée.

Peu à peu, les invités prirent congé, non sans s'être d'abord remis d'aplomb grâce à une liqueur tirée pour l'occasion d'une armoire à clé et avoir ensuite longuement scruté la rue à travers les persiennes pour s'assurer que le danger était écarté.

Bordarier reprit seul le chemin de l'hôtel, méditant sur le groupe qu'il venait de découvrir et se disant qu'ils auraient été des suspects parfaits pour une partie de Cluedo.

Il dormait depuis cinq minutes, transpirant abondamment, mal à l'aise, lorsque son téléphone vibra sur la table de nuit. C'était un message de Benedetta. Elle était à Milan, en visite chez son fournisseur pour préparer la Fashion Week de septembre. Elle proposait de prendre le train pour le retrouver ce dimanche.

Benedetta Strozzi, c'était toute une histoire. Le coup de foudre alors qu'elle était de passage à Nîmes, les problèmes de la distance. Tous les deux ou trois mois, ils se retrouvaient sans se promettre quoi que ce soit. Il n'avait pas envie de parler. Il tapa deux lignes sur le clavier de l'écran pour dire que c'était entendu, qu'il viendrait la chercher à la gare. Après quelques instants, il rajouta un émoji censé représenter un benêt avec des cœurs à la place des yeux.

7

Il était presque midi et le marché du samedi était au maximum de son activité. Docile comme un troupeau, la foule des touristes piétinait entre des étals où se côtoyaient aussi bien des denrées alimentaires locales que des gadgets et objets décoratifs issus de lointaines usines asiatiques. Doucement emporté, le commissaire avisa l'enseigne d'une boulangerie-pâtisserie.

Le tintement que déclencha son passage interrompit une discussion animée, mais la pause ne dura que le temps d'établir que le nouveau venu était étranger aux affaires du village. Une femme au visage très couperosé, conséquence d'une longue exposition aux rigueurs de l'hiver montagnard ainsi qu'aux petites douceurs qui le font oublier, fut la première à briser le silence.

— Vous auriez vu sa tête quand je lui ai dit que je n'allais pas vendre ! Qu'est-ce qu'il croit ? Il a beau être le maire, c'est pas lui qui va faire la pluie et le beau temps. Et tant pis s'il se prend pour le Roi-Soleil. Au fusil que je le défendrai mon verger, s'il le faut, au fusil ! De toute façon, il a des casseroles au cul, ça va se savoir.

— Et après on dit des jeunes ! Tu es une terreur Simone… Tu n'en as rien à faire, du développement de la commune, alors ? On a bien besoin de travail ici, pourtant, non ?

L'homme qui venait de parler était un pompier en uniforme. Solide d'épaules, cheveux courts, menton carré. Avec un mouvement de sourcil un soupçon aguicheur, la boulangère lui tendit un grand sac de papier kraft rempli de baguettes pour le déjeuner de la caserne. Simone lança les bras en l'air.

— Ah bravo Maurice ! On voit qui paye ton salaire. Et qu'est-ce qu'on va faire d'un zoo, de toute façon ? On n'en a pas déjà un ?

Une petite fille en robe et serre-tête roses, qui tenait la main d'un vieux bonhomme à casquette et mégot éteint, fit entendre sa petite voix.

— Mais c'est pas vrai qu'on en a un de zoo, dis, papé ?

La vieille se pencha en roulant de grands yeux alors que la petite fille manœuvrait pour se cacher derrière le pantalon du grand-père.

— Petiote, tu n'as qu'à aller voir du côté de la yourte, et tu me diras si on n'en a pas un, de zoo.

Puis, se redressant :

— Et on leur donne le RSA en prime… Entre les rêves de grandeur de Darieux et ces autres qui veulent tout escagasser, on n'est pas sortis de l'auberge ! Dites, je n'ai pas raison ?

Personne ne risqua une réponse à cette question toute rhétorique, sauf le pompier Maurice. Au moment de passer à travers le rideau de perles multicolore, il glissa un mot complice à Bordarier.

— Ce qu'il ne faut pas entendre…

Le commissaire tenta de conserver une expression neutre en se plongeant dans la contemplation de ses chaussures. La vieille femme n'en demandait pas tant.

— Eh bé que oui, que j'ai raison ! Il nous tarabuste l'autre, avec son zoo. Et pourquoi pas mettre des crocodiles dans la rivière, tant qu'à faire, pour amuser les touristes !

Une petite dame frêle semblait accompagner Simone et être d'accord en tout avec elle. Sa tête pivotait si vigoureusement à l'extrémité de son maigre cou qu'on pouvait se demander si elle n'allait pas se détacher.

Elle intervint d'une voix grêle.

— On était bien tranquilles dans le temps. Il n'y avait pas tous ces gens de la ville. On était entre nous.

L'auditoire jeta de concert un regard gêné vers Bordarier. Elle continua comme si de rien n'était.

— Ah, il faut les voir débarquer à Super U ou au Spar, quelle tribu !

Le boulanger sortit de l'arrière-boutique avec un plateau de meringues. Ses grosses mains enfarinées ressemblaient à des pâtons.

— Mais Odette, ces yourteurs, comme tu dis, ils ne font de mal à personne. Depuis le temps qu'ils m'achètent du pain complet bio, je n'ai rien eu à leur reprocher.

— Oh toi, tu déconnes ! Elle a raison Odette. Cette vallée, ça devient une vraie cour des miracles, il faut y mettre le holà, sinon ça ne s'arrêtera jamais.

Sur ces mots, Simone se tourna vers Bordarier pour le toiser de haut en bas. La boulangère interrompit l'examen en lui tendant la boîte qu'elle venait de fermer.

— Et voilà le bavarois aux fraises, Simone. N'oubliez pas de le sortir du frigo une heure avant.

— Et qu'est-ce qu'elle me parle, celle-là ? Tout fout le camp et on fait comme si de rien n'était. Allez viens, Odette, on s'en va.

Elles disparurent dans la ruelle avec la boîte rose pâle nouée de rubans et décorée d'une étiquette or.

Bordarier se dit qu'un zoo était une interprétation assez curieuse du concept de développement vert. Le maire, la veille, s'était bien gardé de parler de ce projet.

Son chausson aux pommes à la main, il se fraya un chemin entre les étals en direction du buraliste pour aller chercher le deuxième ingrédient indispensable au rituel de son petit déjeuner. Des touristes brûlés par le soleil, gros poupons écarlates dans leurs bermudas et tee-shirts colorés, se pressaient autour d'un présentoir où un éventail polyglotte de la presse européenne frémissait dans la brise.

Il prit le *Midi Libre* et revint s'installer à la terrasse du Globe.

La chaleur commençait à se faire sentir, malgré un brumisateur sur pied qui pissait de grosses gouttes d'eau.

Buvant son café à distance respectable de la machine infernale, le commissaire parcourut la rubrique faits divers.

On y évoquait un accident de la route qui avait fait trois blessés graves, héliportés vers un hôpital nîmois, la mésaventure d'un raseteur, membre d'un club taurin très en vue, encorné dans une partie particulièrement sensible de son anatomie lors d'une banale séance d'entraînement, le calvaire d'un boulanger en livraison qui avait manqué son virage et qui était resté coincé trois jours dans sa voiture avant qu'un promeneur ne finisse par le remarquer, la tragique fin d'une spécialiste de vol en wingsuit, qui avait trouvé la mort près de l'Aigoual après avoir sauté d'un hélicoptère, accident qui avait fait l'objet d'une enquête de la gendarmerie maintenant close.

Un encart avec photo attira son attention. Cheveux longs, en dreadlocks ou queues-de-cheval, bronzés au grand air, enveloppés de vêtements amples, sacs bariolés en bandoulière, des jeunes et des moins jeunes posaient en groupe derrière une pancarte menaçante.

« *Destructeurs de yourtes on vous aura !* »

Bordarier commanda un autre café.

L'article expliquait que des individus avaient essayé de démonter la yourte de Saint-Sauveur-du-Merlet pendant la nuit, pensant qu'elle était déserte, mais s'étaient heurtés à une résistance inattendue de la part de ceux qui, anticipant un coup fourré, avaient décidé d'y monter la garde. Les personnes interviewées, dont un certain Philippe Chalumeau, accusaient le maire de ne pas vouloir respecter les engagements de la municipalité précédente et d'avoir recours à des méthodes indignes pour réprimer tout dialogue, base pourtant d'un véritable gouvernement démocratique. Le maire, lui, n'en démordait pas. Tout en niant avoir fait appel aux services de « gros bras », il déclarait être dans son bon droit. Il ne voyait pas comment on pouvait tolérer que le développement économique de la commune soit pris en otage par des squatteurs.

Le commissaire fit signe au serveur et lui montra la photo sur le journal.

— Dites, je suis curieux, elle est où cette fameuse yourte ?

— Plus haut, le long de la rivière. Il faut passer le pont. Vous pouvez suivre le chemin, le long de la berge, vous en avez pour deux ou trois kilomètres. Vous ne pourrez pas la manquer, on dirait une soucoupe volante... Ils montrent des documentaires, si ça vous intéresse. Le programme est punaisé sur le panneau.

Bordarier alla y jeter un coup d'œil.

On annonçait pour 18 heures un docu-choc sur le recyclage des composants électroniques en Chine.

« *Chine-toc. Les vies sacrifiées des poubelles de l'Occident*. Entrée libre. Amenez à boire ou à manger pour une soirée d'échange et de partage. »

Manifestement, une soirée à ne pas manquer, qui ferait pendant à celle de la veille, passée en compagnie des notables du village.

Que faire pour mettre le temps à profit en attendant ? se demanda le commissaire en se rasseyant devant son journal.

Il pensa un instant rendre visite aux gendarmes pour les tenir au courant de l'enquête qu'il menait sur leur territoire, puis se dit que ce serait trop compliqué, qu'il faudrait de toute façon passer par le juge d'instruction, demander une cosaisine pour formaliser une éventuelle collaboration du policier des villes qu'il était avec ces policiers des champs qu'il se figurait à vrai dire un peu arriérés, bien qu'il ait en somme rarement affaire à eux.

Après avoir à nouveau tenté de joindre sa fille, sans plus de succès qu'auparavant, le commissaire entra dans une petite boutique d'articles divers acheter la carte IGN locale puis repassa à la réception de l'hôtel pour annoncer qu'il avait décidé de prolonger son séjour d'une nuit. Élisa Treillet eut un mouvement gourmand des lèvres, qui s'épanouit en ce sourire troué qu'il commençait à trouver attachant.

— Une fois qu'on a découvert les Cévennes on ne veut plus repartir, hein ?

Pour lui faire plaisir, il admit que c'était un lieu bien sympathique, reposant. D'ailleurs, c'était vrai, il n'était pas pressé de repartir, pas fâché d'échapper un peu à la chaleur nîmoise et au train-train du commissariat.

Il s'installa dans un coin du hall de l'hôtel. Après avoir enfilé ses lunettes de lecture, il pêcha avec difficulté son stylo-plume au fond de la poche intérieure de sa veste, où il s'était accroché.

— Si vous voulez, on a des mots croisés et des sudokus dans les magazines, là, dans le panier. Ne vous gênez pas pour les faire !

Un peu vexé, Bordarier considéra l'hôtelière par-dessus ses lunettes. Est-ce qu'il avait autant que ça l'air d'un mec paumé en train de s'emmerder ferme tout seul en vacances ?

— J'ai ce qu'il faut, merci !

Il déplia la carte qu'il venait d'acheter, l'examina, marqua d'une croix l'emplacement de la maison de Carcel et Brioux, puis suivit avec son stylo la départementale qu'avait dû emprunter la camionnette pour rejoindre la nationale. De là, accompagnant la rivière, il descendit jusqu'à l'embranchement qui partait en direction de l'autoroute de Nîmes et du lieu où on s'était débarrassé de cette pauvre fille encore sans nom.

La camionnette était nécessairement passée par Saint-Sauveur-du-Merlet, devant le supermarché, devant une station-service. Il n'était pas impossible qu'elle ait été filmée par une caméra de surveillance. Il faudrait vérifier, lancer un appel à témoins.

Il ferma les yeux. Un meurtre ou un homicide accidentel, une tentative à demi réussie pour faire disparaître le corps par crémation, puis ce vol de l'utilitaire pour se débarrasser des restes en les enterrant le plus loin possible. La piste des marginaux, qui lui avait déjà été suggérée par les propriétaires de l'utilitaire et par le docteur Rancière, n'était pas à écarter.

Bordarier rayonna avec son stylo à partir du village, suivant attentivement les petites routes, les

GR, les chemins forestiers, repérant les hameaux, les bâtisses, les mas dont la présence avait été relevée par les topographes. Suivant les indications données par le cafetier, il tenta aussi de localiser le terrain municipal occupé par le campement des yourteurs.

Un déplacement d'air lui fit lever la tête.

Une jeune femme avait posé la clé de sa chambre sur le comptoir. À travers la porte vitrée qui se refermait, il la regarda s'éloigner sur le petit chemin de pierre qui passait entre les tiges jaunes et vertes d'un bosquet de bambous, le bleu de son jean grignoté par des milliers de petites feuilles pointues. Il remarqua qu'elle avait un appareil photo en bandoulière. Il pensa à sa fille, se dit avec regret que ce lieu serait sans intérêt pour elle qui préférait les rades, les boîtes de nuit et les petits matins chancelants dans les rues vides des centres-villes.

Il revenait à sa carte quand la réceptionniste se pencha au-dessus du comptoir pour attirer son attention.

— Si ça vous dit, il y a de très belles balades à faire dans le coin. L'autre jour, je suis montée au mont Sorbier. De là-haut, on découvre les deux vallées d'un seul coup d'œil…

Bordarier enleva ses lunettes et les glissa dans la poche de sa chemise. Soit elle était la seule dans le village à ne pas connaître la raison de son séjour, soit elle était particulièrement discrète, ce qui, après tout, était une qualité importante dans un métier comme le sien, il avait plus d'une fois eu l'occasion de le vérifier au cours de sa carrière.

— À vrai dire, je pensais faire un tour vers cette fameuse yourte dont tout le monde parle.

Le sourire de Mme Treillet se referma sur ses dents du bonheur.

— Alors, ceux-là, je ne vous conseille pas de les fréquenter. Vous n'imaginez pas comme ils sont sales. Je ne comprends pas pourquoi on les tolère, après ce qu'ils ont fait...

— Ce qu'ils ont fait ?

— S'approprier un terrain municipal... Le transformer en campement de Gitans, ou plutôt, de Mongols...

— Alors vous êtes pour la construction du zoo ?

— Si ça amène plus de touristes, pourquoi pas ? On en aurait bien besoin, vous savez. Les Cévennes terre de refuge, je veux bien, mais si on crève tous la dalle, alors non merci ! Je préfère encore ça. Darieux et Rancière ont eu un coup de génie quand ils ont lancé le projet. Ils sont beaucoup à les suivre, dans le village. Moi aussi j'investirais si j'avais de quoi...

Bordarier, hocha la tête, amusé.

— Oh, je ne suis pas sûr qu'un zoo soit la vache à lait que vous croyez.

— Il s'agit bien de ça ! Il aura des retombées partout. Plus de touristes, plus de commerce. Si on pouvait ramener le train, ce serait encore mieux.

— Et la clinique, c'est une bonne balade ?

— Ce n'est pas loin, la vue sur le village est belle. Par contre, c'est privé, maintenant. Avant, quand c'était encore un hôtel, on pouvait aller se promener dans le jardin. Plus maintenant.

— Je crois que je vais aller dire un petit bonjour au docteur Rancière.

— Ah, vous le connaissez ?

— Un peu, depuis hier, je suis allé dîner chez le maire.

— Ah, oui, mon mari m'a dit.

Son regard s'était assombri d'un coup. Peut-être le couvert perdu de la veille lui avait-il valu d'avoir à subir la mauvaise humeur de son époux. Pensant au menu gastronomique raté et à la petite collation d'été qui l'avait remplacé, Bordarier se dit que décidément, oui, il avait faim. Faim et soif.

8

Installé à la terrasse du bar-restaurant de la Poste en compagnie de touristes hollandais et allemands tous plus grands les uns que les autres, le commissaire déjeuna d'une pizza quatre saisons qui, en plus d'être molle, voire franchement pâteuse, avait gardé un net arrière-goût de congélateur rarement dégivré. En face, sur le versant de la montagne qui dépassait des toits, l'ancien hôtel des Magnaneries, désormais devenu clinique, faisait une tache au milieu d'un bois de châtaigniers. Il décida de reprendre une bière après son café pour se donner du courage avant l'ascension.

D'abord prometteuse, la brise qui avait commencé à se faire sentir avec l'altitude ne parvint en définitive à mitiger que très modestement la brûlure du soleil à l'aplomb de son crâne. Là où il s'était répandu en plaques noires et lisses, le bitume se mouchetait de gouttes luisantes sur lesquelles Bordarier évitait de marcher, cherchant plutôt l'odeur de menthe qui montait des bas-côtés et lui donna l'envie de plonger une cuillère nostalgique dans un plat d'été de son enfance, des fèves aux herbes, servies froides avec un peu d'huile d'olive et de citron. La pizza avait été un nouvel échec auquel seul un second repas aurait pu remédier.

De la route, à travers la grille de fer forgé qui défendait la propriété des Magnaneries, on pouvait voir une grande bâtisse du XIXe siècle, haute de quatre étages, crépie d'ocre, avec des pierres de taille apparentes aux angles. Dans un jardin particulièrement réussi, des buissons d'hortensias exhibaient leurs grosses fleurs bleues au-dessus de parterres éclatants comme des tissus exotiques posés à sécher.

Après avoir sonné et décliné son identité devant un visiophone, le commissaire rejoignit le docteur, qui l'attendait à l'ombre de la façade, à côté d'une femme probablement septuagénaire que diverses opérations visant à lui retendre la peau étaient peut-être parvenues à faire rajeunir d'une année. Rancière salua la résidente d'une petite courbette et d'un « madame d'Ébreuil » respectueux, puis invita le commissaire à le suivre.

— Comment allez-vous ? Quel bon vent vous amène ?

— Oh, pas grand-chose, la curiosité, une petite promenade digestive avant de rentrer à Nîmes et de retrouver le commissariat.

— Vous êtes bien courageux, par cette chaleur. Je peux vous offrir un rafraîchissement ? Jus de fruit, eau gazeuse ?

À la lumière du jour, le docteur paraissait moins imposant que la veille. Il ne portait pas ses lunettes. De gros cernes retenaient à peine ses yeux en place et son collier de barbe laissait voir l'imposture maladroite d'une teinture déjà ancienne. Bordarier se dit qu'il n'était malheureusement pas en position de juger, avec ce que la vie et ses propres excès lui avaient déjà mis dans la poire.

— Une eau gazeuse, volontiers. Ça doit être difficile de faire tourner une clinique comme ça…

Rancière fit signe à une femme en blouse blanche qui passait dans l'allée gravillonnée. Elle tenait par le bras un vieux monsieur recourbé. Ses chaussures de prix et la moue désapprobatrice qu'il fit en remarquant la présence du commissaire suggéraient qu'il avait dû être quelqu'un.

— Mathilde, ça ne vous dérangerait pas de nous apporter deux eaux gazeuses ?

L'interpellée fit un grand sourire dans lequel Bordarier lut que ça ne la dérangeait pas, bien au contraire, les désirs du docteur étant des ordres, quand bien même ils ne seraient pas aussi purs que deux verres d'eau traversés de quelques bulles.

— C'est une grande responsabilité, mais aussi un grand honneur que d'apporter quelque chose à une région que nous aimons, de contribuer à son développement.

— Vous participez aussi à un projet de zoo, d'après ce que j'ai cru comprendre ?

— Oui, dès que Darieux a suggéré cette idée, j'ai été partant, sans hésiter…

— Vous n'avez pas peur que ça dénature un peu la vallée ?

— Le mot de nature est bien galvaudé. Qu'est-ce qui est naturel, après tout ? La main de l'homme est partout. Regardez…

Il montra le versant d'en face, couvert d'un fouillis de châtaigniers.

— Vous ne remarquez rien, sous les arbres, dans l'angle que forme la pente ?

— Des restes de terrasses ?

— Exactement. Ces terrasses, comme vous dites, ou ces faïsses, ou ces traversiers, sont tout ce qui reste d'un paysage manucuré sur des centaines d'années. Si vous étiez venu ici au XVIIIe ou au XIXe siècle, vous auriez vu comment l'ingéniosité des hommes avait réussi à rendre le rocher fertile, à transformer les montagnes en un immense verger. Tout cela, figurez-vous, a été en grande partie abandonné au siècle dernier. Les châtaigniers se sont ensauvagés, les gradins se sont affaissés, sont tombés en ruine. Vous le voyez comme moi, la montagne retourne peu à peu à l'oblique. Et vous croyez qu'il y a quelque chose de naturel dans tout ça ? Regardez, il y a même une citerne abandonnée qui brille au soleil. Moi, ce que je propose, c'est tout simplement qu'on réinjecte de l'argent dans cette vallée, qu'on redonne forme à ce paysage. Il faudra que vous voyiez la maquette du zoo, à la mairie. C'est un grand projet, quelque chose qui va sortir le village de son marasme. Imaginez une promenade sur un kilomètre, au-dessus de la rivière, à flanc de colline... Des enclos larges, dans lesquels les animaux seraient à l'aise. Un afflux de touristes. S'occuper des bêtes ferait aussi partie des thérapies de la clinique.

— Je ne suis pas sûr que Mme d'Ébreuil serait prête à pelleter du purin...

Le docteur laissa échapper un sourire. Ses dents, au soleil, étaient incroyablement jaunes.

— Vous riez, commissaire, mais moi, je suis tout à fait sérieux. Et puis ce sera pour les gens du village un lieu de rassemblement, de convivialité.

Bordarier se demanda si le docteur n'était pas en train de se payer sa tête.

— Vous devez beaucoup aimer les animaux, parce que, d'un point de vue commercial, c'est plutôt risqué un zoo, non ?

— Justine et moi avons aussi investi dans des terrains qui ont été déclarés constructibles l'année dernière. Si la région se développe comme nous le souhaitons, je ne crois pas que nous sortirons perdants.

Le commissaire ne put s'empêcher de relever un sourcil intéressé au-dessus de son verre d'eau minérale. À tout ça se mêlait donc une entreprise de spéculation immobilière ?

— On peut les voir, ces lotissements ?

— Ce n'est pas grand-chose, pour l'instant, mais si ça vous intéresse, Mélanie pourra vous les faire visiter. Vous l'avez rencontrée hier, c'est la femme de notre très excellent maire... Il se trouve justement qu'elle est la directrice de l'agence immobilière qui s'en occupe. Tenez, je vais l'appeler tout de suite. Vous avez du temps aujourd'hui ?

— Je serai pris à partir de 18 heures, mais d'ici là...

Rancière tira un portable de la poche de son pantalon et s'éloigna de quelques pas. Malgré ses efforts pour entendre ce qui se disait, Bordarier n'obtint rien de cette conversation brève, sinon, à cause des gestes caressants dont le docteur accompagnait ses phrases, l'impression renouvelée que la femme du maire était le soleil dont ce satellite un peu pâle et éteint aurait aimé capter la lumière.

— Voilà, c'est arrangé, elle passe vous prendre dans une demi-heure. En attendant, je vous propose de visiter la clinique.

La visite valait le détour. On avait manifestement cherché à en jeter plein la vue, un peu trop même, avec quelque chose d'excessif, voire de carrément bling-bling, dans le marbre de l'entrée, les canapés de cuir matelassé, le tapis rouge et les tringles de cuivre de l'escalier presque monumental qui menait à l'étage. Le contraste fonctionnait mal avec la population du bas, non seulement les villageois, mais aussi les centaines de touristes hollandais qui s'entassaient dans des campings offrant un confort spartiate. Bordarier se demanda de surcroît si un zoo n'allait pas faire franchement verser la clinique des Magnaneries dans le trash nouveau riche.

Ils firent ensemble le tour des quatre étages, saluant au passage quelques-uns des quatorze pensionnaires, qui semblaient avoir choisi de passer là des vacances. Dans la plupart des cas, les problèmes semblaient mineurs, de petites bizarreries qu'on aurait volontiers passées à des gens qu'on ne fait que croiser, mais que les familles qui avaient ainsi délocalisé leurs ancêtres n'avaient manifestement pas pu tolérer, standing oblige.

— Ah, voici le docteur Kehl ! Docteur, je vous présente le commissaire Bordarier, de la police judiciaire de Nîmes.

Grand, large d'épaules, les cheveux courts, le front haut, la mine franche, Kehl était doté d'un de ces physiques avantageux qui inspirent confiance à une majorité de la population sans qu'elle sache pourquoi. Il s'inclina brièvement devant Rancière et le commissaire en faisant discrètement claquer ses talons.

— La police nîmoise ?

Rancière, ajustant ses lunettes, attrapa son collègue par le coude et s'inclina vers lui.

— Le Service régional de police judiciaire. C'est au sujet du cadavre…

— Cadavre ?

Manifestement, le docteur Kehl n'avait pas entendu parler de l'affaire qui faisait pourtant bourdonner toutes les chaumières du village. Mais avant qu'il ait pu trouver quelque chose d'autre à dire, une femme était apparue dans son dos, sortie par la porte d'où lui-même avait jailli l'instant d'avant.

C'était l'infirmière de tout à l'heure. Mathilde. Quelques mèches s'étaient échappées de son chignon et retombaient sur sa nuque. Kehl la regarda continuer vers le bout du couloir et l'escalier principal, puis s'excusa en disant qu'il avait une chose importante à vérifier. Il s'éclipsa dans la direction opposée. Bordarier supputa qu'il s'agissait d'une manœuvre de diversion destinée à se prolonger par un mouvement tournant à travers le bâtiment. Le docteur Rancière semblait n'avoir rien remarqué.

— Avant de partir, cher commissaire, vous me ferez bien le plaisir et l'honneur de visiter notre cave.

Arrivé en bas d'un escalier en colimaçon, Bordarier eut la surprise de découvrir, entreposées sur des étagères de bois vermoulu, des centaines de bouteilles poussiéreuses, dont certaines étaient à demi recouvertes de croûtes minérales.

Le docteur sortit deux verres d'un placard, les posa sur une petite table en métal avant d'aller parcourir sa collection.

— Nous avons acheté tout ensemble, l'hôtel et la cave. Il y a ici des choses magnifiques. Tenez, goûtons celle-là, si vous voulez bien.

C'était un blanc dont l'étiquette était devenue illisible. Son bouquet presque éventé, quasiment imperceptible, n'évoquait qu'un très lointain souvenir de fleurs, comme celui qu'aurait pu avoir un explorateur de l'Antarctique pensant à sa bien-aimée depuis longtemps disparue. Bordarier trouva ce liquide froid, presque sans goût. Il pensa au cadavre dans la garrigue, puis à Justine Rancière, dont la présence dans le bâtiment était restée invisible, puis à sa fille, dont il n'avait pas entendu la voix depuis des semaines. C'était un vin de solitude et d'abandon.

Malgré les bruits de grenouille en train de se noyer dont il avait accompagné sa tentative pour trouver un mérite au breuvage, le docteur n'était pas non plus convaincu.

— Un peu pâlot, non ? Essayons-en une autre.

9

La Citroën C4 Aircross de Mélanie Darieux s'arrêta sur le parking de la clinique. Un peu éméché, Bordarier prit place sur le siège passager en remerciant Rancière de la bouteille dont il lui avait fait cadeau et qu'il avait très peu déontologiquement acceptée, certes avec l'idée de l'apporter à la soirée partage à laquelle il avait prévu d'aller ensuite, ce qui au moins lui éviterait l'ennui d'avoir à s'interroger devant les rayons à tous les coups sans inspiration du Super U ou du 8 à Huit.

Rancière fit le tour de la voiture pour parler à Mélanie en s'accoudant à la fenêtre.

— Et Éric, ça va ?

— Tu lui demanderas toi-même, Antoine. De toute façon, tu sais bien que quand le zoo va, tout va.

Bordarier suivit sur le volant le mouvement des mains qui manœuvraient pour effectuer un demi-tour en marche arrière, remarqua une montre en or, des bracelets qui semblaient faits pour aller avec les ponts vernis des yachts, remonta le long des bras nus vers de fines boucles d'oreilles, qui frémirent comme des colibris lorsque leur propriétaire tourna la tête pour passer la première. Elle portait un parfum qu'il reconnaissait sans pouvoir le nommer. Quelque chose d'élégant et de charnel à la fois, qui cherchait à signaler la femme riche, sûre d'elle et de ses désirs. Comme son examen n'était pas passé inaperçu, le commissaire laissa glisser d'un coup son regard vers le pied qui appuyait sur l'accélérateur, délicatement posé sur un talon visiblement conçu pour une marche limitée au minimum, idéalement sur du marbre ou, pourquoi pas, un tapis rouge. Il trouva que celle qui les avait choisis devait être dotée d'une extraordinaire aptitude à éviter la poussière et la terre, pourtant omniprésentes dans ces montagnes où la tendance était de toute façon à la décontraction.

— Ah là là ! J'ai passé la journée à faire visiter des terrains. C'est la fin de l'été, les acheteurs se précipitent... Nous ne serons pas seuls, j'espère que ça ne vous gêne pas ! Un jeune couple, avec deux enfants adorables...

Elle vérifia dans le rétroviseur que la voiture de ses clients les suivait toujours, puis expliqua à Bordarier que la création du lotissement Safari ne s'était pas faite sans une vive lutte au sein de la mairie.

— Ce que les gens ont du mal à comprendre et ce que mon mari s'évertue à leur expliquer, c'est que pour développer cette région, il faut miser sur tous les aspects du tourisme. On ne peut plus faire semblant. Je suis bien d'accord qu'il est important de valoriser une histoire, un patrimoine, qu'il faut donner à découvrir un terroir, mais on va droit dans le mur si on se contente d'un ou deux écomusées, de vagues promenades botaniques à cinq euros, de fêtes du saucisson ou de la châtaigne... Un vrai développement passe par la création d'attractions qui vont au-delà du local. Ce parc zoologique fera venir des gens de loin. De Nîmes, de Montpellier, de Marseille, pourquoi pas ? L'influx de capitaux se traduira par une augmentation de besoins en logement, des commerces s'installeront… Safari, c'est une opportunité à saisir. Quand le zoo sera là, ces terrains se revendront une fortune… Tout ça grâce aux investissements visionnaires de M. Rancière et de ses amis, sans qui ce projet n'aurait pas pu voir le jour. C'est un humaniste, vous savez, Antoine. Dommage que tout le monde ne s'en rende pas compte…

La voiture s'immobilisa. Le commissaire regarda autour de lui et ne vit rien de l'Afrique, ni éléphants ni gazelles, mais seulement des étendues couvertes d'herbes, des bornes électriques, des tuyaux de plastique qui sortaient d'un sol laissé pauvre et boueux après l'arrachage des arbres par les machines. Sous la pluie, l'hiver, ça devait être affreux.

Les acheteurs potentiels étaient arrivés dans une Renault Espace immatriculée 13. Un monsieur et sa femme, accompagnés de leurs deux garçons, à qui Mme Darieux donna des mini barres chocolatées qu'elle avait tirées de sa boîte à gants.

Le commissaire comprit vite que la promenade allait suivre un circuit stratégique à travers le lotissement, dont le but était de les faire passer devant les quelques maisons déjà construites et d'éviter au maximum les espaces vides qui n'avaient pas grand-chose à offrir pour faire rêver. Mme Darieux jouait avec le léger châle qu'elle avait noué autour de ses épaules, faisait presque des minauderies, mais le rire qu'elle laissait échapper à la moindre remarque de ses clients était impuissant à reboucher les fines lézardes qui apparaissaient déjà par endroits dans les murets, dans le bitume, témoins du fait qu'avec les pluies, le sol avait travaillé. On avait remblayé la route avec de grosses pierres, maçonné, replanté des choses rabougries pour tenir un sol qui, une fois sa végétation naturelle arrachée, semblait s'être résolu à rester nu sur la montagne. Des bétonneuses rouillaient à côté de balançoires qui attendaient d'être installées, au bord de terrasses dont les dalles commençaient déjà à se disjoindre.

Visiblement déterminée à ne pas investir le moindre euro dans ce projet et encore moins à laisser cette femme trop élégante inspirer le plus schématique fantasme sexuel à son mari, la maman tenait fermement son bonheur conjugal par le bras tout en écrasant son sac à main sous son coude. Ça n'empêcha pas l'homme de se rapprocher de Mélanie Darieux.

— Et vous avez quoi, sinon, sur le marché de l'ancien ? Parce que faire construire, en fait, ce n'était pas forcément notre projet de départ. Nous, on était plutôt intéressés par la pierre de taille, les toits de lauze…

Elle le rappela à l'ordre en posant la main sur son avant-bras. Il fallait être réaliste, ne pas trop rêver.

— Elles ne sont pas données ces maisons, sans compter qu'il faut penser aux travaux. Beaucoup sont entièrement à rénover, avec tous les imprévus que ça suppose. Avec le budget que vous avez, c'est un gros risque. Alors qu'avec du neuf, vous partez d'entrée sur quelque chose de sain. Sans compter que ces vieilles ruines sont souvent loin des commerces et des services. Ici, vous avez l'assurance de savoir que tout est à moins de dix minutes… Vous avez pensé à l'école, pour les petits ?

Le père de famille redonna son bras à sa femme, qui en profita pour le tirer légèrement en arrière. Le commissaire voyait bien que leur rêve à tous les deux en avait pris un coup.

Les adieux furent rapides. Mme Darieux et Bordarier remontèrent dans la voiture en silence. Elle digérait son échec et peut-être aussi le fait qu'il en avait été témoin. La vallée, vue d'en haut, parut plus étroite à Bordarier que lorsqu'il était au fond. Les premières maisons du village furent bientôt en vue. Mme Darieux roulait vite. Il se demanda combien de ventes avaient vraiment eu lieu depuis le lancement du projet. Il n'avait pas remarqué l'ombre d'une présence dans les maisons déjà construites.

Alors qu'il fermait la portière, Mme Darieux se pencha brusquement sur le siège passager pour lui parler par la fenêtre, comme si leur séparation l'avait prise de court et qu'elle avait tenu à prolonger une conversation qui n'avait pas eu lieu. Elle tira une petite carte de son sac à main et la lui tendit.

— Cette fille, c'est horrible… Je doute que cette visite vous ait aidé en quoi que ce soit dans votre enquête, mais n'hésitez surtout pas à m'appeler si vous avez besoin de conseils pour vous orienter dans le village. C'est un maquis, ici !

Bordarier regarda la voiture s'éloigner. La carte de visite de Mme Darieux à la main, il se demanda pourquoi tout ce petit monde s'empressait de venir à sa rencontre depuis qu'il avait sonné à la porte de Carcel et Brioux. Ne voyaient-ils pas que ça les rendait assez suspects ? Il en avait connu, des comme ça, qui se mettaient en quatre pour prouver qu'ils étaient au-dessus de tout soupçon. La plupart du temps, on s'apercevait que c'étaient ceux qui en avaient le plus sur la conscience. Le mari mort d'inquiétude qui avait tenu à prendre la tête des battues organisées pour retrouver sa femme, de préférence dans des coins où on ne risquait pas de tomber sur son cadavre… Ceux qui ouvraient leur porte sans qu'on ait besoin d'une commission rogatoire, tout sourire, citoyens modèles n'ayant rien à cacher jusqu'à preuve du contraire… Le plus étonnant était qu'ils ne se rendaient pas compte à quel point leur petit jeu était transparent pour les policiers qui les interrogeaient. Rangeant la carte dans la poche intérieure de son veston, il remonta mentalement Antoine Rancière et Mélanie Darieux en haut de la liste des personnes présentant un intérêt pour l'enquête. Au comptoir du bar de la Poste, par la porte ouverte, des habitués l'observaient d'un air goguenard.

10

— C'est ici, le docu sur la Chine ?

— On va commencer dans une heure. Viens avec nous boire le vin de l'amitié…

Bordarier posa la bouteille donnée par Rancière sur une vieille table à tréteaux consacrée aux rafraîchissements, conscient du fait qu'elle faisait un peu tache à côté des cubis en plastique desquels une bande nombreuse et bigarrée tirait une joie déjà bruyante. Sa question avait été adressée à un homme d'une quarantaine d'années, en jean et tee-shirt noirs, les cheveux ramenés en catogan, qui lui avait répondu avec un fort accent anglais. Acceptant un verre en plastique, Bordarier but une gorgée d'un vin frais et léger, un peu meilleur que ce que son conditionnement laissait prévoir. Ils restèrent quelques minutes à bavarder. L'Anglais avait écrit une thèse sur le syndicalisme dans les anciennes villes minières du nord de l'Angleterre, faisait quelques piges pour des journaux politiques, passait souvent l'été dans les Cévennes pour se ressourcer. Il n'était pas le seul étranger à se sentir bien près de la yourte de Saint-Sauveur-du-Merlet. Certains rassemblements ramenaient du monde de toute l'Europe, expliqua-t-il. Ce serait certainement le cas de la foire à l'autogestion qu'ils étaient en train de concocter pour l'année prochaine, un truc dément qui remplirait plusieurs campings. Bordarier continuait d'écouter d'une oreille tout en s'efforçant de tirer les dernières gouttes d'un cubi presque vide, lorsqu'il sentit une présence à sa droite. Il se tourna et reconnut sans peine Chalumeau d'après la photo du journal. Le regard était presque hostile, comme s'il se demandait ce qu'il foutait là et ce que cet idiot d'Anglais pouvait lui avoir raconté.

— Tu n'es pas d'ici. En vacances ?

Bordarier hésita. À la façon dont Chalumeau inspectait son pantalon de ville, sa veste portée sur le bras, ses chaussures noires, il sentit que ce n'était pas la peine de jouer la comédie et de prétendre être un simple touriste ayant oublié son bermuda et ses méduses à la maison, et encore moins un zadiste prêt à verser du sucre dans le carburateur d'une foreuse d'exploration du gaz de schiste. De toute façon, quand les gens étaient dès le départ méfiants, il était difficile de se faire passer pour ce qu'on n'était pas. Il pensa à un jeune ami parisien, un détective privé, qui avait failli terminer sa carrière assez vite à cause d'une malencontreuse erreur de déguisement. Chargé par un patron de suivre un employé dans une banlieue plutôt chaude, il s'était mis en survêtement et casquette, avait travaillé sa démarche, s'était convaincu qu'il maîtrisait le personnage, avant de se faire repérer et courser à cause de ses chaussures, trop pourries pour faire illusion. C'était si maladroit qu'on l'avait pris pour un flic.

— T'es un flic ?

— Commissaire Bordarier, SRPJ de Nîmes…

L'autre le regarda attentivement.

— D'accord. T'es là pour nous faire chier ?

— Rassurez-vous, je ne suis pas venu pour démonter votre yourte. J'enquête sur un homicide.

— De qui ?

— On ne sait pas, une femme en tout cas, assez jeune, peut-être d'ici, peut-être pas…

— Et on t'a dit de venir nous voir ? Tiens, tiens, je me demande bien qui a pu faire ça…

Deux jeunes femmes tatouées et perforées passèrent entre eux pour accéder au cubi. Cette fois, malheureusement, il était complètement à sec.

— Merde, y en a plus. Au fait, tu sais que la pasteure m'a fait un topo sur les tentes dans la Bible, l'autre jour… Comme quoi elle est dans l'esprit du protestantisme, notre yourte mongole. Elle m'a soûlée avec ses histoires sur la vie qui n'est qu'un passage, qu'un jour il faut bien plier la guitoune, enfin tu vois le délire…

L'autre avait calculé la bouteille donnée par Rancière, qui n'avait échappé à la soif collective que parce qu'elle était dotée d'un bouchon. Bordarier la regarda s'en emparer par le goulot, comme une vulgaire canette de Kro. Il devait y avoir un tire-bouchon quelque part.

— Tu parles, elle veut capter la yourte pour ses jeunes… Tiens, regarde qui arrive. Pile poil à l'heure.

— C'est qu'il y tient à son show, le Darieux !

Bordarier et Chalumeau se retournèrent de concert. Le maire avait garé sa BMW au bord de la nationale et était en train d'arriver à pied sur un chemin qui montait de la rivière. Le commissaire se demanda s'il venait souvent renifler autour de la yourte pour se rappeler à ses ennemis. Encore loin, il se mit à gueuler.

— Alors, Chalumeau, vous vous amusez bien dans votre soucoupe volante, vous continuez à faire joujou au nomadisme ? Quand est-ce que vous allez vous envoler vers les étoiles ? On s'impatiente, vous savez. On voudrait bien récupérer le terrain pour en faire quelque chose d'utile et de constructif...

— Allez, dégage, pauv'con.

L'invective de Chalumeau fut comme un signal. Le vin de l'amitié était sur le point de tourner au vinaigre.

— 'culé.

— Vendu.

— Ordure.

Bordarier remarqua qu'il y avait deux groupes. Les convaincus, qui insultaient le maire à qui mieux mieux, et les modérés, qui n'osaient rien dire et ressemblaient plutôt à des villageois pour qui un coup de rouge et un spectacle gratuits étaient toujours ça de gagné. Ceux-là avaient l'air gênés. Désireux de signaler au moins symboliquement leur désaccord, ils s'étaient même un peu écartés du buffet de toute façon déjà bien dégarni.

Darieux ne se laissait pas démonter par l'accueil qui lui était fait. Tout en continuant à crier, il affichait un sourire rigide, ses dents comme des petits glaçons alignés dans le crépuscule.

— Oui, oui, c'est ça, c'est ça, Chalumeau, les insultes, la vulgarité, c'est facile, ça vous permet de ne pas regarder la réalité en face. Vos manières d'adolescents attardés, à vous et à vos acolytes, commencent à en fatiguer plus d'un...

— Et vous, avec votre zoo, vous ne faites pas joujou au Monopoly ?

— Bah, vous n'êtes qu'un imbécile, vous ne savez pas de quoi vous parlez. Vos jets de pierre, croyez-moi, ça n'arrange pas vos affaires ! Je viens vous avertir que les jours de la yourte sont comptés. Profitez bien de votre petit cinéma, ce soir, parce que le réel vous mord les talons !

Comme quelques yourteurs commençaient à s'approcher de lui de manière menaçante, dreads prêtes à fouetter l'air et piercings hérissés, le maire commença à battre en retraite, lentement d'abord, à reculons, puis en foulées rapides. Ils le regardèrent partir en continuant à lui lancer des lazzi.

Bordarier rejoignit Chalumeau.

— C'est le maire ? Il n'a pas l'air commode, dites ?

Le chef des yourteurs fronça les sourcils.

— C'est qu'il en serait bien capable, le salaud…

— Pardon ?

— Darieux. Tu vois ces champs ? Ces potagers ?

Chalumeau montra un peu en contrebas, près de la rivière, une terrasse où s'alignaient des salades, des oignons des Cévennes, des haricots grimpants qui s'enroulaient le long de tuteurs rustiques.

— Il veut transformer tout ça en zoo ! En zoo…

— Capable de quoi ?

Chalumeau prit l'air pensif.

— Léa. Léa Hubert. Elle nous aidait de temps en temps dans la lutte contre la mairie, en allant voir les propriétaires terriens menacés d'expropriation par le projet de zoo. Et puis la semaine dernière, elle a disparu. Elle vivait en solitaire, au-dessus d'ici, dans la montagne, dans un Combi Volkswagen abandonné. Comme on ne l'avait pas vue depuis un moment, on est montés, et là, personne. On dirait qu'elle a presque tout laissé, à part quelques vêtements.

— Vous n'auriez pas une photo d'elle par hasard ?

— Peut-être bien… Viens.

Bordarier comprit avec un sourire que Chalumeau était tout à fait capable de surmonter son aversion pour la police s'il entrevoyait la possibilité de s'en servir pour nuire à ses ennemis.

Il faisait une chaleur d'enfer sous la yourte. Farfouillant dans une malle, Chalumeau en sortit une Léa Hubert au visage fané. Elle avait une cigarette aux lèvres et était habillée d'un poncho et d'un pantalon bouffant. À ses pieds, une pancarte appelait à établir un moratoire sur les insecticides responsables du déclin des abeilles.

— C'est dans la logique des choses. D'abord il envoie des gros bras pour nous casser la baraque, et puis quand il voit que ça ne marche pas, il s'y prend autrement…

De coups de rouge en grignotages divers, le documentaire fut bientôt repoussé à plus tard, puis à beaucoup plus tard. Si la présence du commissaire les avait initialement un peu mis sur la défensive, les convives s'étaient maintenant détendus et déversaient sur le projet de zoo et les trafics immobiliers de Darieux un flot d'informations qui se voulaient incriminantes mais qui malheureusement restaient assez vagues.

Puis il émergea accidentellement que la disparition de Léa Hubert avait coïncidé avec celle d'un rouleau de billets que Philippe Chalumeau gardait dans sa voiture. Le commissaire se sentit pour le coup un peu moins inquiet sur son sort.

Celui qui avait lâché cette information, malgré les éclairs que lui lançait furieusement Chalumeau, s'appelait Paolo. Il se présentait comme l'une des grandes forces de la résistance locale contre l'hégémonie répressive de l'équipe municipale. Son outil d'intervention était un appartement situé en plein centre du village, dont la pièce unique donnait sur une terrasse immense. Quoi de plus naturel que d'en faire une scène de concert ? Le grand plaisir de Paolo était de poser ses enceintes dehors, quand il faisait beau, et de faire enrager ses voisins.

— Tant pis pour eux ! C'est une bande de néos. Ils n'avaient qu'à réfléchir avant d'acheter ici et de faire monter les loyers.

— Néos ?

Paolo considéra Bordarier de son œil torve.

— Néo-Cévenols. Ils croient trouver le calme, ces cons. Eh ben c'est raté, ils auraient dû rester en ville ! Bien fait pour leur gueule !

— Mais vous, Paolo, vous êtes d'où ?

— De Marseille. Mais cévenol de cœur. Je ne suis pas venu pour faire le guignol en chaise longue. C'est pas une maison de retraite ici, c'est rock'n'roll, c'est la liberté…

Bordarier savait d'expérience que ceux qui pensaient trouver le calme dans certains de ces petits villages de montagne faisaient une grave erreur. Lui-même, tombé sous le charme de telle ou telle vallée le temps d'un déjeuner pris sous une tonnelle, au coin d'une place déserte, à midi, avait parfois rêvé d'une autre vie, plus simple. Il était facile de s'y laisser prendre. Un chat se léchait méthodiquement la patte sur un perron poussiéreux. Les glycines mêlaient leur parfum à la chaleur du jour. Des ombres se déplaçaient lentement sur le goudron de rues abandonnées. Quelque part tintait la clochette d'un commerce dont la porte ne se franchissait qu'en hésitant, parce qu'on n'était pas sûr qu'il soit ouvert. Mais malheur à qui se fiait à ces quelques impressions passagères pour conclure à l'endormissement des lieux ! Il aurait fallu qu'ils s'attardent encore un peu pour que ce spectacle de paix parfaite soit violemment démenti par la pétarade sauvage d'une mobylette, la conversation publique d'une télévision dont le volume avait été poussé au maximum, les crissements de pneus d'une voiture customisée dont le propriétaire faisait pulser la sono avec la rage de celui qui n'est pas sûr d'exister. Et lorsque les fêtes du chien, du chat, du pâté et de la châtaigne s'enchaînaient à un rythme endiablé, toutes prétextes à l'installation d'une scène sur la place du village où divers groupes déversaient les tubes de l'été sur une foule en liesse, le rêve de quiétude se transformait carrément en cauchemar.

Un autre marginal se joignit à eux. Il devait avoir la trentaine, difficile à dire avec ces cheveux longs qui retombaient sur un front découpé en deux étranges lobes bombés et cette barbe d'ermite qu'on aurait pu confondre avec une mousse ou un lichen. Sa maigreur était extraordinaire. Bordarier jugea peu certain que les grandes mottes de pâté qu'il engloutissait sur d'épais tronçons de pain complet suffiraient à y remédier. Il avait glissé un livre corné et taché dans sa ceinture, peut-être avec l'intention de le feuilleter en chemin, à moins que ce ne soit pour adoucir l'aigu d'un sol pierreux. Sa voix sortait par saccades, un peu rauque.

— Avec Paolo. C'est le record. C'est le bouquet. Il produit du décibel, putain, l'autre jour je passais dans la ruelle et je l'ai vu qui se déhanchait. À poil le Paolo ! En plus le presbytère qui est en face !

— J'écoute ma musique comme je veux. Et puis celui que j'emmerde le plus, c'est le maire !

— Et vous aussi, vous vivez au village ?

Se balançant sur ses jambes à la manière des gens qui n'ont pas toute leur tête, l'homme lâcha quelques syllabes heurtées à partir desquelles le commissaire comprit qu'il vivait seul dans une maison sans eau courante ni électricité, de l'autre côté de la montagne.

— La nature. C'est notre mère. On est en dehors… Moi, je veux me rapprocher le plus possible… La sagesse, tu vois…

Chalumeau, qui s'était éloigné un moment pour résoudre un problème de lampe électrique, les interrompit pour présenter au commissaire une autre membre du groupe.

— Miriam, qui édite notre revue… Grâce à elle, on envoie des exemplaires jusqu'au Japon…

Elle avait la quarantaine, des cheveux bruns bouclés, était habillée simplement d'une chemise en jean et d'un pantalon de toile. Elle tapota familièrement l'avant-bras de Chalumeau.

— Oh, là là, ne t'emballe pas, dis donc, il ne faudrait pas que monsieur se fasse des idées. Il ne manquerait plus qu'on nous signale à la DGSI ! Non, sans déconner, on ne peut pas faire plus confidentiel. Pour vous dire, chaque numéro de la revue sort d'un unique photocopieur…

C'était de la fausse modestie. Ou alors elle avait vraiment peur qu'il la signale au renseignement. En tout cas, si la revue n'était pas tirée à des milliers d'exemplaires, ce n'était pas faute d'ambition de la part de son éditrice. Peu à peu, il émergea de la conversation que son projet était d'accomplir dans le village une grande réforme culturelle, d'organiser des festivals de cinéma, de musique, puis de se saisir de la municipalité. Elle avait ouvert l'Anarkiosque, un centre de documentation et de diffusion. D'après ce que Bordarier put comprendre, leur ligne englobait d'un seul mouvement de rejet, entre autres, les entreprises américaines convoitant l'exploitation du gaz de schiste, les touristes hollandais, les banques et la finance, les promoteurs d'un prétendu capitalisme vert qui n'avait de vert que la couleur du dollar, ainsi que les pratiquants de l'agriculture conventionnelle et autres adeptes du tout-chimique et du rendement aveugle. Bordarier fut invité à y faire un tour. Au fil de dons de maisons d'édition ou de bibliothèques purgeant leurs rayonnages, Miriam avait constitué une riche collection de philosophes, de politologues et d'environnementalistes écornés au milieu de laquelle elle accueillait les sympathisants et les curieux plusieurs heures par semaine. À mesure que la conversation progressait et que Bordarier vidait son verre en plastique, promptement rempli à nouveau, il eut l'occasion de se faire une idée de sa verve militante. Avec Chalumeau, anticipant sur le documentaire qui les attendait, ils se mirent à parler géopolitique, oppression capitaliste, travail forcé. Le commissaire eut soudain la vision de deux jongleurs agiles qui rapprochaient les objets lointains, passaient sans transition des drones du Pentagone aux ouvrières du Bangladesh, naviguaient dans le labyrinthe des cartes, suivaient le déplacement des biens et des corps, le mouvement des devises, comme s'ils tenaient le globe dans leurs mains.

Lorsque le film commença, ils étaient une quinzaine à transpirer dans l'air étouffant de la yourte, rendu épais par un mélange d'odeurs de vieille laine, de chèvre, de moisi et de pinard. Enfin parfaitement éméché, Bordarier subit par apathie le documentaire narré en anglais. Les sous-titres, incomplets, jaunes et flous, passaient trop vite. Il avait un peu la nausée. Le calvaire terminé, il trouva l'énergie de remercier ses hôtes et de reprendre le chemin du village en compagnie de Paolo. Les pierres blanches des ornières luisaient sous la lune presque pleine qui se tenait juste au-dessus de la crête de la montagne d'en face. Il ramena son compagnon de route sur le sujet de Léa Hubert.

— Elle n'avait pas parlé de partir avant ce moment ?

— Oh, si, elle en avait marre de galérer. Elle voulait une salle de bains, l'eau courante…

— Et elle a quel âge cette Léa ?

— Trente-cinq ans à tout casser.

Tournant vers le commissaire son visage marqué par l'alcool, il ajouta d'un air assez satisfait :

— Plusieurs fois, elle a passé la nuit chez moi… Tu vois, j'ai l'eau courante et l'électricité…

Une chouette se mit à ululer dans les bois obscurs. L'homme marchait à grandes enjambées, comme un vagabond d'un autre temps.

11

Bordarier se réveilla convaincu qu'un ouvrier de la voirie s'était introduit à l'intérieur de son crâne pendant la nuit et avait entrepris d'y creuser une tranchée au marteau-piqueur. S'arrachant à la taie d'oreiller, il s'assit sur le bord du lit et se frotta vigoureusement le visage de ses deux mains jusqu'à ce qu'un semblant de vision lui soit restitué. À mesure que les objets qui l'entouraient devenaient plus nets, il commença à se souvenir de la yourte et à comprendre que les sensations douloureuses dont il était la proie, et le délire qui les accompagnait, n'étaient que le résultat de la soirée trop arrosée de la veille. Une pensée l'avait arraché à son sommeil, le sentiment qu'il oubliait quelque chose d'important. Ce ne fut que devant le lavabo de la salle de bains qu'il se souvint que Benedetta allait arriver à Nîmes dans l'après-midi. Une demi-heure plus tard, rendu au monde par une douche froide, il descendit à la réception consulter les horaires d'autocar. Comme il avait encore une bonne heure devant lui avant le prochain départ, il s'installa à la terrasse de l'hôtel et commanda à Mme Treillet, en déclarant qu'il avait très faim, le petit déjeuner « spécial Bancels ».

— Ne vous inquiétez pas, vous serez calé avec le Bancel, tranquille au moins jusqu'à midi. Vous nous quittez déjà ?

— Ce n'est qu'un au revoir.

— Je l'espère bien, on ne peut pas laisser des gens disparaître comme ça dans la nature. Cette pauvre fille…

Apparemment, se dit-il en la regardant partir vers les cuisines, elle avait fini par comprendre ce qu'il faisait à Saint-Sauveur-du-Merlet. Peut-être qu'elle y réfléchirait à deux fois avant de lui proposer des sudokus. Il se rencogna dans le fauteuil en rotin où il s'était laissé tomber et attendit stoïquement son café. Protégée par deux corps de bâtiment, avec ses orangers en pots, ses hortensias et ses géraniums, la terrasse ressemblait un peu au jardin d'un petit cloître. Au milieu, un vieux palmier cherchait le ciel bleu, entre les génoises orange et blanc des toits.

Il pensa à sa fille, puis à la photo de Léa Hubert qui était dans la poche de sa veste. Ce n'était sans doute rien, se dit-il, une disparition volontaire, simplement quelqu'un qui avait voulu mettre les voiles, tout envoyer balader. Qui n'avait jamais eu envie de le faire ?

Il vit que Cordelle avait essayé de le joindre et la rappela. C'était à propos de l'autopsie. Elle aurait finalement lieu le lendemain matin, à 9 heures. Étant donné l'état du corps, le médecin légiste n'était pas sûr de parvenir à établir de manière définitive la cause du décès, mais il promettait de faire son possible. Il insistait aussi pour que Bordarier soit là en personne. Un bruit de fond de chiens qui aboyaient, hurlaient et jappaient rendait la conversation difficile.

— Excusez-moi commissaire, je suis en train de nettoyer les enclos. Ah, ces bêtes font un de ces raffuts !

— Vous n'avez jamais de problèmes avec vos voisins ?

— C'est pour ça qu'on est en garrigue ! La maison la plus proche est à trois kilomètres. Il faudra que vous veniez dîner chez nous un jour…

Après avoir raccroché, Bordarier photographia le portrait de Léa Hubert avec son portable et l'envoya aux membres de son équipe avec un court message résumant ce qu'il savait d'elle. Il appela aussi Tristan Genet pour déverser sur sa boîte vocale toutes les informations qu'il avait glanées. Il voulait en savoir plus sur le maire et son projet de zoo.

Mme Treillet revint avec le crème, un croissant bien doré et une moitié de baguette accompagnée de son beurrier et de son pot de confiture de marrons. Au moment où le commissaire mordait la partie du croissant qu'il venait de tremper dans son café, la fille à l'appareil photo qu'il avait entrevue la veille, à la réception de l'hôtel, vint s'installer à l'une des autres tables dressées pour le petit déjeuner. Ses yeux croisèrent les siens, juste un instant, avant qu'elle ne s'asseye en lui tournant le dos. Elle avait le visage étroit et un peu triste, avec des cheveux très courts, à la Jean Seberg. Il jugea qu'elle devait avoir à peine dix-huit ans. Mme Treillet vint prendre sa commande.

— Alors, vous avez pu faire de belles photos ?

— Oui, c'est magnifique ici. J'adore me promener dans les montagnes.

— Et vous avez pu retrouver votre amie ?

— Elle sera là d'ici quelques jours.

La fille avait jeté un bref regard en arrière, comme si elle avait senti que le commissaire l'observait. Il baissa les yeux et se saisit de son portable pour tenter à nouveau de joindre Marion. Cette fois, la boîte vocale était pleine. Comme son message d'accueil n'avait jamais été personnalisé, il n'eut pas même le plaisir d'entendre sa voix. Il réfléchit que la dernière fois qu'ils s'étaient parlé remontait à un mois, au moins, lorsqu'elle lui avait demandé un peu d'argent pour l'aider à payer son loyer en retard. Il lui avait annoncé qu'il allait passer, mais personne n'avait ouvert à l'heure convenue. Après deux heures d'attente, comme il avait oublié le double qu'il avait fait faire au moment où il avait aidé sa fille à rentrer dans ses meubles, il n'avait eu d'autre choix que de glisser l'enveloppe sous sa porte. Mesurant à nouveau les semaines qui s'étaient écoulées, il décida qu'il était grand temps de partir à sa recherche.

Pour mettre à profit l'heure qui lui restait avant le passage du bus, il fit un dernier tour dans le village. Le bar du Globe était ouvert. Il alla vers le serveur et lui présenta la photo de Léa Hubert.

— Ah, oui. C'est Léa. On ne l'a pas vue depuis un moment. Elle vit dans un squat, là-haut, dans la montagne. Un minibus tout pourri. Il ne lui est rien arrivé, j'espère ?

— C'est ce que j'essaie de savoir. Vous pourriez lui dire de me contacter, si vous la voyez ?

Il lui tendit sa carte.

— La police, hein ? Je peux toujours lui transmettre le message, par contre, je ne garantis pas qu'elle vous appellera.

Il n'y avait presque que des touristes en terrasse. Bordarier leur montra la photo mais n'obtint que des regards confus ou curieux, des « non » en plusieurs langues. Il se dit qu'il aurait fallu au moins encore un jour pour récolter des informations sur la disparue, aller voir le Combi. Mais avec Benedetta qui arrivait au train, ça ne pourrait se faire avant mardi ou mercredi.

Trois jeunes du village attendaient à l'arrêt d'autocar, deux garçons et une fille, debout à côté d'un vieux assis qui mâchonnait pensivement son dentier. Bordarier prit place sur le banc. L'un des garçons avait posé son bras sur les épaules de la fille et la serrait de près. Elle devait avoir seize ou dix-sept ans. Tout en se confectionnant une cigarette avec du tabac à rouler et du papier qu'elle humectait de sa langue, elle écoutait ce qu'il lui murmurait à l'oreille et fermait un peu ses paupières maquillées de bleu. Ils se mirent à rire en regardant l'autre garçon qui avait sorti son portable et photographiait quelque chose sur le côté de l'abribus.

— Oh, dis, il est beau ton graff, tu vas pas arrêter de te la péter une minute ?

Un grelot humide sortit de la gorge de la fille. Manifestement elle avait l'habitude de trouver brillantes les sorties de celui qui lui faisait, à peu de chose près, une clé au cou. Sous prétexte de chercher à savoir si le bus arrivait, Bordarier se leva pour voir ce que l'autre photographiait. Un visage de femme avait été peint à la bombe sur le béton rugueux, certes pas tout à fait proportionné, avec des yeux indéniablement attirés par des horizons différents, mais où on lisait tout de même une certaine mélancolie rêveuse. À l'arrière-plan était un ciel d'un bleu naïf et des nuages où s'étaient englués quelques oiseaux dont les ailes avaient coulé. Bordarier reprit place à côté du vieux au moment où celui-ci allait chercher dans les profondeurs graillonneuses de sa poitrine un glaviot épais qu'il ne parvint qu'à laisser tomber à ses pieds. Avec des mines dégoûtées, le couple s'écarta aussitôt. Sans se laisser démonter par ce réflexe de jeunes animaux effarouchés, le vieux leva des yeux malins qui flottaient dans ses paupières comme dans deux verres d'eau-de-vie, d'abord en direction du graff, qu'il ne pouvait pas voir d'où il était, puis sur le commissaire.

— Vous savez qu'ils en mettent dans les musées, maintenant, de ces machins-là ?

— Ah bon ?

— Un de ces quatre, vous allez voir, ils vont déclarer que ces chiures de merles font partie du patrimoine universel de l'humanité, comme les grottes de Lascaux. Faut dire que c'est pas beaucoup mieux, l'art préhistorique. N'importe qui pourrait en faire autant.

— Vous croyez ?

— C'est universel. On voit quelque chose, n'importe quoi, une table, un mur, de la poussière par terre, on se met à dessiner et à écrire dessus, c'est plus fort que nous. Combien de fois j'ai nettoyé le mur devant chez moi ! Non seulement ils écrivent partout, mais en plus ils veulent que ça reste.

Il se tourna vers le jeune aux écouteurs en élevant la voix.

— Tiens, quand j'aurai le temps, je viendrai détacher tout ça. Un chiffon, du solvant et roulez jeunesse !

L'autre rétorqua sans le regarder, comme s'il se parlait à lui-même, que dans ce cas il aurait intérêt à faire vachement gaffe à sa façade.

Le vieux avait commencé à évoquer un tromblon chargé au gros sel qu'il tiendrait prêt pour l'occasion lorsqu'ils furent interrompus par l'arrivée de l'autocar.

Bordarier monta à bord et s'acquitta auprès du chauffeur de la somme quasi symbolique d'un euro et cinquante centimes. Alors qu'il dépassait stratégiquement le siège où s'était installé le vieux qui aimait les autodafés, celui-ci l'interpella avec un clin d'œil.

— Je n'ai rien à faire à Nîmes, mais j'en profite !

C'était vrai qu'au prix fixé par des municipalités et une région désireuses de ne pas être accusées d'abandonner à leur isolement de brousse les villageois sans voiture, surtout en ces temps où les petits commerces de proximité étaient remplacés par les *hard discounts* qui avaient poussé un peu partout au bord des routes, le bonhomme aurait eu tort de s'en priver. En ces temps d'austérité, il fallait tirer parti au maximum de tout ce que le gouvernement pouvait lâcher.

La route suivait la rivière. Presque à sec au départ, elle allait s'élargissant et s'approfondissant à mesure qu'elle descendait vers les plaines. L'autocar passa devant des campings, doubla assez dangereusement un groupe de cyclistes portant les couleurs d'un club local, traversa un bourg pris entre de hautes falaises, dont les strates faisaient des replis comme des coulées de guimauve dans la lumière du matin. Puis ce fut la quatre-voies, la traversée de la plaine, où poussaient la vigne et les arbres fruitiers. Bordarier se retourna pour voir les montagnes, bleues, vaporeuses, déjà lointaines.

Une heure plus tard ils arrivèrent en gare de Nîmes. Au moment de descendre, le commissaire eut l'idée de montrer au chauffeur la photo de la jeune femme disparue. Celui-ci la reconnut. Elle avait plusieurs fois effectué le trajet entre Saint-Sauveur-du-Merlet et Nîmes, mais ça faisait un moment qu'il ne l'avait pas vue.

12

Un vent humide était en train de remonter de la Méditerranée, chargé de nuages qui semblaient faits d'une substance épaisse et grasse, comme des caillots flottant dans du petit-lait. Bordarier récupéra sa voiture dans le parking souterrain de la gare, là où Cordelle l'avait laissée. Il constata que les vitesses passaient mal, pesta, fut tenté d'appeler sa collègue pour lui demander le plus gentiment possible si elle n'avait pas forcé l'embrayage, puis se dit qu'il vaudrait mieux considérer les choses à tête reposée. Benedetta serait là d'ici quelques heures. Sa priorité, dans l'intervalle, était de se mettre sur les traces de sa fille.

Posé au milieu d'un quartier résidentiel où des maisons alternaient avec des bâtiments de plusieurs étages, l'immeuble dans lequel Marion occupait un appartement était une barre dont le jaune pisseux avait été abusivement décrit comme lumineux, gai et moderne par l'agent immobilier, qui avait exigé que le commissaire se porte caution. Il gara sa voiture près d'un pont qui enjambait une voie ferrée. Plus bas sur l'avenue, à quelques centaines de mètres, on apercevait les longs murs crêtés de barbelés d'une caserne militaire.

Alors qu'il arrivait devant l'immeuble, Bordarier eut la surprise de reconnaître le chasseur par qui tout avait commencé. En bob, bermuda et espadrilles, il tirait sur une laisse au bout de laquelle trottait un chien jaune qui ressemblait comme deux gouttes d'eau à celui dont il s'était débarrassé dans la garrigue. Son autre main était posée sur l'épaule d'un garçon d'une douzaine d'années qui hoquetait, étouffé par les larmes. Bordarier marcha droit sur eux en montrant le chien.

— Tiens, un revenant ! Vous avez écourté vos vacances ? Dites, ils ont la peau dure, ces cabots, la dernière fois que je l'ai vu, celui-là, il avait l'air plutôt mal en point… À moins que ce ne soit son frère ?

Ravaud s'était arrêté net, bouche bée, puis avait jeté un coup d'œil rapide et inquiet vers son fils. Maintenant, il serrait les poings et l'enfant levait vers lui ses yeux cernés et rougis.

— Je te l'avais dit, que c'était pas Pipette…

— Mais si c'est Pipette, Matthieu, regarde le collier, imbécile !

La seule explication, en dehors d'un scénario improbable du genre *Simetierre,* c'était que Ravaud avait dû faire tous les chenils et les fourrières de la région pour trouver le sosie de son chien exécuté. Il fallait admettre que dans la catégorie début de vacances raté, faire sauter la tête de son fidèle compagnon à la carabine pour le racheter quasiment à l'identique le lendemain, c'était assez fort, quelque chose qu'on ne voyait pas tous les jours, un bel os à ronger pour le psy qui s'occuperait du petit Matthieu devenu adulte. Le plus étrange était que Ravaud ait pu croire un instant que son fils n'allait y voir que du feu. Le seul qui ne se doutait de rien, c'était le chien. S'il avait su qu'il portait autour du cou le collier de son prédécesseur assassiné, ç'aurait peut-être pu le faire réfléchir, mais là, non, il continuait de remuer bêtement sa queue qui allait frapper la jambe bourrelée de varices de son nouveau maître. Dans le silence relatif de la rue, le son que ça rendait était plutôt sinistre.

Ne sachant plus quoi dire, se sentant d'un coup profondément découragé devant le pathétique de ce tableau familial, le commissaire tenta un geste consolateur en ébouriffant les cheveux de l'enfant, puis se dirigea vers l'entrée de l'immeuble en essayant d'ignorer les pleurs qui avaient repris derrière lui.

Dans le miroir de l'ascenseur, il contempla sa cinquantaine, son teint brouillé, ses joues mal rasées, son ventre. À son âge, une cuite telle que celle de la veille ne pardonnait pas. Un vent coulis faisait mugir la cabine. Il arriva au quatrième, où tout était silencieux et désert sous l'éclairage glauque d'un plafonnier obscurci par des cadavres de mouches. Six portes identiques, peintes en gris comme les murs, donnaient l'impression qu'elles auraient tout aussi bien pu s'ouvrir sur des cellules. Il frappa plusieurs fois. Comme il n'entendait rien bouger de l'autre côté, il ouvrit avec le double de la clé qu'il avait pensé à prendre.

Des moutons coururent sur le parquet lorsqu'il referma la porte. Le studio de Marion était en désordre, avec des vêtements abandonnés par terre. Il fit rapidement les placards et les tiroirs sans rien trouver d'intéressant. Avec son mobilier de récupération, ses étagères posées sur des parpaings, l'espèce de drap indien cousu de perles, de bouts de miroir et de strass qui était accroché au mur, l'endroit faisait penser à la chambre d'une étudiante sans le sou. Encore, si ç'avait été le cas ! Au grand regret de Bordarier, Marion avait lâché quatre ans auparavant ses études d'histoire de l'art à Montpellier et ne comptait pas les reprendre. Elle préférait travailler comme serveuse. Dernièrement, ç'avait été dans une boîte de nuit. Il examina le coin cuisine. Une assiette maculée de sauce tomate séchée avait été posée dans l'évier. Le frigo contenait une pomme fripée, une bouteille d'eau gazeuse rendue à sa platitude originelle, une barquette de pâtes fourrées au fromage et au basilic dont la date de péremption avait été dépassée de quelques jours.

Il trouva ce qu'il redoutait dans le placard de l'évier. Des bouteilles de whiskey vides repoussées vers le fond, derrière la poubelle. Il s'en voulut de ne pas avoir surveillé sa fille de plus près. Elle devait être de retour dans ses coins. Comme trois ans auparavant, quand elle avait touché le fond, buvant et se droguant avec sa bande de jeunes hirsutes, des semi-clochards, des punks à chien qui tenaient salon sur un tapis de canettes et de mégots. Que faire ? Il ne pouvait pas être derrière elle à chaque minute de la journée. La première chose, la plus évidente, aurait été de l'envoyer suivre une cure de désintoxication. Le problème était qu'elle était majeure et vaccinée. Il ne pouvait pas la forcer à se soigner.

L'ordinateur était posé sur un petit bureau en contreplaqué, près de la baie vitrée qui donnait sur le balcon. Il l'alluma et parcourut l'historique de navigation. Sa fille avait fait une recherche sur un petit dealer qui s'était pendu dans la cave du pavillon de ses parents, dans un village entre Nîmes et Montpellier. Elle était allée sur plusieurs sites d'informations, dont celui du *Midi Libre*. Ils racontaient tous à peu près la même chose. L'affaire remontait à quelques semaines. La gendarmerie de Lunel avait constaté le décès de Mourad Boumaza, jeune homme de vingt-trois ans bien connu des services de police pour divers deals de drogue. En voyage en Algérie, ses parents avaient été contactés et avaient regagné le territoire. Sentant monter une angoisse sourde dans sa poitrine, le commissaire se demanda pour quelle raison sa fille s'intéressait tant à cette histoire. Il lui laissa une note rapide. Il était passé, il pensait à elle, il s'inquiétait de ne pas avoir de ses nouvelles.

13

Il aurait voulu suivre le vent derrière une grande voile blanche, tourner le dos à une plage déserte où personne n'aurait agité de mouchoir. Tout effacer, remettre les compteurs à zéro, laisser le passé à ses friches. Au lieu de ça, il s'arrêta devant un bar-tabac, au bout d'une rue qu'il avait descendue sans s'en rendre compte. Il avait faim, malgré tout. Il s'appuya au comptoir et à cette pensée consolante. Celle-ci en entraîna une deuxième. Si la température continuait à baisser et les nuages à s'accumuler, il se dit qu'il pourrait peut-être faire un feu pour Benedetta, à la nuit tombée.

Une fois servi, il regarda par-dessus son épaule. Tout, derrière lui, respirait la détresse banale, morne, des lieux où le temps semble peu à peu figer les gens et les choses dans une même gelée trouble. Des plantes desséchées remontaient le long de vitres sales, les tables étaient en formica, décolorées par les coups de torchon. À côté des poivrots habituels, qui sortaient à intervalles réguliers fumer des cigarettes, le verre à la main, il y avait des familles très propres sur elles qui buvaient du bout des lèvres, sans laisser leurs manches toucher la table. Bordarier comprit après quelques minutes qu'elles revenaient de rendre visite aux malades de la clinique toute proche, ou alors se préparaient à y aller. Un dimanche de draps blancs et de visages jaunes. Il termina son jambon-beurre et son demi, puis se résolut à appeler son ex-femme. De sa voix claire, faussement détachée, raisonnable, à la fois maternelle et ennuyée, elle l'autorisa à passer à la maison.

La maison, ça voulait dire une véritable propriété, à vingt minutes à pied du centre, avec oliveraie, piscine et pool house entièrement équipé pour les amis de passage. Martine revenait de sa salle de gym, une serviette blanche roulée autour du cou, parfaitement à l'aise dans son rôle de jeune quadragénaire en pleine forme, enfin épanouie dans ce cadre qu'il n'aurait jamais pu lui offrir avec sa maigre paie de fonctionnaire. Elle l'invita à pénétrer dans le salon où il n'avait été admis que deux ou trois fois auparavant, il y avait déjà plusieurs années, pour régler des questions administratives relatives au divorce.

Le canapé en cuir noir qu'elle lui désigna était une sorte de monolithe épuré, résolument en dehors de la sphère d'expérience des clients d'Ikea ou de Conforama, dont lui-même faisait occasionnellement partie. Il s'installa sans rien dire sur cet objet de grand luxe auquel il se retint de dire pardon et leva les yeux vers les deux tableaux modernes qui lui faisaient face. Se contentant d'afficher leur abstraction sans chercher à prouver quoi que ce soit, ils donnaient l'impression d'être à leur place. Contrairement à lui. Quand il parvint à ramener son regard dans la direction du fauteuil où Martine s'était assise, il vit avec une petite brûlure d'amour-propre qu'elle le considérait avec un sourire las, comme si elle faisait des efforts pour ne pas perdre patience. Il prit une longue inspiration. Mieux valait aller à l'essentiel.

Les sourcils de son ex-femme se froncèrent à mesure qu'il lui expliquait les raisons de son inquiétude. Là, au moins, rien n'avait changé, la grimace était identique à celle qu'il n'avait que trop connue pendant les dernières années de leur mariage désastreux. Il profita du silence qui suivit pour prendre une gorgée du café qu'elle lui avait servi. C'était équilibré, riche sans amertume, scientifiquement exprimé par une machine à expresso rutilante. De la technologie de pointe. Bordarier devina qu'elle avait dû coûter l'équivalent d'un mois de son salaire, au bas mot. Martine secoua enfin la tête, fit un claquement de langue réprobateur, soupira, l'air abasourdie par ce qu'elle avait entendu.

— Je ne sais pas ce que tu attends de moi. Tu sais très bien que Marion ne veut pas me parler, sauf pour me demander de l'argent. C'est malheureux à dire, mais si toi tu n'es pas capable de garder le contact et de la surveiller, comment voudrais-tu que moi j'y arrive ?

— Je veux juste savoir si elle ne t'a pas parlé de soucis qu'elle aurait pu avoir, ou si tu n'as pas remarqué un changement dans son comportement.

— Bon, tu sais quand même qu'elle s'est trouvé un nouveau petit ami ?

Bordarier accusa le coup. Non, il n'était pas au courant. Il roula entre ses doigts l'emballage rose du sucre qu'il avait mis dans son café. Qui, d'ailleurs, à part son ex-femme, achetait du sucre emballé pour servir à la maison ? D'un geste agacé, elle se frotta le menton sur la petite serviette qu'elle portait encore autour du cou.

— Ils prennent des cuites ensemble. Un loser, comme d'habitude. Ils sont venus un soir pour faire une lessive parce que leur machine était cassée. Ils ont mangé avec nous.

— Quand ?

— Il y a deux semaines à peu près. De vrais sauvages. Ils sont restés une demi-heure à table, sans faire le moindre effort de conversation, à ricaner de tout ce qu'on disait. Je ne peux pas te dire à quel point je suis déçue, je trouve qu'on n'a pas fait ce qu'il fallait, en tant que parents…

Traduction : tu n'as pas fait ce qu'il fallait, en tant que père, et puis elle tient de toi, cette pauvre fille paumée. Se rappelant de ne pas mordre à l'hameçon, Bordarier la laissa se lancer dans un long déballage sur son inertie lamentable, la façon qu'il avait de toujours laisser les choses partir de travers sans réagir. Il aurait fallu qu'il devienne homme pour commencer à être père, mais là, c'était mal barré, trop tard, il y avait belle lurette qu'elle avait jeté l'éponge. C'était un démolissage en règle, mais, à sa grande surprise, il le subit avec une sorte de plaisir, un peu comme des retrouvailles. Ça devait être un effet pervers de sa gueule de bois. Une fois l'averse passée, il finit quand même par obtenir le nom du jeune homme. Marcello Garcia. Un nom qui n'aurait pas plu à son arrière-grand-père. Celui qui, selon la légende familiale, allait à la gare de son petit village insulter les réfugiés de la guerre d'Espagne qui arrivaient par le train. Un homme, un vrai, lui.

— Tu t'es remis à boire ?

Elle avait gardé le meilleur pour la fin, le regard un peu inquiet, scrutateur, qui cherchait la vérité dans ses yeux qu'elle devait trouver suspects, jaunâtres. Avec sa cuite de la veille, elle n'aurait pas besoin de chercher longtemps. Il ne répondit pas. De toute façon, oui, il buvait, il ne se souvenait pas d'avoir arrêté. De quoi apporter de l'eau à son moulin. Il rentra sa tête entre ses épaules en attendant d'autres réflexions désobligeantes, qui heureusement ne vinrent pas.

La porte d'entrée venait de se refermer derrière lui lorsque la moto de Gérard Brun, le nouveau mari, remonta l'allée de graviers en ronronnant. C'était une Bugatti flambant neuve mais de style rétro, quelque chose qui aurait pu figurer dans un téléfilm historique, sur TF1, par exemple, dans une de ces scènes d'exode sur une route de campagne, pendant la Seconde Guerre mondiale, où tout le monde est étrangement propre et les habits semblent sortis du pressing. Par souci de cohérence avec le bijou mécanique, son propriétaire portait une veste en cuir, un foulard de lin blanc, un casque noir et des lunettes d'aviateur. Avec des gestes souples, il se débarrassa puis passa sa main dans ses mèches paille et sel de vieux beau.

— Tiens, Émile, quel bon vent t'amène ?

— Ma fille. Ça fait un moment que je n'ai pas de nouvelles, je m'inquiète.

— Moi, c'est mon fils. Ce connard m'a fait un gros pète sur *La Fidèle*. Le charpentier de marine m'a dit qu'il y en avait pour au moins cinq mille euros. C'est la dernière fois qu'il va faire le mariole dans les calanques avec ses potes, c'est moi qui te le dis. J'ai beau lui expliquer comment on fait, il est incapable de tirer un bord. Même à la navigation au moteur, c'est une brêle, il voit rien, il comprend pas. Que veux-tu…

Bordarier se rappela que Brun avait aussi un bateau à voile dans son coffre à jouets. Après le divorce, Martine et lui étaient allés célébrer leur lune de miel quelque part en Méditerranée. Il se demanda même s'ils n'avaient pas eu le toupet de lui envoyer une carte postale.

— Je te sers un verre dans le pool house ?

Trop abattu pour refuser, se disant qu'il allait peut-être en apprendre un peu plus sur sa fille et son nouveau copain, Bordarier accepta. Brun avait la pêche. Ses affaires immobilières avaient le vent en poupe, trois immeubles en construction en bord de mer, un plan pour un village de vacances en Turquie. Bordarier tombait assez souvent sur son nom dans le journal ou ailleurs. Il faisait partie du gratin de la ville, laissait entendre de temps à autre qu'une carrière politique ne lui déplairait pas, le moment venu. Le commissaire s'était interdit de s'intéresser à lui de près, question de fierté, mais la tentation de se renseigner était parfois forte tant il soupçonnait des activités à la limite de l'illicite. Il s'était en particulier posé des questions sur les terrains que Brun avait achetés pour une bouchée de pain, il y avait quelques années de ça, sur un plateau aride et désert qui semblait ne jamais devoir être développé. Quelques mois plus tard, comme par magie, l'eau et l'électricité avaient été providentiellement apportées par la mairie, les prix avaient doublé, triplé, et un beau petit pécule s'était discrètement constitué.

Brun lui versa un vin artisanal, un nectar produit par un de ses amis qui ne faisait que quelques bouteilles, pour le plaisir, qu'il réservait à un groupe de *happy few*. Faisant tourner dans son verre le vin qui n'avait pas eu le temps de respirer comme il aurait fallu, il expliqua avec des mouvements de bouche appréciatifs que les grappes étaient écrasées à l'ancienne, pieds nus, par des jeunes femmes triées sur le volet, lors d'une cérémonie aux accents païens. Il se pencha vers Bordarier d'un air sérieux, préoccupé.

— Tu sais, le jeune que Marion fréquente, je ne le sens vraiment pas. Je n'en ai pas parlé à Martine, mais quand ils sont venus la dernière fois, je l'ai surpris en train d'examiner le système d'alarme. Il m'a sorti une explication bidon, mais bon, tu vois le topo…

Il voyait. Encore une racaille. Un branleur bien paumé comme sa fille les aimait. Il ne manquerait plus qu'ils aillent cambrioler maman, pour couronner le tout.

En remontant dans la Primula, Bordarier se dit qu'il allait passer au commissariat et lancer une petite recherche dans l'ordinateur, histoire de voir ce qu'il pourrait recracher sur Marcello Garcia, mais changea d'avis en se rappelant que Benedetta était supposée arriver à la gare. Il regarda sa montre. Il lui restait un petit quart d'heure pour éviter la catastrophe.

14

En plus de sa petite valise à roulettes, Benedetta était descendue du train avec un énorme sac qu'un homme en costume portait pour elle. Le sourire flatté du bon samaritain, à la vérité déjà un peu crispé à cause de l'effort, disparut d'un coup lorsqu'il s'aperçut que la charmante voyageuse était attendue en bas de l'escalator. Il jeta presque sa charge dans les bras de Bordarier, avant de s'enfuir sans un mot vers les portes vitrées qui ouvraient sur l'avenue. Alors que le commissaire ployait aux genoux et luttait pour conserver l'équilibre, Benedetta lui passa la main dans les cheveux et l'embrassa, lui expliquant qu'il s'agissait de modèles de chaussures conçues par elle pour l'enseigne de mode avec laquelle elle travaillait. Elle venait d'en superviser la fabrication à Milan, un gros travail qui lui avait donné envie de ne pas sauter direct dans l'avion pour rentrer à Paris, mais plutôt de passer une nuit à Nîmes. Bordarier lui avait manqué, en somme.

Il la regarda par-dessus le sac. Elle avait l'air plutôt en forme pour quelqu'un qui venait de passer huit heures dans le train. Avec ses yeux rehaussés de mascara, ses cheveux longs, très noirs, elle donnait parfois l'impression d'être tout droit sortie d'un désert d'Orient, une créature magique qui apparaissait de temps en temps dans sa vie comme un génie sorti d'une lampe.

Arrivés à la voiture, ils déposèrent les bagages dans le coffre puis il lui tint la portière pendant qu'elle s'installait sur le siège passager. Ils ne s'étaient pas vus depuis presque deux mois et comme à chaque fois au bout d'un de ces longs intervalles, même s'ils se parlaient régulièrement au téléphone, c'était comme une nouvelle découverte. Il fallait au commissaire un moment pour prendre la mesure de ce corps soudain si proche, dans lequel venait de s'incarner la voix entendue à travers l'écouteur. Elle entrait dans sa vie et en sortait au rythme de déplacements imprévisibles, et lui se demandait toujours pourquoi elle revenait. Qu'est-ce qu'elle lui trouvait, à ce flic vieillissant que le travail commençait à rendre franchement sinistre ?

Ils s'étaient rencontrés par hasard. Victime d'un vol à l'arraché lors d'un bref passage à Nîmes, elle était allée porter plainte au commissariat. Un peu paniqué face à cette Italienne au bord de la crise de nerfs, le planton de l'accueil avait appelé à l'aide, et c'était tombé sur le commissaire qui passait à ce moment dans le couloir. Maintenant, deux ans plus tard, elle parlait de venir vivre dans le Midi, ou alors imaginait qu'il pourrait être muté à Paris. À chaque fois qu'elle lançait l'idée, il répondait de manière vague, inquiet de ce qu'un contact quotidien pourrait faire à cette relation qui lui paraissait miraculeuse. L'image qui lui venait le plus souvent, dans ces moments-là, c'était celle d'une bulle de savon écrasée par le pneu d'un camion poubelle.

Le mazet où il avait élu domicile après son divorce était une modeste bâtisse à l'abri des regards derrière un mur de pierre sèche et des buissons de lauriers-tins. Benedetta adorait ce lieu qu'elle appelait sa cabane. Elle lui faisait à chaque fois promettre de ne jamais déménager. Ce sol de tomettes usées, ces murs blanchis à la chaux, cet ameublement spartiate lui rappelaient les vacances qu'elle passait, enfant, dans les Abruzzes, avec ses parents, deux activistes d'extrême gauche qui l'avaient eue sur le tard et qui étaient maintenant enterrés là-bas, dans un petit cimetière de village.

Ils firent une promenade sur la route, dans la garrigue. Lorsqu'ils furent de retour au mazet, Bordarier improvisa un plat de pâtes au pistou, qu'il servit accompagnées de la bouteille de rouge que Brun, pour lui remonter le moral, lui avait glissée dans les mains en lui suggérant avec un clin d'œil qu'elle avait probablement des vertus aphrodisiaques.

Regardant le petit feu de sarments qu'il avait allumé dans la cheminée, Benedetta commença à se plaindre de sa vie parisienne, de son métier, de l'affolement constant du monde de la mode, qui la faisait de plus en plus étouffer. C'était l'antithèse des réminiscences heureuses de l'enfance. Ses parents, d'ailleurs, auraient eu honte d'elle. Qu'est-ce qui lui était arrivé ? Comment se faisait-il que, nourrie comme elle l'avait été dès son plus jeune âge d'un régime de choc composé, entre autres, de lectures de Nietzsche, Marx, Gramsci et Negri, elle se soit retrouvée conceptrice de chaussures ?

— Et tu sais quel est notre produit phare, cette année ?

Elle montrait du doigt le grand sac posé près de la porte d'entrée.

— Non, quoi ?

— Des baskets en peau de python.

Il avait du mal à se représenter à quoi ça pouvait ressembler, des baskets de ce genre. Et surtout quel type de personne s'amuserait à les porter. Il pensa aux yourteurs. Eux ne comprendraient pas, c'était certain.

— Ils les trouvent où ces pythons ? En Amazonie ?

— En Asie du Sud-Est, principalement. C'est supposé être de l'élevage, mais bon, la traçabilité, la plupart du temps, c'est qu'une affaire de signatures…

— Fais voir.

Elle se leva et sortit de son sac une basket noire qu'elle lui mit entre les mains. Il en éprouva la souplesse. C'étaient de belles chaussures.

— J'en ai marre d'habiller les panards des femmes friquées. Des fois, je me demande si elles ne choisissent pas leurs vêtements dans le seul but d'insulter le reste du monde. Pauvre serpent…

Elle reprit la chaussure et la remit dans son sac. Il la resservit en vin, puis s'empara de son bouffadou et s'approcha du feu pour le relancer. Soufflant fort dans la branche évidée, il eut le plaisir de voir les sarments s'enrober de flammes jaunes, alors que des étincelles filaient dans la nuit de la cheminée.

— Il faut bien gagner sa vie.

Lorsqu'elle avait bu et qu'elle s'échauffait un peu, son accent devenait plus marqué.

— Toi au moins c'est simple, quand il y a un meurtre, tu arrêtes l'assassin, non ?

— Quand un pauvre bonhomme qui galère vole pour nourrir sa famille, c'est aussi moi qui l'envoie devant le juge.

— Mais ces pythons qu'on va arracher à leurs marais, est-ce qu'ils méritent de mourir pour devenir des *baskets* ?

Le vin aidant, Benedetta se calma, devint câline, se mit à rire. Ils laissèrent bientôt le chapitre des complaintes pour ouvrir celui des voluptés.

Au milieu de la nuit, réveillé par le vent qui roulait sur les collines, le commissaire se leva et sortit nu sur la terrasse. La chaleur oppressante des semaines précédentes avait été remplacée par une fraîcheur d'eau. Le pin parasol bruissait, les collines, grandes masses sombres, lui semblaient d'immenses vagues, comme s'il se trouvait sur le pont d'un paquebot traversant la houle et la nuit.

L'illusion de contempler un monde déserté par les hommes aurait été complète si les phares d'une voiture solitaire n'avaient pas éclairé, à cet instant, un bout de route distant d'un ou deux kilomètres. Dans ces moments-là, il regrettait presque l'époque où l'obscurité recelait encore des mystères, des dangers, où on se barricadait, le fusil chargé, à portée de main, non pas contre de vulgaires cambrioleurs, mais pour se rassurer contre une menace plus diffuse, plus puissante.

D'habitude, il s'endormait sur un livre, devant un film ou en écoutant de la musique, une bouteille de vin abandonnée sur la table basse, n'émergeant qu'à la sonnerie criarde de son réveille-matin, la bouche pâteuse, les yeux rouges, le dos courbaturé. Mais là, il se sentait parfaitement reposé, lucide comme après une pleine nuit de sommeil. Écartant les bras dans le vent, il sentit comme un courant électrique passer sur sa peau, un chatouillement. Des odeurs d'herbes lui venaient aux narines. Il alla boire un grand verre d'eau à l'évier de ciment qui se trouvait le long du mur, puis retourna s'allonger à côté du corps tranquille de Benedetta.

Bientôt, il se sentit tomber dans un demi-sommeil rempli de visions fantastiques. Il rêva qu'il se promenait dans un jardin envahi de fleurs, avançait sur un chemin étroit le long duquel les buissons devenaient de plus en plus épais, bourdonnants d'insectes. Repoussant avec peine les branches qui venaient lui griffer le visage, les vrilles qui semblaient pousser à vue d'œil, il s'aperçut qu'il suivait maintenant une forme sombre qui se coulait entre les fleurs. Leur parfum n'arrivait plus à masquer une autre odeur, inquiétante, de brûlé. Des mollets et des talons apparaissaient et disparaissaient tour à tour. Ils sortaient d'un rideau de verdure qui ressemblait à une mare verticale recouverte de lentilles d'eau. Avec un frisson de terreur, il se rendit compte que ces jambes étaient en fait les corps souples, écailleux, de deux pythons qui avançaient debout, frappant le sol de leur queue.

Bordarier se réveilla couvert de transpiration, regarda les aiguilles phosphorescentes de son réveil qui indiquaient 3 heures du matin. Il soupira, puis réprima un petit rire de dérision.

Benedetta se tourna dans le lit, son corps enroulé dans les draps légers. Sa respiration calme l'apaisa un peu, mais il avait encore dans les narines cette odeur de brûlé. Il ne put s'empêcher de repenser au corps qui attendait l'autopsie dans son tiroir d'acier. Puis à Marion. Demain, lundi, il lui faudrait faire quelques recherches dans les fichiers informatisés. Espérant de tout cœur que sa fille ne s'était intéressée que par hasard au suicide de Mourad Boumaza, il se promit d'être le plus discret possible. La dernière chose à faire, s'il s'avérait qu'elle était effectivement impliquée dans un trafic, serait d'éveiller les soupçons de ses collègues.

15

Les portes automatiques du TGV à destination de Paris s'étant refermées, le chef de gare ajusta sa casquette et fit retentir son coup de sifflet. Incapable de distinguer la silhouette de Benedetta à travers les reflets du soleil matinal, Bordarier agita la main en direction des fenêtres du haut de la voiture 16, puis attendit que le train se soit suffisamment éloigné avant de se diriger vers l'ascenseur. Il ne voulait pas passer pour un goujat. Repoussé au fond de la cabine par une famille chargée de grosses valises, il se retrouva à côté d'un bébé hurleur qui tenta aussitôt de sortir de sa poussette en s'accrochant à son pantalon. Au moment où il cherchait à prendre du champ pour contrarier les vues du petit monstre heureusement entravé, son portable se mit à sonner dans la poche intérieure de sa veste. C'était Cordelle. Il décrocha sous le regard indifférent de la maman, qui n'en avait manifestement rien à foutre que son mioche le tartine de ses mains collantes.

— Dites, ça ne vous gênerait pas de passer me prendre chez moi, pour l'autopsie ? La voiture ne démarre pas ce matin. D'où vous êtes, ça ne vous ferait pas un trop gros crochet, par la rocade…

— Je suis à la gare, mais bon, pas grave, je peux venir vous chercher.

Les indications qu'elle lui donna le menèrent, au bout d'une bonne demi-heure de route, devant un portail de fer forgé décoré d'une immense paire de cornes. Une éolienne grinçait en haut d'un échafaudage. Deux chevaux tournaient dans un enclos en s'ébrouant et en soufflant des nasaux. La maison était en bois, entièrement de plain-pied. S'il lui était arrivé de se demander dans quel genre d'endroit Cordelle rentrait le soir après le travail, il ne se souvenait pas d'avoir jamais envisagé la possibilité qu'elle puisse vivre dans cette ambiance western et ranch au Texas. Il sortit pour ouvrir le portail puis se gara à l'ombre d'un olivier.

Son arrivée avait déclenché une cacophonie d'aboiements. Toutes les tonalités, tous les timbres, du raclement rauque, guttural, au hurlement aigu et prolongé, étaient représentés. Les chiens semblaient s'encourager les uns les autres, si bien que même les plus placides, entraînés par l'esprit de la meute, finirent par se joindre au chorus qui montait en puissance. Ça venait d'un bâtiment bas, tout en long, prolongé d'espaces grillagés où les quadrupèdes, pour beaucoup des races prisées par les chasseurs, pointaient leurs museaux en se hissant sur leurs pattes arrière pour mieux voir. Il devait y en avoir une cinquantaine au bas mot, pour faire un raffut pareil.

Le compagnon de Cordelle sortit de la maison, lui faisant signe de patienter cinq minutes. Comme il n'avait pas encore eu l'occasion de faire sa connaissance, Bordarier fit l'effort d'ouvrir sa portière et de s'extraire de son siège. L'autre vint à sa rencontre, main tendue, sourire sympathique. Tout ce que Bordarier savait de lui était qu'il était originaire du Maroc et qu'il vivait en France après être passé par les États-Unis pendant quelques années. Il avait rencontré Cordelle à Paris. Lorsqu'elle avait été mutée, ils avaient vendu leur appartement pour acheter dans le Sud.

— Commissaire Bordarier ? Comment allez-vous ! Fayçal. Vera arrive tout de suite. Je peux vous offrir un café en attendant ?

— Non, non merci, ne vous dérangez pas. On est un peu pressés, on a rendez-vous à la morgue.

— La mort n'attend pas… Quel métier tout de même !

— C'est vrai. Vous êtes confortablement installés, dites…

— C'est l'avantage de ne pas habiter en ville. À Paris, on s'était habitués à vivre à l'étroit, à se serrer comme des sardines, alors qu'ici…

Ils restèrent un instant silencieux à regarder la maison, le terrain. C'était vrai qu'il y avait de l'espace. Avec cette façade en bois, l'antenne parabolique, l'éolienne, on aurait vraiment pu se croire en Amérique. Fayçal posa la main sur le capot de la Primula avec un sourire appréciatif.

— Intéressante, cette voiture. Italienne ?

— Oui, fin des années 1960.

— Comme votre compagne, n'est-ce pas ? Benedetta ?

— Oui, c'est ça. Italienne.

La porte d'entrée claqua et Cordelle, les cheveux encore mouillés, en jean et veste cintrée, se dirigea vers eux d'un pas décidé. Le commissaire se demanda avec un temps de retard comment il se faisait que sa vie amoureuse était connue d'un homme qu'il n'avait jamais rencontré.

Le compagnon de Cordelle les suivit à pied jusqu'au portail, qu'il ferma derrière eux en leur faisant un petit signe de la main. Les chiens n'avaient pas cessé d'aboyer.

Pour accéder à l'institut médico-légal, il fallait descendre par un ascenseur et traverser des couloirs sans aucune décoration, réduits à leur pure fonctionnalité de passages. Ici les panneaux n'indiquaient pas la morgue, mais l'Institut en charge de la thanatologie. Bordarier, par curiosité, avait une fois interrogé sa fille sur la signification de ce mot grec, lorsqu'elle était encore en histoire de l'art et que les choses allaient mieux pour elle et entre eux. Thanatos, lui avait-elle répondu après une petite recherche, c'était l'ennemi du genre humain, au cœur de fer, aux entrailles d'airain, à l'âme de bronze. Parfois on le représentait avec de longues ailes noires, moirées et coupantes. Depuis qu'il savait ça, Bordarier redoutait encore plus qu'auparavant d'avoir à rendre visite au médecin légiste. Il préférait envoyer un collègue. Namgyel, par exemple, à qui les péripéties dans l'éternel cycle des existences ne faisaient ni chaud ni froid. Mais cette fois, le docteur Jean Malabru avait insisté pour que le commissaire vienne en personne.

Un assistant au dos un peu voûté les invita à prendre place dans le couloir. Quatre chaises avaient été disposées près de la double porte qui donnait sur le lieu fatidique. C'était la première fois que Cordelle venait ici depuis qu'elle avait pris son poste. Au moment où Bordarier se disait qu'elle devait en avoir vu d'autres, avec ses mystérieux états de service, elle farfouilla nerveusement dans son sac à main, en sortit un petit flacon de parfum, le renversa sur son index et s'humecta la peau juste sous le nez.

— Comment font-ils pour supporter ça à longueur de journée ? Vous en voulez ?

C'était vrai qu'on sentait, sous celle des produits chimiques et des désinfectants, une odeur douceâtre, sure, d'abattoir. Il tendit la main et Cordelle déposa une goutte de parfum sur son doigt, qu'il porta lui aussi à son nez. Il reconnut le jasmin, le santal, la fleur d'oranger. C'était assez capiteux. Efficace, en tout cas. Il ferma les yeux et se crut transporté dans un jardin oriental, entre des murs de faïence bleue, sous un figuier, avec une petite fontaine.

Un homme en blouse et pantalon bleu sortit par une porte à double battant et s'efforça de faire passer l'angle du couloir à une civière récalcitrante. À chaque fois qu'il butait contre le mur, une forme recouverte d'un drap blanc bougeait de manière élastique.

Malabru sortit par la même porte, fronça les sourcils en observant quelques instants la maladresse de l'employé, ajusta brusquement ses lunettes carrées.

— L'autre solution, c'est de le prendre sur les épaules.

L'employé releva la tête pour le regarder d'un air étonné, presque scandalisé.

— Comment ça ?

— Ben oui, comme les pompiers, vous prenez un bras sur votre cou, vous passez la main entre les jambes et vous le chargez sur votre dos, c'est pas sorcier.

L'autre resta encore un instant silencieux, les yeux ronds, puis se fendit d'un grand sourire.

— Ah, la vache, vous me charriez, putain j'y ai presque cru, le con !

— C'est la roue qui coince, regardez, hop !

D'un coup de pied dans la partie caoutchouteuse, Malabru avait remis l'axe dans la bonne direction. Il se tourna ensuite vers Bordarier et son visage s'éclaira quand il vit qu'il n'était pas venu seul.

— Vous êtes la nouvelle ? Vera Cordelle, c'est ça ? Jean Malabru, ravi de faire votre connaissance. Quoique les circonstances, bien sûr...

Cordelle lança un coup d'œil interrogatif vers Bordarier. Oui, c'était vrai, reconnut-il en répondant à son regard, il aurait pu la prévenir que le médecin légiste avait un sens de l'humour assez spécial.

Ils passèrent les portes. Le rythme cardiaque de Bordarier s'accéléra. Elle était là, posée sur la table de fer, noire comme une momie de deux mille ans.

— Bon, première information, vous vous en doutiez, elle était déjà morte lorsqu'on a tenté de la carboniser. Il n'y a pas de suie dans les voies respiratoires.

Cordelle se pencha sur le torse. Une incision en Y avait été faite puis recousue après l'extraction des viscères pour dissection, examen et analyses. Bordarier remarqua que sa coéquipière paraissait sincèrement triste et émue, comme si cette mort l'avait touchée personnellement. Lorsqu'elle releva la tête, il eut l'impression qu'elle s'arrachait à un spectacle qui risquait de l'entraîner trop loin à l'intérieur d'elle-même.

Elle interpella Malabru.

— Et vous avez déterminé la cause du décès ?

Le médecin montra des radios suspendues à un négatoscope allumé.

— Regardez le squelette. Des fractures presque trop nombreuses pour être comptées, le crâne littéralement fracassé, le bassin en écharde. On voit ça dans les accidents de la route, ou alors dans les défenestrations. La mort a été entraînée par un traumatisme massif dû à une chute d'une hauteur importante ou à un accident très violent. Je constate aussi un bidouillage que je ne m'explique pas très bien.

— Comment ça ?

Il montra sur l'une des radios des formes très nettement découpées, qui ressemblaient à un enroulement de fil de fer.

— Ces morceaux de métal insérés dans le bas du dos. C'est comme si quelqu'un avait essayé de faire tenir les os du bassin en faisant une sorte de ligature.

— Ce n'est pas une opération qu'elle aurait subie ? Une broche après une fracture ?

— Impossible. Regardez à quel point c'est mal fait. La pose aurait entraîné une hémorragie catastrophique. C'est post-mortem. Quant à savoir pourquoi, mystère et boule de gomme, je n'en ai aucune idée.

— Et la crémation ?

— Il faudra attendre le résultat des analyses chimiques, mais je ne serais pas surpris qu'il y ait eu utilisation d'un accélérateur de feu. Sans doute de l'essence, ou du white-spirit.

Bordarier sortit la photo de Léa Hubert et la montra au médecin légiste.

— Ça pourrait être elle ?

— Franchement, là, votre avis vaut le mien. Ça pourrait comme ça pourrait ne pas... La mâchoire inférieure est quand même encore en place, alors en lançant un avis de recherche auprès de l'Unité d'identification odontologique... Si vous arrivez à m'apporter une copie de son dossier dentaire, on pourra confirmer.

Bordarier repensa au dentiste qui avait fait partie des notables invités au dîner, chez le maire.

— J'imagine que vous n'avez pas réussi à déterminer la date du décès avec précision ?

— Ah, je vous attendais là. La décomposition des tissus moins touchés par le feu, et surtout des organes, donne à penser qu'il pourrait y avoir eu un délai assez long entre le moment de la mort et la crémation… Impossible de dire quoi que ce soit sans savoir comment le corps a été entreposé, mais je vous fiche mon billet qu'il a dû patienter un moment au frais avant qu'on se décide à le faire disparaître.

16

Le commissariat était une vieille bâtisse qui avait grand besoin d'une réfection, avec ses parquets qui craquaient, ses portes branlantes, ses escaliers aux marches usées, creusées au centre. Les premières fois où il était venu, Bordarier avait eu le sentiment que la sueur d'innombrables générations de truands et de policiers s'était déposée en une sorte de suif sur les moulures, autour des poignées de portes, sur le lustre suspect des chaises et des bureaux, sur la grisaille des plafonds. Maintenant, il s'était habitué à ce lieu comme un chien s'habitue à sa niche. Même si on avait disposé des fonds nécessaires pour le faire, il n'était pas certain qu'il aurait été heureux qu'on rafraîchisse son bureau, ni qu'on change son fauteuil qui commençait à laisser voir des entrailles de coton. Il confia la photo de Léa Hubert à Cordelle pour qu'elle fasse une reproduction de meilleure qualité que celle qu'il avait envoyée avec son portable, puis lui demanda d'avertir Tristan Genet et Chögyam Namgyel qu'il les attendrait tous les trois à 11 heures dans la salle de réunion pour faire le point sur l'enquête.

La tour de son ordinateur s'alluma en grésillant, avec presque aussi peu de bonne volonté qu'un tas de bois vert. Il lança une recherche sur le nom que lui avait donné son ex-femme, celui du nouveau loser que sa fille s'était dégoté. Marcello Garcia avait connu quelques déboires avec la justice à la suite d'un vol de voiture et d'un rodéo sur une route de campagne qui s'était terminé dans le fossé. Il y avait aussi une petite affaire de trafic de cannabis. Une adresse était disponible. À trente et un ans, Marcello habitait apparemment encore chez sa mère, dans un village-dortoir entre Nîmes et Arles.

Le commissaire hésita un moment avant de se décider à aller voir Samuel André, à l'étage des stups. Il le trouva en train de prendre la déposition d'un jeune qui parlait à la vitesse d'une mitraillette. C'était à se demander ce que son collègue, concentré, la nuque droite tel un écolier appliqué, pouvait capter de ce déluge de mots, avec sa frappe à deux doigts qui laissait s'étirer de languissants espaces entre les clics du clavier.

— Alors je lui dis comme ça, moi je me mêle pas de ces conneries, je touche pas à ça. Macache, putain, ta mère, j'ai assez d'emmerdes comme ça. Alors lui, vous savez pas ce qu'il me dit, cet enfoiré de pute ? Si tu le fais pas, je te garantis pas qu'il n'arrivera rien à ta sœur. Cash. Je vous dis ça entre nous, mais s'il n'y avait pas eu les autres, je le taillais…

— Attends, mon petit gars, attends, on n'est pas aux pièces… Le-su-spect-a-a-lors-me-na-cé-la-sœur-du-té-moin.

Ledit témoin avait suspendu son débit, moins par égard pour le scribe que pour considérer Bordarier de haut en bas, le sourcil relevé. Du coup, André, surpris par ce silence inespéré, leva les yeux de son écran.

— Ah ! Commissaire, comment ça va ?

Sans laisser à Bordarier le temps de répondre, le jeune décida de prendre part à la conversation.

— C'est ça le commissaire ? Vous en avez vraiment pas l'air. Vous regardez pas les séries ? Faut regarder, monsieur, ça vous donnera des idées, pour le style. Un beau costume FBI, des lunettes noires, la classe quoi ! Faut respecter sa profession…

Bordarier le considéra. Avec son survêtement blanc immaculé, ses baskets elles aussi blanches, sa gourmette en or au poignet, sa chaîne, elle aussi en or, autour du cou, ses cheveux luisants de gel effet mouillé, son petit sac Adidas en bandoulière, on ne pouvait pas dire qu'il ne mettait pas ses propres conseils en pratique.

André se leva.

— Toi, tu restes là, s'il te plaît. Et tu ne touches à rien. Pause-café réglementaire !

— Deux sucres, pour moi, s'il vous plaît !

Ils se dirigèrent vers la machine, au bout du couloir.

— Alors, quel bon vent t'amène ?

— Je voulais te demander si tu avais des éléments sur l'affaire Mourad Boumaza, le petit dealer qui a été retrouvé pendu chez lui, il y a quelques semaines.

— Tiens, c'est marrant que tu m'en parles maintenant. Un indic a mentionné une histoire qui circulait dans la rue, comme quoi il aurait eu pas mal de came chez lui et que des gros poissons seraient passés après sa mort pour la récupérer. Apparemment il en manquait beaucoup.

— Et la thèse du suicide tient toujours ?

— Le gars était sous pression. Il a cru pouvoir voler impunément cinquante kilos, mais bien évidemment, il s'est tout de suite fait repérer. Il s'attendait à tout moment à ce que les propriétaires débarquent chez ses parents. Il souffrait de dépression et s'était déjà fait interner. Ça a suffi à le faire passer à l'acte. En tout cas, la gendarmerie est à peu près sûre que c'est tout seul qu'il s'est pendu. Aucune trace de lutte ou de violence sur le corps et immédiatement autour. Par contre la maison a été fouillée de fond en comble.

— Et les gros poissons ?

— D'après les voisins, plusieurs personnes se seraient garées devant la maison, deux jours après le moment du décès déterminé par le médecin légiste. Il y aurait d'abord eu un scooter, qui serait passé un peu avant minuit, le jeudi, puis vers 5 heures du matin, le lendemain, une BMW noire, vitres teintées.

— Ils étaient venus pour récupérer leur matos ?

André passa la main dans ses cheveux en brosse, où le blanc commençait à l'emporter sur le noir.

— Oui, sauf que tout n'y était pas. Il paraîtrait qu'une petite frappe de rien du tout se serait largement servie dans ce qui restait de la came chez Mourad Boumaza…

— Le mec au scooter ?

— C'est ce que pensent les gendarmes. Plusieurs kilos. Il y en a beaucoup qui aimeraient savoir qui c'est pour lui mettre la main dessus et lui apprendre les bonnes manières.

— Ceux de la BMW…

De retour dans son bureau, Bordarier se tint un moment devant la fenêtre, tentant de rassembler ses idées. Son regard flottait devant les façades qui se détachaient sur le ciel de l'autre côté de la rue. En bas, des femmes avec leurs cabas, de vieux messieurs à casquette, attendaient le bus. Ce qu'il venait d'apprendre ne lui plaisait pas du tout. Pourquoi sa fille s'était-elle tant intéressée à Boumaza ? Si par malheur elle s'était mise avec le mec au scooter… Le commissaire sentit sa tension monter à mesure que se dessinaient les linéaments de ce que la psy qu'il était allé consulter au moment de son divorce aurait appelé un « scénario d'angoisse ». Il décida que sa priorité de la journée, après le briefing, serait de se mettre sur la trace de Marcello Garcia.

Il traversa le couloir pour aller dans la salle de réunion. Cordelle, Genet et Namgyel avaient déjà punaisé les premiers éléments de l'enquête sur le panneau de liège qui courait le long du mur. Bordarier fut étonné comme à chaque fois par l'étrange contraste que faisait Cordelle, dont les longs cheveux roux donnaient l'impression d'avoir été dérobés à la crinière de quelque animal peuplant les mythologies sibériennes, avec Genet, petit bonhomme nerveux toujours habillé à la va-comme-je-te-pousse, propriétaire d'une unique mèche grise qui cherchait inutilement et héroïquement, tel un dernier soldat sur une colline, à défendre la nudité d'un crâne dont le fond blafard était rehaussé de quelques croûtes rouges. Quant à Namgyel, côté cheveux, il n'y avait rien à dire. De la gomme mâchouillée et luisante de bave de son crayon, Genet montra une copie agrandie de la photo de Léa Hubert.

— Toujours pas de disparition signalée, mais grâce à votre enquête, commissaire, on a une piste très préliminaire. Elle aurait brusquement quitté son domicile de Saint-Sauveur-du-Merlet il y a une semaine, ce qui coïnciderait avec le moment où la victime a pu être brûlée et enterrée, quoiqu'il soit pour l'instant impossible d'établir, d'après le rapport du médecin légiste, la date du décès. Tout ce qu'on peut dire à ce stade c'est que sa morphologie n'est pas incompatible avec celle du cadavre. Ce que j'ai pu trouver, c'est qu'elle est originaire d'Arles, célibataire, qu'elle a trente-trois ans, et qu'on a une fiche sur elle depuis qu'elle a été placée en garde à vue par la gendarmerie de Miolet pour dégradation de bien public en réunion lors d'une manifestation anti-gaz de schiste. J'ai réussi à parler ce matin avec son oncle, à Arles, qui m'a dit ne pas avoir été en contact avec elle depuis plusieurs mois. Il m'a donné son numéro de portable, qui va directement sur la messagerie. J'ai contacté l'opérateur. La dernière fois qu'il a borné, c'était il y a une semaine, à Saint-Sauveur-du-Merlet.

Bordarier hocha la tête.

— Une semaine ?

Bon, c'était déjà intéressant. Il n'était plus si sûr qu'on allait la retrouver vivante, cette Léa Hubert.

— C'est tout ce que vous avez ?

— La prochaine étape sera bien sûr de perquisitionner son domicile, d'interroger les voisins...

— D'après les yourteurs, elle squattait un Combi Volkswagen abandonné au milieu de la forêt, alors les voisins risquent d'être du genre à poil ou à plume.

Cordelle prit le relais.

— En ce qui concerne l'utilitaire, toujours pas de nouvelles. L'avis a circulé. L'analyse des traces de pneu près de l'endroit où on a retrouvé le corps a permis de vérifier qu'il s'agit bien du même que celui qui a été déclaré volé à Saint-Sauveur-du-Merlet le lendemain. Chögyam, tu as des choses sur les propriétaires ?

— Rien de particulier à signaler. Des gens rangés, qui n'ont jamais eu affaire à la police. Je dis ça pour Tristan, comme il n'était pas avec nous... Ils font une excellente citronnade au concombre, d'ailleurs. Tu as raté quelque chose, Tristan...

Bordarier soupira longuement, se pencha en arrière dans son fauteuil, croisa les doigts derrière la tête.

— Et sur le maire, Darieux, on a quoi ?

Cordelle regarda le commissaire d'un air inquisiteur.

— Vous pensez vraiment que les accusations des yourteurs ont un fondement ?

— Il faut tout vérifier.

— Pour l'instant, on n'a rien trouvé sur lui. Fichier vierge comme la première neige. On peut creuser un peu plus si vous voulez.

— Bon, on verra ça quand on en saura plus sur la disparition supposée de Léa Hubert.

Depuis son retour de Saint-Sauveur-du-Merlet, le commissaire repensait à l'attitude suspecte du maire, Darieux, ami de Carcel et de Brioux, qui s'était empressé de l'inviter à dîner pour s'informer de l'enquête. Et puis il y avait cette affaire de zoo, d'immobilier, et tout ça menait aussi au docteur Rancière. Les activités des gens de la yourte allaient directement contre leurs intérêts. Et eux non plus, il ne fallait pas les oublier, d'autant qu'ils étaient les plus proches de Léa Hubert. Pour retrouver la disparue, il allait être nécessaire de tout reprendre du début. Les témoins, l'endroit qu'elle squattait, contacter les gendarmes…

— Demain, on concentre nos efforts sur le village, on interroge tout le monde sur cette fille, on fait circuler la photo, on passe son squat au peigne fin. Rassemblement à 9 heures sur le parking. Genet, vous contactez le procureur pour le tenir informé qu'on va essayer de travailler avec les gendarmes. Il se pourrait qu'on ait besoin de s'orienter vers une cosaisine.

Il prit sa veste sur le portemanteau et précéda ses collègues dans le couloir en leur faisant un petit signe d'excuse. Il avait une autre enquête à mener, qui ne pouvait plus attendre.

17

Bordarier fut obligé de mettre ses lunettes pour déchiffrer le nom griffonné au stylo-bille sur l'étiquette délavée d'une sonnette. *Mme Garcia.* Il était assez bien assorti à la maison devant laquelle il venait de se garer. Avec son balcon de fer forgé qui courait tout le long du premier étage, ses fenêtres équipées de barreaux ventrus, les deux orangers en pot qui encadraient la porte et la bande d'azulejos qui avait été maçonnée dans le crépi, elle aurait tout aussi bien pu se trouver quelque part en Espagne ou au Portugal. Il sonna de manière délibérée trois bonnes secondes, son index s'arquant sur le petit bouton de plastique gris. Un rideau ondula au deuxième étage, mais il n'eut pas le temps d'apercevoir autre chose que l'ovale d'un visage qui aurait pu être celui d'un homme comme celui d'une femme. Il attendit une longue minute avant d'appuyer à nouveau sur la sonnette, cette fois avec une insistance et une obstination qui étaient l'équivalent électrique des tambourinages policiers.

— *No me jodas, por dios!* Oh, ça va pas la tête ? Vous êtes pas bien, dites ? Vous vous foutez du monde à sonner comme un sourd ! Si c'est pour un calendrier, alors je vous jure…

C'était du pur, de l'authentique, cette voix, l'immémoriale matrone méditerranéenne en gloire, faisant résonner son coffre à pleine puissance. Gêné par les barreaux du portail, Bordarier ne vit d'abord descendre du perron qu'une robe cylindrique à pois blancs sur fond rouge. Puis un angle plus propice lui permit d'apprécier la tête enflée et couperosée, les bras lâches, massifs, les mollets épais qui allaient s'évasant vers les chevilles, elles-mêmes s'extravasant en boursouflures jusqu'à recouvrir la moitié de graisseuses pantoufles en laine. La femme oscilla un peu, furieuse, considérant la carte de police comme si c'était un étron, puis sa lèvre inférieure commença à trembler sous l'effet d'une indignation qui jaillit à la manière d'un geyser. Bordarier fit instinctivement un pas en arrière.

— Qu'est-ce que vous lui voulez encore à mon fils ? Vous ne lui avez pas fait assez mal de comme ça ! Il a payé sa dette à la société, c'est de l'acharnement thérapeutique !

Elle avait encore réussi à monter en décibel, cette femme dont les cernes mauves annonçaient, avec quelques semaines d'avance, certaines mélancolies automnales, lorsque les brumes s'élèvent des vignes et que le ciel roule des nuages sombres.

— Je cherche ma fille... Il paraît qu'elle fréquente votre garçon... Je n'arrive pas à la joindre.

Mme Garcia le regarda un moment sans rien dire, secoua la tête, finit par introduire une clé dans la serrure du portail. Son ton avait changé du tout au tout.

— Alors, vous êtes le père de Marion ? *Pero, joder*, pourquoi vous ne l'avez pas dit tout de suite !

Elle le fit entrer dans la maison, puis dans un salon rempli de gros meubles trapus. Des photos de danseuses de flamenco étaient suspendues sur les murs. Ça sentait l'ail, la tomate, le paprika, les poubelles et la clope.

Visiblement, Mme Garcia avait encore quelques doutes. Il fit de son mieux pour la rassurer. Marion était vraiment sa fille. De toute façon, ça lui faisait du bien de le dire. Il aurait pu le répéter dix fois. Au lieu de ça, il lui demanda si elle l'avait vue récemment.

— Elle était encore là la semaine dernière. Ils ont passé quelques jours ici avec mon Marcello.

— Et maintenant ?

— Il travaille sur la plage, pour l'été, au Grau-du-Roi. Je ne sais pas si Marion est avec lui… Je crois que oui.

Elle poussa vers lui une boîte en ferraille pleine de biscuits danois serrés comme des insectes dans leurs cocons de papier, puis de son pas traînant alla prendre sur une console, le long du mur, une photo dans un gros cadre chromé. Elle la lui mit devant le nez. Il sortit ses lunettes, se pencha un peu en arrière. C'était Marion, en débardeur, avec sur l'épaule un tatouage, un papillon dont il avait jusqu'à cet instant ignoré l'existence. Le plus inquiétant était de la voir front contre front avec un crâne rasé, une sorte de kéké à marcel, chaînette et gourmette, dont le sourire à la Shane MacGowan en disait long sur sa personnalité. Il ressemblait comme deux gouttes d'eau aux petites frappes qu'il voyait défiler au commissariat. Mais celui-là, il ne se souvenait pas de l'avoir jamais rencontré.

Elle hocha la tête.

— Ils vont bien ensemble, non ? On dirait des petits tourtereaux, comme ça. C'est Marcello qui est allé imprimer la photo au supermarché. Il pense à sa mère, le petiot.

Bordarier se demanda si Mme Garcia s'imaginait déjà à la mairie, leurs deux familles unies par ce joli couple. Il réprima un frisson et chassa cette vision de cauchemar.

Remontant dans sa voiture, il se demanda avec une inquiétude grandissante pour quelle raison sa fille était venue passer quelques jours dans cette maison au milieu de nulle part, dans un lotissement sinistre, au lieu de rester chez elle en ville. Auraient-ils eu besoin de se faire oublier ? Il entendit le bruit du portail qui s'ouvrait. La mère Garcia était descendue sur le trottoir et lui faisait un petit coucou avec la photo de son fils et de Marion sous le bras. Il la regarda, se demandant un instant s'il n'avait pas la berlue, mais fut forcé de se rendre à l'évidence. Elle était en train de minauder, la vioque, la bouche en cul de poule. Il écrasa l'accélérateur en marmonnant des injures. Des graviers fusèrent, les pneus mordirent l'asphalte avec un miaulement. Levant les yeux vers le rétroviseur, il eut le plaisir de constater qu'elle agitait le poing. C'était toujours rassurant de voir les gens retrouver leur naturel.

18

Bordarier avait abandonné sa voiture sur un parking assez éloigné de la plage et tentait de se frayer un passage au milieu de la marée de touristes qui s'écoulait lentement entre des commerces aux étalages à peu près tous identiques. L'air du Grau-du-Roi était saturé d'odeurs de friture, de sucre brûlé et de crème solaire, sous lesquelles disparaissaient presque celles des moteurs et de la mer. Entassés ou suspendus sur des présentoirs, des milliers de maillots de bain, de bouées gonflables, de masques de plongée, de paréos, de casquettes et de chapeaux, de sacs, seaux, pelles et râteaux, sans oublier les indispensables épuisettes et méduses, affichaient quasiment les mêmes prix d'une boutique à l'autre. Finalement obligé de se caler sur l'allure des sandales, des tongs et des espadrilles portées en savate qui piétinaient autour de lui et semblaient avoir été inventées pour rendre toute accélération impossible, le commissaire se dit que les commerçants savaient ce qu'ils faisaient. Il suffisait d'insister un peu, de présenter les mêmes biens de consommation sur une longueur de rue suffisante, pour que le vacancier finisse par ouvrir sa bourse avec un plaisir visible et peut-être même quelque chose qui ressemblait à de la reconnaissance. C'était un conditionnement qui devait avoir commencé dès les jouets de plage et les barquettes de frites de l'enfance. Il arriva enfin sur les quais, qu'il suivit jusqu'à la mer. Des immeubles blancs s'élevaient face au sable. Des ombres courtes et dures tombaient sous leurs balcons et leurs stores déployés.

Il s'engagea sur la promenade. Espacés comme des lampadaires, quelques palmiers ligneux ajoutaient une touche végétale à l'endroit où le trottoir rencontrait la plage. Ça faisait longtemps qu'il n'était pas venu là, peut-être des années, mais il constata qu'il n'y avait pas eu de grands changements. La main en visière à cause du soleil, il n'eut pas de difficulté à repérer les vendeurs de chichis et de glaces, au nombre desquels il reconnut presque immédiatement Marcello. Au moins sa mère ne lui avait pas menti. Arc-bouté tel un cheval de trait en plein labeur, le petiot d'amour était en train de faire franchir les décombres d'un château de sable à une charrette ambulante tapissée d'images de cornets et de bâtonnets.

Le commissaire décida de rester classique et commanda une chocolat vanille. Coiffé d'un chapeau de paille aux bords effilochés, Marcello était torse nu. Bordarier le regarda plonger le bras pour aller chercher le cornet dans les profondeurs de sa charrette et remarqua qu'un idéogramme d'aspect vaguement chinois était tatoué sur son épaule bronzée. Ça lui rappela le papillon de sa fille, d'aussi mauvais goût et qu'il avait encore du mal à encaisser.

— Alors, comment ça marche, la vente, Marcello ?

— Ça marcherait mieux si on avait le droit de vendre de la bière ! Regardez-moi ces bouffons…

Il désignait du menton des gendarmes en uniforme qui contrôlaient un autre vendeur. Apparemment, ils étaient en pleine opération beignets.

— C'est sûr qu'avec cette chaleur qui revient, ce ne serait pas de refus...

Bordarier récupéra sa monnaie. Marcello passa une main lasse sur son front puis donna de la voix.

— Ils sont frais mes beignets ! Ils sont mimi mes chichis ! Glaces, glaces, glaces !

— Vous ne vous demandez pas comment je connais votre nom ?

Le vendeur ambulant s'arrêta, interdit.

— Ben oui, au fait, comment vous savez ? On s'est déjà vus quelque part ?

— Je viens de chez ta mère...

— Qu'est-ce que vous lui voulez à ma mère ?

— Rien, rassure-toi, je veux juste savoir où est Marion. Marion Bordarier.

— Marion ? Ça ne vous regarde pas. De toute façon, j'en sais rien, moi.

— Vous n'étiez pas tous les deux chez ta petite maman pas plus tard que la semaine dernière ?

— De toute façon, vous êtes qui vous, pour poser des questions comme ça, hein ?

Au lieu de répondre, le commissaire mordit dans sa glace et attendit que se mettent en branle les rouages sans doute un peu grippés de la cervelle de son interlocuteur. Celui-ci parut tout à coup à demi soulagé, son visage s'éclairant autant qu'il lui était possible de le faire.

— Ah, putain, j'ai compris, vous êtes le papa !

La glace avait saisi le palais du commissaire et lui givrait les méninges. Il vit au-dessus de l'épaule de Marcello que les gendarmes en avaient fini avec le contrôle de l'autre vendeur. Ils avaient tourné la tête dans leur direction, mais étaient encore loin.

— Bingo ! Tu peux me dire où elle est ?

— Elle avait envie de changer d'air. Elle est partie faire un tour, je ne sais pas où... De toute façon, d'après ce que j'ai compris, elle n'en a pas grand-chose à faire de votre gueule.

Le commissaire finit de dévorer le cornet en deux ou trois bouchées. La douleur était passée du palais à une molaire. Il devait avoir l'air féroce, à se tenir là, grimaçant, avec entre ses doigts le papier déchiré qui pendait comme un serpentin. Féroce ou ridicule.

— Il y a quelque chose que je ne comprends pas. Marion a un bel appartement à Nîmes, pourquoi elle serait venue habiter chez ta maman ? Vous avez passé l'âge, non ?

— Et pourquoi pas ? Elle est pas sympa, ma mère ?

Il fallait se rendre à l'évidence, le petit con continuait à se foutre de lui. Bordarier roula le papier d'emballage en boule, le posa doucement sur le bord de la charrette, puis, d'un geste rapide de sa main collante, s'empara du poignet du pauvre Marcello, qui ne l'avait pas vu venir, le fit violemment tourner sur lui-même en lui ramenant le bras dans le haut du dos et en l'agrippant de l'autre main par la nuque. Le nez écrasé sur le couvercle de sa glacière, le jeune se mit à gémir pendant que le commissaire se penchait pour lui parler à l'oreille.

— Tu as deux secondes pour me dire où elle est.

Les gendarmes s'étaient mis à courir maladroitement vers eux.

— Mais c'est bon, putain, lâchez-moi, vous êtes complètement taré ou quoi !

Bordarier fit tout le contraire.

— Mourad Boumaza, ça te dit quelque chose ?

— Qui ?

— Ne fais pas le con, Marcello.

— Mais je n'ai rien fait, moi, je suis au courant de rien. Faut vous faire soigner…

Sans un mot, Bordarier présenta sa carte de police aux gendarmes qui arrivaient, puis lâcha prise et s'éloigna à grands pas, les laissant interdits. Il ne voulait pas avoir à se lancer dans des explications qui pourraient impliquer sa fille. À quelques mètres de distance, pourtant, il ne put s'empêcher de se retourner.

— T'as rien fait ? Tu ne sais rien ? Si Marion ne m'appelle pas d'ici deux jours, tu en auras un de problème, un gros, et il s'appellera Bordarier.

Paresseux comme des éléphants de mer ou des phoques échoués au soleil, quelques plagistes aux corps quasiment dénudés s'étaient retournés pour lancer des regards désapprobateurs en direction de ce gros bonhomme en costume qui venait de les tirer de leur béatitude de sable et d'air marin.

19

Un goût amer, âcre et glaireux de vinaigre mêlé de bile emplit la bouche de Bordarier et le réveilla. Au moment précis où une violente douleur dans les intestins lui arrachait un grognement, il se souvint que Benedetta était partie la veille. Pure coïncidence, car ce coup de poignard ne pouvait être que le résultat d'une digestion difficile, bien qu'à vrai dire, ce qu'il avait mangé, il lui était impossible de le retrouver dans le brouillard intérieur dont il s'efforçait peu à peu d'émerger. Ça ne l'empêcha pas d'allonger une main exploratrice vers le côté du lit qui était resté vide. C'était chaud. Des grains de sable probablement ramenés du Grau-du-Roi roulèrent sous ses doigts. Il tourna la tête, un chatoiement éclaira ses paupières, l'incita à ouvrir un œil trouble. Posées sur la table de la cuisine, deux bouteilles vides lui renvoyaient la lumière d'un beau et impitoyable soleil. Avisant les pochettes qui étaient restées abandonnées autour de la platine, les vinyles qui n'avaient pas été remis dans leur enveloppe blanche, il comprit qu'il avait passé la soirée à revisiter sa collection de disques. Hervé Cristiani, les mains dans les poches, en jean et tee-shirt noir, le visage tourné de profil, un peu baissé, regardant avec un petit sourire je ne sais quoi par terre, se détachait sur un fond de ciel bleu et de nuages blancs. « *Il est li-ibre Max, y en a même qui disent qu'ils l'ont vu voler* », gémit Bordarier en cherchant à tâtons la bouteille d'eau qu'il avait vu rouler sous le lit quelques jours auparavant.

Namgyel et Cordelle l'attendaient sur le parking du commissariat. Devinant la raison de son retard, ils avaient eu la prévenance de lui apporter un café et deux croissants dans un sachet en papier. C'était touchant. Cordelle offrit même de conduire, ce que le commissaire accepta d'un signe de tête. Allongé à l'arrière de la Primula, il profita de ce changement de perspective pour s'assoupir, tandis qu'à l'avant ses collègues discutaient des diverses qualités du dogue du Tibet, animal traditionnellement utilisé pour garder les fermes et les monastères, mais désormais objet de spéculations et de trafics en Chine et ailleurs. C'étaient des bêtes merveilleuses, comprit-il avant de commencer à ronfler, qui avaient en commun avec le lion non seulement une sorte de crinière, mais aussi une certaine férocité puisqu'elles étaient capables de bouffer un voleur de bétail et d'en recracher les os nettoyés.

Arrivés à Saint-Sauveur-du-Merlet, ils firent l'arrêt prévu à la gendarmerie pour s'entendre avec leurs collègues des campagnes en vue de la cosaisine qui semblait se profiler à l'horizon. Dos raide de militaire ou de celui qui ménage des lombaires douloureuses, l'un n'excluant d'ailleurs pas l'autre, épaules probablement à l'origine plutôt étroites étant donné une morphologie globale assez fine, mais qu'un rigoureux régime sportif avait si bien élargies qu'à terme une perte de stabilité pouvait être à craindre, regard toisant, droit et fier, le capitaine Guénant avait l'air d'un homme occupé et qui n'aime pas perdre de temps.

— OK… Léa Hubert, on la connaît bien. Elle est assez proche des marginaux qui gravitent autour de la yourte et de l'Anarkiosque. Elle vit dans un Combi Volkswagen abandonné qu'elle squatte… Il aurait fallu l'expulser, mais bon… Si vous voulez, on y va maintenant.

Le 4×4 du capitaine mordait les ornières avec une nervosité que ne pouvait émuler la Primula, mais Bordarier, à nouveau au volant et bien décidé à ne pas perdre la face, surtout au début d'une collaboration que le procureur et le juge d'instruction allaient sans doute incessamment officialiser, appuya sur l'accélérateur pour ne pas se laisser distancer, ou pire, se faire attendre. Comme le mât d'un navire ballotté par les flots, Namgyel partait violemment à droite ou à gauche sur la banquette arrière, au gré des secousses, tandis que sur le siège passager Cordelle s'agrippait à la boîte à gants pour ne pas se cogner la tête à la vitre. Pendant ce temps, le commissaire donnait de grands coups de volant et serrait les dents dans les embardées, les yeux rivés sur les accidents du terrain. Un vrai raid. Ils arrivèrent en vue d'une clairière au bord de laquelle la voiture du capitaine s'arrêta. Bordarier se gara lui aussi, sortit en rajustant sa veste, ferma la portière, fit un tour rapide de la voiture. Ça pouvait aller, quelques crasses, mais pas de véritable pète. Autour d'eux, l'immobilité et le silence étaient stupéfiants.

Les roues du Combi Volkswagen avaient été remplacées par des parpaings. Par endroits sérieusement rouillée, la carrosserie était couverte de feuilles, d'aiguilles de pin, de chatons de châtaignier et de coulées de sève. Les taches colorées de vêtements salis de terre ressortaient çà et là dans un parterre d'orties. Juste devant la porte coulissante, logique entrée principale du squat, une bouteille de Malibu avait été abandonnée sur une souche. Après avoir enfilé les gants en nitrile que lui avait tendus le capitaine, Bordarier s'en saisit et la secoua. Elle était vide. Le verre, c'était toujours bien pour les relevés d'empreintes, et si quelqu'un avait bu au goulot et laissé un peu d'ADN avec sa salive, ça n'en serait que mieux pour l'identification. Il fit signe à Namgyel de l'embarquer puis se coula dans l'espace exigu du Combi. Dire que des générations de vacanciers avaient trouvé plaisir à habiter ces boîtes de conserve à roulettes ! Lui-même n'y avait pas coupé. Vers la fin des années 1970, sa mère, toujours endeuillée par la mort de son père, l'avait emmené faire l'Espagne et le Portugal dans un véhicule identique, qui leur permettait de passer la nuit gratuitement dans des chemins forestiers, des parkings déserts, des champs en friche. Des endroits un peu comme celui-ci, en somme.

Quelques vêtements étaient bourrés dans une minuscule armoire dont la porte pendait de guingois. Ils examinèrent une bouteille de gaz avec son brûleur, trois fourchettes et un couteau, des couvertures tachées posées sur un matelas plus que douteux. Une vache à eau vide pendait au bout d'une corde passée dans une boiserie. Difficile de dire si la propriétaire de ces objets les avait abandonnés tout simplement parce qu'elle n'en voulait plus, ou à cause d'un départ précipité ou forcé. Le commissaire tira la poignée d'un compartiment situé sous le lit. Il était rempli d'une récolte de prunes jaunes pourries où des mouches à fruits voletaient, ivres. Il passa à l'avant. Le volant était brisé, les sièges éventrés. La boîte à gants ne contenait qu'un livre sur les plantes sauvages comestibles.

Le capitaine Guénant ouvrit la portière du côté du conducteur, regarda rapidement sous le tableau de bord avec une lampe de poche, fit une moue dubitative.

— Pas grand-chose à voir…

— On va quand même faire des prélèvements.

— Ouais, à mon avis elle est juste allée faire un tour, Léa.

— Le juge d'instruction va vous contacter bientôt. J'imagine que ce sera à l'unité scientifique de la gendarmerie de procéder à des prélèvements papillaires. Vous verrez tout ça avec lui…

Un jingle se mit à sonner. Bordarier reconnut « Another One Bites the Dust ». Le commandant fouilla dans une poche, décrocha, écouta attentivement en se bouchant l'autre oreille et s'éloigna de quelques pas en parlant à voix basse. Lorsqu'il revint vers Bordarier, il avait l'air préoccupé.

— Bon… Messieurs, madame, je vous laisse… Ma présence est requise au village…

Sans autre formalité, il remonta dans le 4 × 4 et s'engagea sur le chemin forestier par où ils étaient venus, qui rejoignait au bout de deux cents mètres la départementale située en surplomb. Au moins, se dit Bordarier, ils n'auraient pas à se tirer la bourre au retour.

Il se rapprocha de Namgyel, qui avait réussi à ouvrir le capot à l'arrière du véhicule. Le moteur, étonnamment petit, était à demi effondré. Des herbes et des racines s'étaient infiltrées par le soubassement du châssis presque entièrement rongé par la rouille. Bordarier se pencha pour passer la main dans les coins. Ils vérifièrent ensuite l'ouverture de remplissage du réservoir, au cas où quelque chose aurait été planqué à l'intérieur. Sans résultat.

— Tiens, regarde.

Namgyel s'était baissé pour explorer l'épaisseur d'un des parpaings qui soutenaient les essieux du véhicule échoué. Dans un sac plastique était roulé un assez gros morceau de résine de cannabis.

— Tu crois que c'est du bio ?

— Je crois surtout qu'elle ne se serait pas barrée en laissant ses provisions. Il y a au moins cinquante grammes.

Cordelle avait fait le tour de la clairière et revenait vers eux en tenant une brosse à dents et une vieille brosse à cheveux noircie.

— Je les ai trouvées dans un baquet attaché à un arbre. Il y a même un petit miroir cloué sur l'écorce. On va pouvoir prélever de l'ADN, il y a des cheveux.

— Regarde ça.

Namgyel lui fit sentir le paquet ouvert. Cordelle fit une moue appréciative devant la quantité de produit.

— Elle est peut-être partie en pensant revenir. Ou alors elle s'est fait enlever.

Bordarier fut soulagé de rejoindre le goudron de la départementale. Cordelle était assise à l'arrière, pensive. Il la vit sortir son petit flacon de parfum et le passer sous son nez, sans l'ouvrir. Il faudrait qu'il lui demande ce que c'était. Est-ce qu'un truc comme ça ferait plaisir à Benedetta ? À côté de lui, Namgyel avait levé la tête et considérait les sommets, se disant peut-être qu'ils étaient des mottes de terre dérisoires en comparaison de ceux de la chaîne de l'Himalaya. Soudain il sursauta et tapota le bras du commissaire du revers de la main.

— Vise cette tour.

Bordarier se pencha au-dessus du volant et tordit le cou pour regarder dans la direction indiquée. Par une brève échancrure entre les arbres, dans un lacet, il entrevit une forme austère, un rectangle de béton posé sur un sommet dénudé qui dominait toute la vallée.

Cordelle déplia la carte IGN que le commissaire lui avait tendue en lui demandant d'essayer de voir ce que c'était. Après un examen attentif, elle se prononça.

— La vigie du mont Sorbier.

Namgyel interrogea Bordarier.

— Ça vaudrait peut-être le coup d'y monter, non ? Si la victime a été incinérée dans le coin, il se pourrait qu'un pompier ait vu quelque chose, un feu…

Le commissaire n'eut pas le temps de répondre. Il avait planté un grand coup de frein pour éviter des cyclistes arrêtés. Un petit peloton de maillots techniques, coloré comme un essaim de papillons migrateurs, se pressait contre un parapet pour considérer quelque chose en contrebas. Bordarier gara la voiture sur le bas-côté.

Une fumée s'élevait dans la rue principale de Saint-Sauveur-du-Merlet. On distinguait les gyrophares bleus d'une camionnette de la gendarmerie. L'un des cyclistes était sur son portable.

— C'est les yourteurs, tu es sûr ? Alors là, ils ont fait fort… Pétard… C'est la révolution au village !

Brûlé par le soleil, ses formes molles disgracieusement moulées dans le maillot rose du Giro d'Italia, l'homme rangea son téléphone avec l'air amusé et satisfait de celui qui vient d'apprendre l'existence d'un événement absolument improbable, qui lui donne une perspective toute nouvelle sur la nature humaine. Il ne demandait pas mieux que de renseigner Bordarier.

— Le maire a fait démonter la yourte ce matin. Du coup, les yourteurs ont pris la mairie d'assaut pour l'occuper ! Les gendarmes sont en train d'essayer de les déloger.

20

Les gendarmes avaient installé des barrières de sécurité pour bloquer l'accès des rues qui menaient à la mairie et tenir à distance la foule des touristes et des villageois. Le commissaire brandit sa carte professionnelle en se faufilant. Il remarqua que des regards impressionnés se levaient vers le crâne rasé de Namgyel, sa nuque droite de bonze, ses énormes épaules, son torse de héros grec, son sourire bienveillant qui aurait tout aussi bien pu être celui d'un tueur à gages ou d'un nettoyeur. « Équipe d'intervention spéciale », lança quelqu'un avec l'assurance du commentateur télé qui se sent obligé de fournir une explication coûte que coûte. « Putain, ça va chauffer », répondit un badaud à Ricard avec un chevrotement d'excitation.

Debout sur le balcon de la mairie, orateur haranguant la foule au milieu de jardinières d'où se déversaient en cascade les floraisons opportunément rouges de géraniums dopés à l'engrais chimique, Chalumeau se trouvait exactement au centre d'un tableau mouvant et confus. Sous ses pieds, des gendarmes tentaient de forcer la porte barricadée de l'édifice municipal, pendant que des yourteurs armés de balais-brosses défendaient l'accès à un autre balcon contre lequel trois assaillants poussaient une échelle de peintre. Bordarier reconnut l'ermite à barbe et Paolo, le Marseillais anti-touristes qui se faisait une fierté de casser les oreilles du village avec sa sono.

Dans la commotion générale, la voix de Chalumeau portait à peine.

— Ce qu'ils veulent, c'est aseptiser nos montagnes pour les repeindre aux couleurs d'un capitalisme soi-disant durable... Ne les laissons pas faire... Notre terrain doit rester un espace collectif et non-marchand...

Malgré leurs armes, leurs gilets pare-balles et l'impeccable de leurs chemisettes bleu ciel, les gendarmes avaient l'air dépassés, leurs mines aussi pâles que s'ils avaient été témoins de l'écroulement de la République. Presque dégagés, en revanche, peut-être parce que l'incendie en cours n'était pour l'instant que métaphorique, les pompiers se tenaient les bras croisés devant leur véhicule, prêts à extraire les blessés du champ de bataille pour leur administrer les premiers soins. Penché à une fenêtre, un yourteur prenait des photos, ce que lui rendait bien un gendarme affecté à la même mission. Leurs flashs à répétition ajoutaient une touche épique à la scène.

Un œuf vola.

Quelqu'un avait dû avoir la prévoyance d'acheter quelques douzaines de ces fragiles récipients de glaires collantes avant que l'employé du 8 à Huit, inquiet de la tempête qui s'annonçait, n'en ait abaissé le rideau de fer, car ce premier projectile, comme un grêlon annonçant l'averse, fut immédiatement suivi du produit de plusieurs couvées. Un gendarme riposta en vidant sa bombe lacrymogène sur une rangée de spectateurs, sans s'embarrasser du fait qu'ils n'étaient en rien à l'origine des lancers. Signe supplémentaire que la situation était en train de s'aggraver, ses collègues qui s'étaient escrimés sur la porte de la mairie avaient fini par perdre patience et s'apprêtaient à la défoncer à coups de bélier. Au moment où ils prenaient leur élan, ils furent interrompus par la voix du maire, qui donna un instant l'impression de tomber du ciel. Ayant réussi à déjouer l'attention de ceux qui l'avaient séquestré, il avait glissé sa tête par un œil-de-bœuf situé juste sous la toiture.

— N'enfoncez pas la porte, nom de Dieu ! Qui va payer ?

Les gendarmes hésitèrent, puis tout le monde se retourna vers le clocher du temple. Quelqu'un battait le tocsin. L'un des gendarmes escaladeurs profita de la distraction générale pour s'agripper au balcon. Malgré les efforts de Paolo qui s'était ressaisi et tentait de lui brosser le visage, il réussit à s'émanciper momentanément des lois de la pesanteur pour hisser le reste bedonnant de sa personne de l'autre côté du garde-corps, hors d'haleine mais triomphant.

S'aidant mutuellement, les gendarmes furent bientôt trois à confirmer l'ouverture de la brèche. Sur l'autre balcon, Chalumeau n'eut d'autre choix que de battre en retraite et disparaître à l'intérieur. Une seconde plus tard, la porte de la mairie s'ouvrit brusquement, et jaillirent en courant une dizaine de yourteurs qui déjouèrent les efforts des gendarmes pour les arrêter et s'égayèrent dans les ruelles.

Seul Chalumeau avait été appréhendé. Et encore, pas pour longtemps. Au moment où on allait le faire monter dans une camionnette, il se libéra de ses gardiens en les déséquilibrant de deux vigoureux coups d'épaule, prit son élan, franchit une barrière de métal comme un champion de 100 mètres haies, traversa la foule qui s'écartait et se refermait sur son passage et s'engouffra dans une providentielle Lada blanche dont la conductrice démarra en trombe. À la grande surprise de Bordarier, le maire, toujours beuglant à travers l'œil-de-bœuf, arrêta les gendarmes qui s'apprêtaient à se lancer à la poursuite du véhicule.

Maintenant que le danger immédiat semblait passé, les gendarmes, au nombre d'une vingtaine, reprenaient visiblement du poil de la bête. Ils s'étaient mis à repousser sans ménagement les villageois et les touristes attroupés. Bousculée par un jeune qui s'était pris un coup de matraque, une vieille dame en colère perdit l'équilibre et se reçut lourdement. Bordarier reconnut Simone, dont il avait entendu la diatribe quelques jours auparavant dans la boulangerie-pâtisserie. Il tenta de repousser le gendarme qui avait l'air d'avoir envie de cogner dans le tas, mais la matraque, passant entre ses bras tendus, trouva directement le chemin de son crâne.

Lorsqu'il reprit ses esprits, le commissaire était assis sur le trottoir, adossé à un mur chauffé par le soleil. Du sang avait coulé sur sa veste et sa chemise. Cordelle et Namgyel, qui avaient enfilé leur brassard de police, menaçaient le gendarme responsable de cette bavure de poursuites qui pourraient lui coûter très cher. Celui-ci baissait les yeux devant l'étrange et menaçant duo et cherchait à se justifier, sa matraque pendant lamentablement au bout de son bras.

— Il n'avait qu'à pas se mettre au milieu, votre commissaire, je pouvais pas savoir, moi…

De son côté, la vieille dame, furibarde, s'était relevée et laissait libre cours à sa verve, agitant le poing.

— Fan de pute ! Fan de chichourle ! Bande de sauvages ! Allez va, on sait pour qui vous travaillez… Au moins les hippies ont récupéré leur yourte !

Bordarier se tourna vers elle en se frottant le front pour essayer de nettoyer le sang qui lui obscurcissait la vue.

— Ça va, vous ne vous êtes pas fait mal ?

— Et c'est vous qui me demandez ça... Vous avez le crâne dur, c'est bien, c'est une qualité, ça, dans la vie, d'avoir le crâne dur, j'en sais quelque chose ! Tiens, voilà les pompiers.

— C'est vrai qu'ils ont récupéré la yourte ?

— Oui, tout à l'heure. Après, ils sont restés rien que pour le plaisir de foutre le bordel.

La foulée athlétique et professionnelle, comme des soigneurs traversant la pelouse d'un stade, sac de secours à la main, les pompiers arrivaient effectivement pour prendre en charge Bordarier. L'un d'eux s'agenouilla.

— Bonjour, monsieur. Vous vous appelez comment ?

— Émile.

— En quelle année sommes-nous ?

— 1968.

— Là, restez calme, ça va aller...

Le commissaire, qui ne s'était jusque-là pas senti particulièrement ému, juste un peu secoué, se demanda s'il était plus atteint qu'il ne l'avait d'abord cru et se releva comme un ressort.

— Non, non, monsieur, restez assis, restez assis !

C'était le pompier qu'il avait vu à la boulangerie qui lui parlait. Maurice. Oui, c'était ça, Maurice.

— On va vous examiner et puis vous accompagner à l'hôpital d'Alès pour faire une IRM. C'est un bon coup sur la tête que vous avez reçu.

Non, pas l'hôpital. Si Bordarier était sûr au moins d'une chose, c'était que l'hôpital, il n'aimait pas.

Sa seule concession, en définitive, fut de se laisser bander d'un pansement épais qui lui donna un air vaguement exotique. En sortant de la camionnette des pompiers, encore un peu flageolant, accompagné de Cordelle et de Namgyel, il surprit le regard sensuel et amusé d'une créature alanguie sur le balcon de fer forgé, une blonde qui, un verre à la main, fumait sa cigarette et jouissait des dernières scènes du spectacle. Sans savoir pourquoi, il porta la main sur le bord de son bandage pour la saluer. Elle amena lentement sa cigarette à ses lèvres. Une odeur mentholée descendit du balcon et se mêla au clignotement vert électrique de l'enseigne de la pharmacie vers laquelle ils se dirigeaient pour acheter des antalgiques.

À l'hôtel, Mme Treillet lui donna la même chambre que le week-end précédent, à laquelle la même clé avec le même porte-clés en boule avec ceinture antichoc donnait accès, si ce n'était qu'il parut beaucoup plus lourd à Bordarier que dans son souvenir.

— Vous êtes sûr que ça va aller ?

— Mais, oui, madame Treillet, j'en ai vu d'autres.

Vers 20 heures, des coups à la porte le firent émerger d'un sommeil de plomb. Cordelle et Namgyel lui proposaient de les rejoindre pour dîner. Sans qu'il sache qui remercier de cette attention, sa chemise lavée et quasiment sèche était posée sur le dossier d'une chaise, à côté de sa veste qui était encore bien mouillée, mais sans traces de sang.

Installé devant la nappe blanche, le commissaire se dit qu'il était temps de reprendre les choses où il les avait laissées le soir où le maire était venu interrompre son repas pour l'inviter chez lui. Repliant la carte d'un geste ferme et précis qui voulait signaler à ses coéquipiers qu'il était définitivement remis, il commanda un foie gras poêlé avec son filet de miel de pays, la truite de rivière aux amandes, le pavé de rumsteck avec ses châtaignes. Pour le fromage et le dessert, on verrait plus tard.

Ce ne fut que lorsqu'il eut rendu le menu au serveur qu'il la remarqua, assise seule à une table poussée contre le mur, la jeune femme de l'autre jour, celle qu'il avait repérée à la terrasse de l'hôtel avant de rentrer à Nîmes. Elle avait terminé son repas et lisait un journal, sans doute le *Midi Libre*, en buvant un café. Alors que le commissaire et ses collègues n'en étaient qu'à leur entrée, elle se leva et disparut.

À 20 h 45, le capitaine Guénant fit son apparition. Il voulait s'excuser en personne pour la conduite inacceptable de son gendarme, assurer au commissaire qu'il allait être discipliné, que ce genre de chose ne se reproduirait pas.

— Comment va votre tête ?

— Mais parfaitement bien.

Guénant considéra avec un hochement impressionné et dubitatif le gros pansement qui attirait les regards un peu inquiets des autres clients du restaurant, souhaita au trio un excellent appétit, puis claqua des talons et chercha les escaliers.

À 22 heures, au moment où l'assiette qui avait contenu le rumsteck était en train d'être enlevée par le serveur (« ça a été ? »), Bordarier reçut un appel du procureur l'informant que Michel Stern était bien le juge d'instruction saisi pour l'affaire. Le soulagement était manifeste, la voix était plus claire, plus affirmée, même si on sentait que tout pourrait dérailler à nouveau très vite.

— Maintenant, je vous laisse vous arranger entre vous… Il vous contactera dès qu'il aura pris connaissance des éléments du dossier… Je vous fais confiance… Il est impératif que l'identité de cette femme assassinée soit établie au plus vite… Vous me tiendrez au courant des progrès de l'enquête.

Bordarier sourit à Namgyel et à Cordelle. L'enquête progressait, c'était un fait, pensa-t-il en voyant arriver le plateau de fromages. Il considéra son verre vide et se dit aussi qu'il fallait absolument recommander du vin.

21

Le commissaire se réveilla en maudissant le gendarme sournois responsable de la nuit inconfortable qu'il venait de passer. La douleur continuait d'irradier le long de l'os pariétal droit. Avec précaution, il enleva son bandage devant le miroir de la salle de bains de sa chambre d'hôtel. La blessure, assez vilaine, ne se remit pas à saigner, mais un gros hématome s'était formé et une croûte impressionnante avait collé ses cheveux, les faisant ressembler à une touffe de poils écrasée sur le bord d'une route. Il but un verre d'eau en regardant les allers-retours des hirondelles qui nichaient sous la génoise. Comme la chambre était en haut du bâtiment, il avait vue sur une partie des toits du village en plus de la rivière et des montagnes. Il contempla les biscuits orange des tuiles, les coulées par endroits déjà jaunissantes des platanes, la tour de l'horloge, carrée, noire, le clocher ajouré du temple, puis, coiffant tout cela, la découpure bleue du ciel entre les montagnes.

Son regard retombant au pied de l'hôtel, il vit passer la jeune femme à l'appareil photo. Elle marchait en direction de la rivière. Une cloche sonna 9 heures. Quelque chose ne cadrait pas dans sa présence à l'hôtel. Elle était trop jeune, trop seule. Se tenant le front d'une main, il descendit les étages aussi vite qu'il le pouvait.

Lorsqu'il arriva à la hauteur de l'endroit où elle avait quitté la route, il découvrit un parking de quelques places, au bout duquel un sentier étroit, escarpé, descendait vers les rochers de la rivière. L'eau, en bas, était calme et basse. Elle était là, assise, avec son appareil photo. Il arriva au bout du chemin et s'installa à quelques mètres. L'écoulement millénaire des eaux avait donné à la roche des ondulations de sculpture moderne, où il réussit à trouver un support parfaitement ergonomique pour son dos. Pendant quelques minutes, la tranquillité fut absolue. Des hirondelles cousines de celles de l'hôtel faisaient des passages rapides dans le ciel.

Le commissaire en était à se demander comment il allait engager la conversation sans risquer d'effaroucher la jeune femme, lorsqu'il entendit un bruit. Croyant d'abord à la vibration intermittente d'une mouche, il agita la main à tout hasard, puis se demanda dans un second temps si ce qu'il percevait n'était pas le lointain écho d'une mobylette. Le son se précisa, devint voix humaine, grésillante, chuintante, électrique. C'était un monologue qui se déplaçait parmi les chênes verts et les pins qui bordaient la rivière. Enfin des taches bleues et rouges s'agitèrent dans le sous-bois et le commissaire comprit l'origine de la nuisance.

Un pliant sur l'épaule, un homme en bermuda et chemisette à carreaux tenait à bout de bras une petite radio dont il faisait pencher l'antenne à gauche, puis à droite, puis vers le haut, puis vers le bas, tout en suivant sur la berge opposée un sentier de chèvres qui descendait jusqu'à l'eau. L'arrivant intempestif n'était pas seul. Un garçon chargé d'un cabas et une femme, encombrée, elle, d'un autre pliant, le suivaient à quelques pas, maladroits dans leurs méduses qui glissaient sur les cailloux et les aiguilles de pin. La radio crachotait des nouvelles du monde, dont le commissaire n'attrapait que des bribes sinistres. « *Il est évident qu'une utilisation de gaz moutarde en Syrie… otage exécuté… un embargo sur les armes… le président de la Turquie… position d'expectative en attendant la décision américaine…* » Les visiteurs s'installèrent. Sans se soucier de savoir si ça pourrait gêner les autres occupants de ce petit coin de paradis, l'homme posa sa radio sur un rocher, tourna le bouton jusqu'à trouver NRJ et monta le son pour que tout le monde puisse profiter du tube de l'été, énième itération d'une mélodie et d'un rythme latins savamment mis au point, quoique sur la base d'une recette simplissime, pour déclencher chez une majorité de Français le désir du déhanchement et d'une bière accompagnée d'un quartier de citron.

— Allez saute, ducon !

Crâne chauve à demi-couronne de poils gris, menton et joues comme la peau hérissée d'un oiseau déplumé, yeux enfoncés accusant leur propre bêtise obstinée, le propriétaire de la radio arrivait quand même à projeter son bonheur d'avoir trouvé l'occasion de pousser une nouvelle gueulante. Sa cible était son propre fils, sept ans à tout casser. Maigre comme un moustique, il était monté sur un promontoire rocheux situé à environ cinq mètres au-dessus de l'eau.

— T'es une poule mouillée ou quoi ? Tu fais dans ton froc ? Allez va, lavette !

La radio donna la réplique au père. C'était une pub. La prosopopée d'un poulet fermier de grain élevé au grand air qui ne semblait pas avoir d'autre but dans la vie que de finir bien doré sur une table pour régaler la famille.

— Tiens écoute, justement ! Ah ! Poule mouillée ! Poule mouillée !

De l'eau jusqu'aux mollets, le père entonnait sa chansonnette en frappant dans les mains pour encourager sa progéniture. Du bout des lèvres, l'enfant risqua un appel à la raison, disant tout bas, mais assez fort tout de même pour qu'on l'entende, qu'il n'avait pas envie, qu'il avait froid.

— Ben t'as qu'à sauter alors, si t'as froid ! Il fait chaud dans l'eau ! Dis, tu vas nous faire poireauter longtemps ? Moi à ton âge, putain, j'y allais sans hésiter ! Tiens, tu me fous la honte ! Vas-y bordel !

Il se tourna vers la femme échouée sur son pliant.

— Tu sais qu'il est con ton fiston ?

Elle haussa les épaules avant de recommencer à loucher sur les pages de son magazine de mode.

L'autre poussa un bêlement d'agneau qu'on emmène au sacrifice.

— Je ne veux pas, je te dis !

— Eh ben merde, c'est le même prix ! Qu'est-ce qui m'a foutu un morpion pareil ! Saute ou je te botte le cul !

Secoué de hoquets, le gamin, résigné, fit deux pas en avant et se laissa choir dans le vide. Bordarier ne se remit à respirer que lorsque l'enfant fut remonté à la surface, crachant de l'eau et toussant, les cheveux collés sur le visage, à demi noyé.

La jeune femme de l'hôtel regardait la scène avec une expression horrifiée sur le visage. Bordarier y vit son ouverture. Il poussa un soupir, se leva, traversa la rivière sur un banc de gravier à fleur d'eau, puis s'approcha du tortionnaire dont il ne voyait maintenant qu'un dos alourdi par la graisse où la peau plissée dessinait des chevrons. Lui tapotant l'épaule, il lui présenta sa carte.

— Dites, ce n'est pas une façon de traiter un gamin.

Le visage immédiatement congestionné par une colère qui devait être chronique, l'homme leva les bras au ciel.

— Mais c'est pas vrai, bordel de merde ! On se fait fliquer partout maintenant. Vous n'avez rien d'autre à foutre de vos vacances ?

Bordarier regretta d'avoir montré sa carte, car il avait très envie d'écraser le nez de ce bonhomme particulièrement antipathique. Au lieu de cela, il se contenta de fixer la chose bulbeuse et noircie de comédons en souriant comme le sphinx.

Le bourreau d'enfants dut sentir passer quelque chose d'assez terrible dans ce regard car il changea brusquement de stratégie et se mit à jouer le père de famille loin d'être parfait, mais qui fait de son mieux pour veiller aux intérêts de sa progéniture.

— J'essaye de l'endurcir un peu, le petit. Sinon, qu'est-ce qu'il va faire dans la vie ? Les gros poissons bouffent les petits...

— En tout cas, que je ne vous revoie pas faire quelque chose comme ça, sinon je vous fais arrêter pour maltraitance sur mineur. D'autant qu'il y a sur le parking un panneau qui interdit explicitement de sauter des rochers. Compris ?

Bordarier retourna s'allonger sur la pierre, sans attendre la réponse balbutiante et indistincte du père humilié, puis le regarda lancer un ballon dégonflé à son enfant. Celui-ci le renvoya, hésitant, méfiant, anticipant avec effroi la possibilité d'une nouvelle épreuve. La scène sonnait faux. L'homme riait trop fort, alors que sa femme et son fils ne souriaient même pas. Bordarier jeta un coup d'œil discret à droite. La fille de l'hôtel tenait son appareil photo contre sa poitrine. Il remarqua que de là où ils étaient, on pouvait entrevoir la clinique sur son épaulement. Que faisait-elle ici, toute seule à l'hôtel depuis plusieurs jours ?

Elle se leva et passa près de lui pour s'approcher de l'eau.

— Ce méchant méritait une leçon. Merci d'être intervenu.

— J'espère qu'il ne se vengera pas sur son fils dès que j'aurai le dos tourné…

— Vous menez une enquête sur ce meurtre, n'est-ce pas, celui de la femme trouvée à Nîmes ?

Une expression étrange était passée sur son visage au moment où elle disait ça.

— Vous savez quelque chose ?

— Non.

Ils se turent pendant quelques secondes.

— Moi, c'est Émile Bordarier. Et vous ?

— Éloïse.

Le commissaire sortit une de ses cartes de visite de son portefeuille.

— Au cas où…

Elle leva vers lui ses yeux bleus.

— Au cas où ?

— Au cas où vous auriez besoin des services de la police. On ne sait jamais, en vous promenant avec votre appareil photo, vous pourriez trouver quelque chose d'utile à notre enquête, n'est-ce pas ?

Elle sourit un peu.

— On ne sait jamais… Bonne journée.

Elle s'éloigna brusquement, sans se retourner. Il la regarda traverser la rivière, ses chaussures à la main, puis s'engager sur le chemin qui gravissait la pente vers la clinique. Il comptait bien la revoir le soir, à l'hôtel, pour lui poser quelques questions et la presser un peu. Elle savait quelque chose. Il en était certain.

22

De retour au village, Bordarier passa devant le parking de la poste. Il contenait un bon quart des huit cents places gratuites dont la municipalité faisait la publicité sur un panneau censé inciter les touristes en route pour d'autres lieux de villégiature à s'arrêter ici quelques heures et y laisser un peu de leur budget vacances. Les premiers visiteurs de la journée avaient commencé à arriver de la nationale et manœuvraient vers les quelques emplacements encore disponibles à l'ombre. Méditant la rencontre qu'il venait de faire, le commissaire regarda un homme en bob et lunettes noires sortir de sa voiture, lancer les bras en l'air, puis, les mains appuyées sur le bas du dos, balancer le bassin d'avant en arrière et de gauche à droite en bâillant fortement. Une femme et deux enfants blonds émergèrent à leur tour, observèrent le parking, la friterie, les lauriers-roses, les façades rugueuses des maisons, la mercerie, qui avait investi un bout de trottoir et proposait un assemblage hétéroclite de pliants, de couteaux en éventail sur leurs présentoirs, de méduses, de cannes à pêche entreposées en gerbes, de paniers traditionnels, utiles pour faire le marché, ramasser des châtaignes, des champignons, voire du bois pour le feu. Il y avait aussi la vitrine qu'une agence immobilière locale avait fait installer, devant laquelle le couple allait inévitablement se mettre à rêver, à calculer, à se dire que oui, ce serait bien de pouvoir revenir ici tous les ans, d'y avoir une résidence secondaire et, pourquoi pas, d'y passer leur retraite.

Le commissaire remarqua le battement d'un morceau de papier rouge sur le pare-brise de la Primula qu'il avait laissée là la veille. Toutes les voitures qui avaient passé la nuit sur le parking semblaient avoir reçu la même décoration. Il tira le papier à lui d'un coup sec : « *Monsieur le maire a fait la preuve ces derniers mois qu'il grenouillait bel et bien avec les crapauds du capital. N'y a-t-il donc plus de limites à la recherche du profit ? Il dit qu'il veut faire construire un zoo dans le village. Pour faire venir les touristes ? Oui, et pas que ça : pour faire de toute notre vallée un parc d'attractions. Il veut s'en mettre plein les poches pendant qu'on nous lance des cacahuètes. Dites non au zoo ! Dites non au zoo humain ! Et où est passée Léa Hubert ? Signé : Le Comité Libertaire Cévenol.* » À coup sûr, c'était le travail de la journaliste, celle de l'Anarkiosque, l'amie de Philippe Chalumeau. L'accusation à peine voilée qui finissait ces lignes donnait matière à réflexion. Il savait à quel point les yourteurs qu'il avait rencontrés avaient envie d'incriminer le maire, mais pouvait-on le croire suffisamment stupide ou fou pour vouloir se débarrasser d'une opposante en l'assassinant ? En même temps, une activiste disparue, un sérieux conflit au village, c'était une piste à suivre.

Continuant sa route, il arriva devant un PMU situé à une cinquantaine de mètres de l'hôtel. Sur une pancarte clouée à l'écorce d'un énorme platane, un plaisantin ou un philosophe avait écrit « bonsaï géant ». Il décida d'entrer. Étonnant le nombre de bars qu'on pouvait faire tenir dans quelques ruelles ! Celui-là, il ne l'avait pas encore essayé. Des piliers de comptoir commentaient les nouvelles, les yeux levés vers un écran daltonien. Les voix étaient fortes, les bouches ouvertes laissaient échapper des rires sifflants. Le présentateur météo était en train de faire remarquer à la France entière, carte animée à l'appui, que le temps allait être aujourd'hui en deçà des moyennes saisonnières, mais qu'il ne fallait pas désespérer, car tout allait s'améliorer dans les jours à venir grâce à un anticyclone providentiel. En tout cas, il faisait déjà plutôt chaud à Saint-Sauveur-du-Merlet.

Au moment où il commandait un deuxième café, le commissaire vit entrer Cordelle. Elle n'avait pas l'air très réveillée.

— On vous a vu de la terrasse de l'hôtel. On s'est dit qu'on allait vous tenir compagnie.

Namgyel était juste derrière elle. Bordarier déduisit de leurs visages fatigués qu'ils avaient continué à profiter de leur soirée au village pendant que lui s'était excusé un peu plus tôt pour soigner son mal de tête. Ils s'installèrent au comptoir et commandèrent cafés et croissants sous les regards curieux des autochtones.

Avec un grand bâillement, Namgyel lut le tract que Bordarier lui avait passé. Puis il le donna à Cordelle et commença à se frotter vigoureusement le crâne, apparemment pour faire pénétrer une huile dans l'épais cuir chevelu qu'il passait sans cesse au rasoir. Le commissaire, sans trop savoir pourquoi, aimait l'idée de cet homme aux habitudes étranges se tenant tout naturellement au comptoir d'un PMU dans un petit village perdu au milieu des montagnes. Cordelle se détourna de la feuille pour humer le parfum qui se dégageait du crâne de son coéquipier.

— C'est quoi que tu as mis ? Ça sent bon.
— Une huile hydratante. Si j'en mets pas, j'ai des irritations. Tu en veux ?
— Non, j'étais juste curieuse.
Bordarier jugea bon de les ramener sur la question du tract.
— Alors ?
Namgyel laissa son crâne tranquille.
— Un peu inattendu, quand même. Au lieu de se cacher, les yourteurs continuent d'essayer de mobiliser les villageois. Si j'avais foutu la moitié du bordel qu'ils ont fait, je me serais terré dans un trou sans bouger pendant des mois.
Bordarier acquiesça.
— Apparemment, ils n'ont pas trop peur de l'autorité ici.
Cordelle se saisit d'un deuxième croissant, le dernier de la corbeille. La bouche pleine, elle risqua une théorie.
— La mairie n'a peut-être pas envie d'aller trop loin ? Vous savez commissaire, dans ces petits villages, les intérêts ne sont pas toujours facilement séparables. Tout s'embrouille. Le maire a démonté la yourte, mais il n'a peut-être pas envie d'envoyer les yourteurs en prison.
Le patron du bar les écoutait maintenant avec attention en rinçant ses tasses. C'était un homme très mou, qui transpirait abondamment, avec des rougeurs squameuses dans le cou qu'il grattait par petits gestes nerveux et coupables. Bordarier calcula le bavard qui s'immisçait dans toutes les conversations à portée d'oreille, n'attendant qu'une question pour donner son avis sur les événements récents. En posant la sienne, il eut l'impression de mettre une pièce dans un juke-box qu'il risquait de ne pas pouvoir arrêter.
— Alors, ils n'ont peur de rien ces yourteurs ?

— Le maire a cru qu'il pouvait les embrouiller, mais non, il s'est trompé, le con...

Un client s'était rapproché en faisant glisser latéralement ses coudes sur le comptoir et les regardait de ses grands yeux rouges. Malgré l'heure matinale, il semblait avoir déjà fait des progrès considérables dans son travail quotidien de ramollissement des neurones par saturation alcoolique.

— Je le lui ai dit, l'autre jour, au maire, que si sa tante en avait, elle s'appellerait son oncle...

Namgyel le repoussa doucement mais fermement en voyant qu'il postillonnait dans ce qui restait de son café. Dodelinant de la tête à la manière d'un chien décoratif pour plage arrière de voiture, le pilier de bar ne se formalisa pas.

Le cafetier s'épongea les tempes avec le torchon qui lui avait servi à sécher des verres.

— Eh oui, il s'est foutu le doigt dans l'œil jusqu'au coude !

Comme Cordelle le regardait, fascinée, et attendait qu'il développe pour mordre à nouveau dans son croissant, il se rengorgea, manifestement heureux d'aider la police lorsqu'elle se présentait sous ces dehors gracieux.

— Je suis resté motus, parce que j'ai ma déontologie, moi aussi, mais bon, vu la tournure prise par les événements...

Cordelle posa son croissant sur son assiette et s'essuya les doigts avec une serviette en papier.

— Eh bien allez-y, n'ayez pas peur, crachez le morceau ! Qu'est-ce que c'est que ces manières ?

Le bistrotier eut un sourire benêt. Si son visage enflé en avait été capable, il aurait même été possible de croire qu'il minaudait. Mais son plaisir fut de courte durée, car le pilier de bar postillonneur était miraculeusement sorti de son absence pour accomplir son destin d'éternel cheveu sur la soupe.

— Mais je vais vous le dire moi, ce qui s'est passé. Le maire a voulu les acheter, les yourteurs, et un bon paquet de fric ! Les autres ont empoché, à bon entendeur salut, et si ta tante en avait, elle s'appellerait ton oncle...

— Oh, pétard ! On t'a demandé ton avis toi ? C'est qui qui la raconte l'histoire ? C'est toi ou c'est moi ?

— Eh beh j'en sais rien moi ! C'est toi qui me l'as raconté, l'autre jour, que la fille du minibus te l'avait dit, qu'elle les avait vus, Darieux et Chalumeau, en train de faire des messes basses dans la forêt !

Bordarier n'en crut pas ses oreilles.

— Attendez, vous voulez parler de Léa Hubert ?

Il tâta les poches de sa veste et en sortit la photo que Philippe Chalumeau lui avait confiée.

Le barman se retourna pour prendre ses lunettes sur les carnets qui étaient posés à côté de sa caisse. Il regarda attentivement le visage de la femme.

— Oui, c'est Léa. Pourquoi vous avez sa photo ?

— Bon, qu'est-ce qu'elle vous a dit ?

Au moment où le cafetier allait répondre, l'autre le fit pour lui, dans un beuglement.

— Elle lui a dit que Darieux voulait filer un paquet de pognon à Chalumeau à condition qu'il émigre ailleurs avec sa troupe et que Chalumeau avait accepté.

— Mais il va se taire, ce crétin ?

— Et même qu'elle avait peur de lui après, et que c'est pour ça qu'elle t'en a parlé.

— Bon, aux grands maux, les grands moyens, comme on dit, hein ?

Le cafetier, résigné, attrapa une bouteille de rouge et resservit un canon à l'amateur de purée septembrale.

— Et maintenant, tu la fermes, d'accord ?

— Oui, chef !

Bordarier se dit que ce numéro avait dû être rejoué pas mal de fois dans des contextes différents.

— Bon, c'est comme il l'a dit. Léa est venue, il y a une ou deux semaines, je ne sais plus. Elle n'avait pas le moral et elle avait pas mal bu. Elle m'a dit : « J'ai un secret et j'ai peur. » Alors je lui dis : « De qui ? » Et elle me répond : « De Chalumeau. » Et c'est là qu'elle m'a tout expliqué.

— Tout, c'est-à-dire ?

— Hé ! Qu'elle avait vu Chalumeau recevoir de l'argent de Darieux, le maire, alors qu'il était censé être son pire ennemi. C'est là qu'elle a pris ses distances avec les yourteurs et qu'elle est venue ici pour se remonter le moral, comme elle était toute seule dans son épave, là-haut...

Bordarier hocha la tête en faisant une moue dubitative.

— Je les ai vus, pourtant, l'autre jour, en train de s'engueuler en règle, le maire et le yourteur.

L'ivrogne éructa bruyamment.

— C'était du cinéma, pardi ! Si ta tante en avait, elle s'appellerait ton oncle !

Bordarier fit tourner dans sa tasse un reste de café froid où nageaient quelques flocons de croissant.

— Et qu'est-ce qu'ils y gagnaient, à faire ce cinéma ?

— Vous n'avez qu'à le leur demander !

En sortant, Bordarier proposa son plan d'action.

— Bon, d'abord on établit un profil plus précis de Darieux. Ça commence à faire beaucoup, on ne peut pas ignorer des liens possibles entre les luttes autour du zoo et la disparition de Léa Hubert.

23

Même si les présentoirs renversés avaient été relevés, les bris des portes vitrées ramassés et le distributeur de boissons remis d'aplomb et apparemment fonctionnant, quoique bien cabossé, il était clair qu'il faudrait un peu plus de temps pour faire disparaître les nombreuses traces des échauffourées de la veille, et notamment les inscriptions, peu flatteuses pour l'équipe municipale et en particulier pour Darieux, qui couvraient maintenant les murs. Au comptoir de l'accueil, la secrétaire, occupée à classer des piles de papiers froissés, s'interrompit pour leur indiquer le bureau du maire.

Sous la photo officielle du président Macron, qui portait maintenant une moustache courte dont le sens pourtant déjà évident était renforcé d'une sentence lapidaire qui faisait référence à un personnage historique de triste mémoire, Darieux avait la mine pâle et l'air hagard. Devant lui était posé un buste de Marianne fendu en deux. Il se leva, esquissa le geste de serrer la main du commissaire et celles de ses collègues mais, s'apercevant que le tube de colle qu'il avait utilisé sans succès sur le buste refusait de quitter l'index auquel il s'était soudé, il se ravisa et leur fit simplement signe de s'asseoir.

— Vous voyez ? Ce sont des brigands, des bandits. En toute légalité, je fais démonter leur yourte... Un sacrifice nécessaire au développement de notre commune... Et voilà que ces vandales nous menacent, se mettent à tout casser, me prennent en otage ! Il me semble d'ailleurs que vous avez vous-même payé de votre personne...

De son index toujours étroitement associé au tube de colle, le maire montra le crâne du commissaire.

— Non, ça, c'est une bavure de la gendarmerie. J'imagine que vous allez les poursuivre ?

— Qui, les gendarmes ?

— Vos vandales venus des plaines mongoles.

— Ah, ceux-là... Malheureusement, ça va être difficile. Vous savez, la situation est complexe...

— Ah, oui ? Puisque nous y sommes, quelle est exactement votre relation avec Philippe Chalumeau ?

— Ma relation ? Il n'y a pas de relation. J'essaie tout simplement d'accomplir le travail pour lequel j'ai été mandaté par un vote démocratique et citoyen.

— Vous ne lui auriez pas, par exemple, offert de l'argent ?

— Ah, mais pas du tout ! Je ne sais pas qui a pu vous raconter de telles sottises ! Pourquoi j'aurais fait ça ?

— Vous auriez très bien pu penser qu'un bakchich, pour lisser les choses...

Le maire eut un rire fatigué.

— Un bakchich... Non mais vous vous rendez compte de ce que vous dites ?

— Après tout, ça aurait arrangé tout le monde si Philippe avait accepté d'amener sa tribu ailleurs, moyennant compensation, non ?

Les épaules du maire furent secouées d'un mouvement spasmodique. Il était impossible de dire si c'était parce qu'il riait ou parce qu'il était au bord des larmes.

— Ah ça, c'est la meilleure ! Ah ! Si je m'attendais...

Cordelle intervint.

— Vous avez pourtant été vu par un témoin en train de remettre de l'argent à M. Chalumeau.

Darieux releva la tête, abasourdi.

— Hein ? Vous voulez parler de qui, là ? Qu'on me le dise en face ! Si vous commencez à écouter tous les ragots et les affabulations de ce village de malheur, on ne s'en sortira pas, c'est sûr !

— Et cette Léa Hubert, vous avez peut-être une petite idée de l'endroit où elle pourrait être ?

— Léa ? Vous en savez sans doute plus que moi. Je n'ai appris que d'hier qu'elle avait quitté le village. Je ne la connais pas, ou alors si peu... Si vous voulez tout savoir, mes seuls contacts avec elle ont été lorsqu'elle m'a agressé en plein marché du samedi, au sujet du zoo. Si j'avais su qu'elle vivait dans un squat, soyez sûr que je lui aurais envoyé les gendarmes !

Tout en parlant, Darieux semblait éprouver le besoin de se distraire de cette situation pénible. Il avait extrait un cutter du tiroir de son bureau, au moyen duquel il s'efforçait maintenant de libérer son doigt de l'appendice encombrant que représentait le tube de colle. Il en cessa même de parler et parut bientôt si absorbé par sa tâche que Bordarier se demanda s'il n'avait pas entièrement oublié leur présence. Namgyel, le regardant tirer la langue, avait du mal à se retenir de rire.

— Eh bien voilà ! C'est comme ça qu'on règle les problèmes, tout en finesse, avec patience, sans s'énerver...

Le tube de colle avait été séparé du doigt sans que le sang ne coule. Un sourire triomphant éclaira la mine jusqu'ici grise du maire, comme un rayon de soleil fugitif au milieu d'une météo déplorable. Le commissaire s'en voulut un peu de refaire tomber la pluie en posant devant lui le petit tract qu'il avait trouvé sur le pare-brise de sa voiture.

Le maire parcourut le papier en marmonnant, secouant la tête, se la grattant. À la fin, n'y tenant plus, il repoussa le papier vers le commissaire.

— Qu'on suggère publiquement que j'ai quoi que ce soit à voir avec cette Léa Hubert, c'est diffamation et calomnie ! Pire, une accusation criminelle ! Croyez-moi, je ne vais pas rester sans rien faire. S'ils ne font pas tout de suite marche arrière, s'ils ne ramassent pas leurs tracts, je leur colle un procès !

Bordarier eut un sourire conciliant. Rien ne servait de brusquer les choses.

— Je comprends bien, c'est parfaitement scandaleux, et vous avez tout à fait raison de vouloir vous défendre. Néanmoins, le témoin qui vous aurait vu remettre de l'argent à Philippe Chalumeau, c'est justement cette Mlle Hubert.

— Eh bien, c'est génial alors, vous l'avez retrouvée ! Amenez-la-moi, qu'elle m'explique ce qu'elle a vu !

Bordarier se gratta l'arrière du crâne.

— Ah, ça va être difficile. Figurez-vous qu'on n'a toujours pas réussi à la localiser.

Le maire se détendit, visiblement soulagé.

— Alors qui vous a raconté cette sotte histoire, qu'elle m'aurait vu donner de l'argent à Chalumeau ?

— Quelqu'un à qui elle s'est confiée avant de disparaître. Mais vous avez raison, nous n'allons pas vous importuner plus longtemps avec des pistes improbables.

Cordelle avait tiré à elle le coin d'une brochure en papier glacé qui était sur le bureau. Elle montra du doigt la tête d'un singe à grand nez mou, un nasique de Bornéo, qui occupait la couverture.

— Et ce zoo, on peut voir à quoi il va ressembler ? Depuis le temps qu'on en entend parler.

— Mais, oui ! Nous avons fait appel à des architectes allemands… Si vous voulez vous donner la peine…

Darieux pivota sur son siège, ouvrit un grand tiroir et en sortit précautionneusement une maquette faite de fines couches de bois et de plastique collées ensemble. Elle représentait un complexe où on distinguait plusieurs bâtiments et enclos déposés le long d'une rivière bleu piscine. C'était abstrait, propre comme une cuisine Ikea. Écartant de ses avant-bras les deux morceaux de la Marianne fendue dans le sens de la longueur, il posa délicatement, amoureusement, l'objet sur le bureau.

— Là, ce sera la billetterie… Ici, le vivarium des serpents… L'enclos pour les girafes… À la place de la yourte, on aura une petite cafétéria où les visiteurs pourront se restaurer pendant la visite… Que du bio, bien sûr !

Le soleil, en passant par la fenêtre, tombait sur la maquette, éclairant par en dessous le visage du maire, nimbé de petits grains de poussière que sa respiration faisait danser. Le commissaire comprit pour la première fois que cet homme était rongé par une passion pour laquelle il serait capable d'aller très loin.

Ils furent interrompus par la secrétaire. Elle informait le maire que les employés municipaux allaient avoir besoin de nouveaux plants pour les parterres et les pots de fleurs endommagés dans la grand-rue, vu que les inspecteurs du label Villes et Villages Fleuris allaient arriver dans moins d'une semaine.

Le maire les regarda d'un air las.

— Vous voyez comme tout est difficile ici ? Comment voulez-vous que le village sorte de son marasme. C'est mon rocher de Sisyphe…

24

En y réfléchissant, le commissaire se dit qu'il n'était décidément pas impossible que le maire ait cherché à offrir de l'argent aux yourteurs pour les faire dégager du terrain destiné au zoo. Pouvait-on en déduire pour autant que Léa Hubert avait été éliminée parce qu'elle avait éventé une trahison et un scandale ? Une accusation de corruption n'aurait été, dans le pire des cas, qu'une tempête dans un verre d'eau, vite apaisée. Le pas semblait donc pour l'instant difficile à franchir. Cela dit, Bordarier avait déjà plusieurs fois eu affaire à des narcissiques dérangés qui, croyant leur réputation ruinée par une remarque infime, la propagation d'un ragot insignifiant, n'avaient pas hésité une seconde à sacrifier leur prochain. Et quel était le rôle de Rancière dans cette affaire ? Qu'est-ce qui le poussait à mettre de l'argent dans cet étrange projet de zoo ? Était-ce parce qu'il était l'amant présent ou à venir de Mme Darieux ?

Namgyel déclara qu'ils disposaient de suffisamment d'éléments pour procéder à des mises sur écoutes. Selon lui, il fallait cibler Éric Darieux, Antoine Rancière et Philippe Chalumeau. Bordarier était d'accord sur le principe, mais jugea la chose encore un peu prématurée. Il sentait que ça allait être difficile à faire passer auprès du cabinet d'instruction.

— Qu'est-ce que je lui dis, à Stern ? Qu'on les soupçonne d'avoir assassiné, pour une loufoque histoire de zoo et de yourte, une femme dont on n'est même pas sûrs d'avoir trouvé le cadavre ? Léa Hubert pourrait très bien réapparaître demain dans les rues du village, bronzée et contente de ses vacances.

Avant d'entamer ce genre de procédure, la moindre des choses aurait été de retrouver Chalumeau pour observer sa réaction aux accusations du patron de bar. Mais où se cachait-il ? Bordarier se dit qu'un bon point de départ pour remonter aux yourteurs serait l'Anarkiosque, le centre d'information libertaire. Il se pourrait que la journaliste activiste qu'il avait rencontrée, la semaine précédente, à la soirée de partage mongole, soit encore dans le coin.

Sur la place du 19 mars 1962, les employés municipaux s'affairaient autour d'un parterre de fleurs à demi piétiné, arrachant les plantes trop endommagées qu'ils jetaient dans des sacs plastique et redressant les autres. Lorsque les trois policiers arrivèrent devant la vitrine du local de contestation, tout était éteint et la porte était verrouillée.

Cordelle mit ses mains en visière pour regarder à l'intérieur.

— C'est plein de bouquins, mais il n'y a personne.

Des livres, il y en avait aussi des dizaines dans la vitrine sale, posés à plat sur un papier blanc où quelques mouches gisaient pattes en l'air. Les titres étaient suggestifs. *La Résistance jardinière. Va t'faire foutre patron. Génocides pour la croissance. La Mauvaise Cuite du permafrost. Les Derniers Jours de la finance.*

— Alors, on fait quoi ?

Bordarier hésita.
— Ils ne peuvent pas être bien loin.
Cordelle n'en était pas si sûre.
— C'est grand les Cévennes…
Namgyel fit quelques pas dans la rue, regardant à droite puis à gauche.
— Il n'y a qu'à faire une petite enquête de voisinage, histoire de voir si quelqu'un ne voudrait pas partager sa petite idée.
C'était presque désert, hormis un couple de touristes marchant bras dessus bras dessous et les travailleurs municipaux qui remuaient la terre. Un hélicoptère passa très bas au-dessus du village. Ils levèrent la tête. Il était orange et portait un logo confus, difficile à reconnaître à cette distance, ainsi qu'une inscription que Bordarier parvint à déchiffrer : « Cévennes Aéro ».
Namgyel adorait voler.
— C'est ça qu'il nous faudrait pour les retrouver, dans les montagnes. Un point de vue aérien.
Lorsque Bordarier baissa les yeux, il avisa une femme en habit noir de pasteur qui tournait le coin de la rue à bicyclette.
— En attendant les grands moyens, on va interroger la pasteure.
La cycliste s'arrêta pour répondre au salut qu'il lui faisait, carte tendue.
— Bonjour, madame, commissaire Bordarier, SRPJ de Nîmes. Nous cherchons à entrer en contact avec Philippe Chalumeau… Vous le connaissez ?
— Bonjour. Ingeborg. Je suis la nouvelle pasteure de Saint-Sauveur-du-Merlet. Chalumeau ? Le yourteur ? Qui ne le connaît pas…
La trentaine, yeux gris mer du Nord, une peau couleur pêche et un léger accent germanique. Son sourire, comme son bronzage, témoignait d'une bonne acclimatation au Midi.

— Vous auriez une idée d'où il se trouve en ce moment ?

— Aucune. Ils vadrouillent dans tous les sens, après ce qui est arrivé hier. Il y en a un qui a un appartement juste en face du presbytère. Je vous y accompagne si vous voulez. J'étais justement en train de rentrer. C'est un vrai marginal, celui-là. Il s'appelle Paolo. Paolo Prodi, je crois. Il nous fait souvent profiter de sa musique. Il pourra peut-être vous aider…

Bordarier sourit à son tour en pensant au bonhomme un peu étrange avec qui il était rentré au village, la semaine précédente, après la soirée passée sous l'hospitalité de la yourte, et qu'il avait revu en pleine action sur le balcon de la mairie.

— Je crois que je le connais déjà. Eh bien, on vous suit !

C'était à l'autre bout du village.

En prenant un peu de recul, du moins autant que le permettait la ruelle très étroite, ils purent apercevoir les balustres de la terrasse que leur désignait la pasteure. C'était donc de là qu'il narguait à loisir les habitants du presbytère et ses autres voisins, troublant leur quiétude à coups d'AC/DC, de Metallica et autres joyeusetés musicales. Bordarier se dit que la pasteure ne semblait pas le prendre trop mal, puis se corrigea en réalisant qu'elle avait tout de même sauté sur l'occasion pour lui envoyer les flics. Elle leur souhaita bonne chance avec un sourire assez ambigu et continua jusqu'au portail de son logement.

L'immeuble où habitait Prodi était vétuste, presque à l'abandon. Deux boîtes à lettres déglinguées pendouillaient à des clous. Une puanteur de cave et de tabac froid saturait l'air. Ça expliquait que ce locataire quelque peu douteux avait pu bénéficier de ce logement. Des marches jonchées de détritus disparaissaient dans la pénombre du bâtiment. Ils passèrent devant une première porte, à l'étage, puis au palier suivant s'arrêtèrent devant celle qu'ils cherchaient. Se sentant sans doute indélogeable, Prodi avait gravé son nom à même le bois du montant.

Après quelques tambourinements, ils durent se rendre à l'évidence que l'homme n'était pas là. Il devait se cacher dans les montagnes, comme les autres, le temps que le souvenir encore trop vif du saccage de la mairie se soit un peu émoussé dans les consciences villageoises. Au moment où ils redescendaient l'étroite cage d'escalier, la porte du premier s'ouvrit. C'était un homme hirsute, en caleçon et en marcel tachés, qui les apostropha d'un rugissement.

— Vous êtes qui, vous ?

— Commissaire Bordarier. Et voici les officiers de police judiciaire Cordelle et Namgyel. SRPJ de Nîmes. Et vous ?

— Philippe Copion. C'est écrit sur la porte. Vous cherchez Paolo ? Qu'est-ce qu'il a encore fait, ce connard ?

— Nous aimerions entrer en contact avec les yourteurs, pour leur poser quelques questions sur une enquête en cours.

— Ah oui ! La camionnette des deux pédales, la fille cramée, merci, je connais ! Avec tous ces cons de villageois qui sont en train de se pisser dessus de trouille derrière leurs putains de volets de merde, on n'entend que ça !

Il se racla du revers des doigts une barbe de trois jours qui émit un bruit de pierre ponce.

Cordelle regardait le caleçon immonde. Namgyel grimaça, ce qui malheureusement ne passa pas inaperçu.

— Qu'est-ce qu'il a le niakoué ?

Dans la lumière qui venait de la porte ouverte, un sourire s'épanouit sur le visage de Namgyel, qui se mit en même temps à faire craquer ses phalanges. Bordarier se demanda ce qui avait pu passer par la tête du bonhomme pour le pousser à provoquer ainsi les 1,98 mètres, 110 kilos de muscles secs et noueux de l'ancien garde du corps. Il s'interposa de manière préventive, se plaçant devant l'agresseur dont l'haleine lui parvint comme une exhalaison de pourriture.

Pendant ce temps, Cordelle, tirant Namgyel par la manche, s'efforçait de l'entraîner vers le bas de l'escalier et la rue.

— Allez viens, Chögyam… Laisse tomber, c'est un gros porc.

Namgyel se laissa faire, mais se retournant, il regarda l'autre dans les yeux à travers les barreaux de la rambarde.

— Toi, tu as besoin d'une bonne bastonnade.

L'autre fit semblant de ne pas avoir peur.

— Ouais, c'est ça, casse-toi pauv'con !

Bordarier était maintenant seul face à l'homme qui le considérait, nullement gêné, de ses yeux à fleur de tête. Il réfléchit un instant sur la conduite à tenir. Laisser tomber ? Continuer à poser des questions ? Pendant ce temps, l'autre avait pensé à autre chose.

— Elle est bonne la petite rousse ? Elle a un joli petit cul. Vous devez bien vous marrer tous les trois, hein ?

Bordarier sortit une carte de visite de son portefeuille qu'il laissa tomber aux pieds de son interlocuteur. Le sort voulu qu'en se baissant peut-être un peu trop vivement pour la ramasser, perdant l'équilibre, son front vint percuter ce dernier dans la région du nez.

Le marcel se couvrit d'un giclement de sang pendant que son propriétaire se mettait à pousser des cris affreux.

— Ah mince, désolé ! Attendez, je vais vous aider, mettez la tête en arrière, voilà… comme ça.

Le commissaire guida le blessé à reculons dans l'appartement jusqu'à une chaise, qui, par malchance, se décala justement au moment où l'homme voulut y poser son derrière. L'atterrissage violent qui suivit cette dérobade fut assez douloureux, à en croire les beuglements redoublés qui emplirent l'appartement.

— Décidément, dites-moi, c'est pas votre jour !

Bordarier se demanda s'il n'en faisait pas un peu trop, lorsque son pied, qu'il avait positionné entre les jambes du geignard pour l'aider à se relever, empiéta légèrement sur la partie centrale du caleçon.

L'autre lâcha une bordée d'injures, appelant au secours, braillant comme un âne.

Bordarier finit par réussir à le redresser, à l'asseoir sur la chaise et à lui coller sous le nez un ignoble torchon à carreaux trouvé sur le bord de l'évier.

— Voilà, ça n'est pas mieux comme ça ?

L'autre le regardait, l'œil tuméfié.

— Cassez-vous de chez moi, putain ! Vous êtes malade ou quoi ?

— Écoutez, je suis vraiment désolé pour cet accident…

Il montra la blessure qu'il avait à la tête.

— Je suis un grand maladroit, vous savez… Si je peux vous rendre service, ce ne sera pas de refus… Je sais que votre voisin écoute sa musique très fort et dérange votre tranquillité, alors si vous me dites où le trouver, je peux m'en charger.

L'autre le regarda de son œil effrayé. Mais sa respiration s'apaisait. On voyait qu'un calcul s'opérait dans sa caboche mal fichue. Lui donnant tout le temps qu'il fallait, Bordarier prit l'air de celui qui patiente, de bonne volonté, un peu confus d'avoir causé en quelques secondes tant de désordre et de douleur. Quoique pour le désordre, pensa-t-il en regardant autour de lui, sa contribution était négligeable par rapport à celui qui régnait déjà dans la pièce. Il tira une cigarette du paquet qui était sur la table, au milieu de débris de coquilles de noix, l'alluma et la tendit à sa victime. Bonne poire, l'autre la prit et aspira une longue bouffée.

— Ils sont aux Fanes.

La voix était nasillarde. Il ne restait rien de la gouaille et de l'assurance de tout à l'heure.

— Aux quoi ?

— Aux Fanes, c'est un hameau abandonné, sur l'ancienne route des crêtes, en partant du col du Chamousset.

En sortant, Bordarier ramassa sa carte de visite, qu'il replaça soigneusement dans son portefeuille. Puis il descendit tranquillement les escaliers pour retrouver Cordelle et Namgyel dans la rue. Ce dernier était assis sur un chasse-roue grêlé par le temps, la nuque droite, les yeux fermés, en pleine méditation. Le commissaire se félicita de lui apporter de quoi lui remonter le moral.

— Résultat de ma maladresse, ce gentil bonhomme s'est retrouvé avec le nez fendu et un coccyx en marmelade, sans parler du reste.

— Du reste ? Vous m'avez enlevé tout le plaisir, commissaire…

25

Bordarier considéra son coéquipier dans le rétroviseur et se dit que la méditation transcendantale, dans ce cas précis, n'avait pas eu d'effet décisif. Quoiqu'en apparence très calme, Namgyel était sorti de son silence relatif et depuis un bon quart d'heure passait en revue des exemples illustrant la férocité des policiers des grands monastères bouddhistes du Tibet, avant l'invasion chinoise. Coups de bâton, de fouet, d'épée, rien n'était exclu pour faire régner l'ordre chez les moines. Et lorsque les monastères étaient attaqués, les *dob-dob* se transformaient en implacables soldats devant qui rien ne résistait. La péroraison de ce long monologue fut brève et prononcée sans la moindre trace de colère, sur le simple ton du constat.

— Il ne faut pas prendre les bouddhistes pour des enfants de chœur ou des pigeons.

À mi-chemin entre le village et les Fanes, ils décidèrent de s'arrêter dans un café-restaurant où on servait principalement des saucisses-frites, des pizzas et des glaces. Le patron était bourru, la serveuse bossue. Contemplant le comptoir taché, le carrelage brisé, les alignements de liqueurs poussiéreuses, l'horloge Ricard sans doute arrêtée depuis des décennies, véritable emblème de méditerranéité que plus d'un Parisien de passage avait dû rêver d'embarquer, Bordarier pensa qu'on aurait pu faire plus gai, mais guère plus authentique. Il constata avec plaisir que sa tête allait mieux, que la blessure ne le lançait plus, ou à peine, ce qui était d'autant plus encourageant, après tout, qu'il venait de s'en servir, de sa tête, pour écraser un nez. Ils commandèrent trois demis et trois saucisses-frites.

Ils venaient d'être servis quand son téléphone sonna. C'était Samuel André, des stups.

— Salut, je voulais te tenir au courant, pour l'affaire Mourad Boumaza, comme ç'avait l'air de t'intéresser.

Le commissaire but une gorgée de bière, s'efforçant de prendre l'air désinvolte.

— Alors, du neuf ?

— Il se dit dans le milieu que c'est effectivement un petit poisson, une minuscule sardine, un anchois qui a doublé tout le monde en se servant chez Mourad Boumaza, juste après qu'il s'est suicidé.

— Et ils savent qui c'est, ce menu fretin ?

— Apparemment les propriétaires de la came soupçonnent quelqu'un et vont lui tendre un piège. Malheureusement, on n'a pas encore réussi à l'identifier. On a mis quelques téléphones sur écoutes, au cas où…

Bordarier se mordit les lèvres. S'il donnait le nom de Marcello Garcia, sa fille risquait de morfler. Mais s'il ne le donnait pas, elle risquait bien pire, sans compter que c'était peut-être signer l'arrêt de mort de son petit ami.

— Bon, si je m'intéressais à cette affaire, c'était parce que j'ai croisé par hasard un mec qui m'a paru suspect. Il s'appelle Marcello Garcia. Tu le trouveras facilement, il a un casier judiciaire.

La dernière fois que je l'ai vu, il vendait des chichis sur la plage, au Grau-du-Roi. Et sans doute autre chose aux clients intéressés. Il se pourrait qu'il ait décidé de se cacher en plein soleil.

— Et tu penses que ce serait notre homme ?

— C'est possible. Faut vérifier.

Lorsqu'il raccrocha, Cordelle et Namgyel le regardaient, surpris.

— Vous parliez de quelle enquête là ?

Il considéra la question de Cordelle.

— On en discutera plus tard.

Les coudes sur la table, il ignora les regards interloqués qu'échangeaient ses coéquipiers et posa son front dans sa main. Où avait-il fauté ? Pourquoi sa fille avait-elle si mal tourné ? Il se saisit de quatre grosses frites qu'il trempa rageusement dans la mayonnaise et mangea en évitant de lever les yeux.

Le reste du déjeuner fut plutôt silencieux. Cordelle avait des attentions pour Namgyel. Elle se leva même pour aller lui chercher de nouveaux berlingots de ketchup quand ceux qui se trouvaient dans la corbeille eurent tous été utilisés. Le commissaire se dit que son mari devait régulièrement faire face à des remarques racistes du type de celle que l'homme au marcel lui avait envoyée.

Ils reprirent la route et tombèrent au bout de quelques minutes sur l'embranchement qu'ils cherchaient. L'ancienne voie qui menait aux Fanes n'avait jamais connu le goudron et son accès était interdit par une barrière basculante fermée d'un cadenas. Ils décidèrent de garer la voiture et de continuer à pied vers le fameux hameau fantôme. Une bonne balade, pensa Bordarier. Sur la carte, au moins six kilomètres à vol d'oiseau.

Au bout de quarante minutes de marche, ils n'avaient toujours pas atteint leur but. Ils consultèrent plusieurs fois la carte IGN où apparaissaient effectivement quelques carrés noirs censés représenter des corps de bâtiments. Soit ils étaient passés à côté du hameau sans le voir, soit ils n'étaient pas du tout dans la bonne direction. Le GPS des portables les voyait dériver à travers une étendue verte qui ne comportait aucun détail. Exaspéré, Bordarier prit la tête de l'équipe lorsque le chemin commença à descendre, s'efforçant d'ignorer Cordelle qui déclarait qu'ils auraient mieux fait de tout simplement forcer la barrière et venir en voiture.

Au détour du lacet suivant, il se demanda s'il n'était pas en train d'être victime d'une hallucination due à son état de fatigue avancé. Une toison s'agitait au milieu des fougères, à moins de vingt mètres du chemin. Comme l'apparition persistait, le commissaire, qui regretta vivement d'avoir laissé son arme de service dans le coffre-fort de l'hôtel, ramassa une grosse branche en espérant qu'elle serait suffisamment robuste, le cas échéant, pour impressionner la bête qu'il continuait d'observer sans pouvoir l'identifier.

Le poil était noir, dru, luisant. Il se sentit nu et fragile dans cette forêt dépourvue de portes, d'escaliers, de surfaces réfléchissantes, de voitures derrières lesquelles s'abriter. Saurait-il même grimper à un arbre ? Voyons, voyons, raisonna-t-il, il n'y a pas d'ours dans ces montagnes, que des chèvres, quelques paysans, des retraités et des touristes ! Mais l'animal qui était sous ses yeux semblait imperméable à ces évidences. Un sanglier ? Non, il se redressait maintenant sur des jarrets invisibles, mais qui paraissaient puissants.

— Tiens, commissaire, je ne vous avais pas vu !

Une goutte de sueur lui brûlant l'œil gauche, Bordarier comprit avec un temps de retard que ce n'était pas un ours qu'il avait devant lui, ni un sanglier qui aurait appris à maîtriser la marche bipède, mais un homme. Un homme, de surcroît, qu'il connaissait. C'était l'ermite des bois rencontré la semaine précédente à la soirée des yourteurs. Avec sa peau de bête qui lui descendait jusqu'à mi-corps, sa maigreur effrayante, sa longue barbe, il aurait très bien pu servir de modèle à un peintre italien pour un tableau de saint Jean Baptiste au désert.

— Je vous avais pris pour un animal !

— Ah ! C'est la peau…

— Vous pourriez vous faire tirer dessus par un chasseur…

— C'est bon pour les champignons en ce moment… Sentez cette odeur d'humus…

Avec un grand sourire, l'ermite avait soulevé un panier d'osier au fond duquel des girolles semblaient avoir été artistement disposées sur des fougères. Ces petites pépites jaunes auraient sans problème pu servir d'ambassadrices pour le terroir cévenol sur le site Internet de la région Occitanie.

— Elles sont belles, hein ! J'ai mes coins.

Encore un peu honteux de sa frayeur, le commissaire fit mine de s'intéresser.

— Vous allez les préparer comment ? Ail et persil ?

— Celles-là ? Non, je les vends à l'hôtel des Bancels, en bas, au village. Ça rapporte le champignon, ajouta-t-il d'un air gourmand, comme s'il tenait déjà entre ses doigts de beaux billets de banque.

— Ah…

— Vous êtes venus à pied de l'embranchement, là-haut ?

Bordarier opina.

— Pour nous voir ?

— On cherche à joindre Philippe Chalumeau, pas à cause du saccage de la mairie, qui regarde la gendarmerie, mais pour lui poser quelques questions supplémentaires sur Léa Hubert.

— Faut monter, alors, je pense qu'il sera content de vous voir.

Bordarier se sentit plus que jamais découragé.

— Monter où ?

— Mais aux Fanes, c'est juste à côté. Venez prendre l'apéro avec nous, on vous ramènera d'un coup de Lada !

Cordelle et Namgyel les avaient rejoints. Bordarier fit les présentations, puis ils s'engagèrent en file indienne sur un vague sentier qui passait entre les fougères.

— On y est presque !

Ils suivirent la peau de bête entre deux murets recouverts d'une épaisse végétation, arrivèrent, au bout d'une centaine de mètres, à un petit hameau en ruines. Six ou sept maisons sans toits, des éboulis, une fontaine à bras.

— On a le projet de tout retaper. Mais il va falloir de l'huile de coude !

Le bruit aigu d'un marteau frappant la pierre résonnait entre les murs. Ça venait d'une maison dont la toiture était recouverte d'une grande bâche bleue. Des débris de volets en bois pendaient à des fenêtres sans carreaux. Au pied de la façade, devant un établi en métal, Chalumeau était en train de tailler une plaque de schiste à petits coups précis.

— Ohé Chalu, on a de la visite, je sors le pastis !

Le travailleur se retourna lentement, posa son outil sur la pierre, s'essuya le front.

— Tiens, tiens…

Il ramassa sa chemise et l'enfila sur son corps en sueur. Lorsqu'ils furent devant lui, il tendit lentement la main à Namgyel, Cordelle et enfin au commissaire.

— On peut vous parler quelques minutes ?

— De quoi ?

— Comme je le disais à votre collègue, ça n'a rien à voir avec la yourte et avec ce qui s'est passé à la mairie. Nous cherchons seulement à éclaircir les circonstances de la disparition de Léa Hubert.

— Qu'est-ce qu'il y a de plus à dire ? C'est moi qui t'ai mis sur la voie de Léa, l'autre jour, tu t'en souviens ?

Bordarier sortit le tract qu'il avait trouvé sur le parking, dont la prose étonnante incriminait le maire.

— C'est votre amie de l'Anarkiosque qui a imprimé ça ?

— Miriam et moi avons rédigé le texte ensemble. D'ailleurs, elle est ici, si ça vous intéresse de lui parler.

Chalumeau mit ses mains en porte-voix et appela. Une voix répondit au loin. Elle arrivait. Bordarier mit son doigt sous la dernière ligne du document, la montrant à son interlocuteur.

— « *Où est passée Léa Hubert ?* » Vous continuez donc à suggérer que Darieux pourrait avoir quelque chose à voir avec cette disparition…

— C'est un fou. On peut tout attendre des fous, y compris la folie, non ?

— C'est quand même bizarre qu'en vous détestant à ce point, vous ayez des contacts si…

Bordarier ménagea une pause. Chalumeau leva des yeux surpris.

— On vous a vus discuter ensemble, dans la forêt, apparemment de manière suffisamment cordiale pour qu'on soit en droit de se poser des questions. Et puis on entend ici et là que vous avez reçu de l'argent de la part de Darieux…

Le yourteur ne put s'empêcher de faire une grimace.

— Qui nous aurait vus dans la forêt ?

— Eh bien, figurez-vous, justement, une certaine Léa Hubert.

— Vous l'avez retrouvée ?

— Non, mais elle n'a pas disparu sans s'être confiée à au moins une personne.

La journaliste du Comité libertaire cévenol et animatrice en chef de l'Anarkiosque traversait les fougères du bord de la clairière. Elle aussi avait un panier à la main, des girolles qui finiraient probablement comme les autres, transformées en ornement parcimonieux d'un plat à supplément concocté par M. Treillet. Les champignons, apparemment, c'était le beurre dans les épinards assez maigres qu'étaient les RSA. Il fallait bien ça pour maintenir cette petite troupe à flots. Miriam posa sa cueillette sur une table à tréteaux encombrée d'outils, devant la maison en cours de restauration.

L'ermite les rejoignit, poussa les champignons, deux marteaux rouillés et un tas de gros clous de menuiserie, libérant ainsi suffisamment d'espace pour poser une bouteille de pastis, quelques verres et un cruchon rempli d'eau fraîche.

Ils trinquèrent silencieusement. Les frondaisons bruissaient au-dessus de leurs têtes. Le vent venait du sud, remontait de la Méditerranée, expliqua Chalumeau en reposant son verre, le temps allait changer. Cordelle et Namgyel, installés en face du commissaire, appréciaient visiblement cet apéritif inattendu. Lui aussi. C'était comme si toutes les frustrations de la journée étaient en train de se dissoudre peu à peu dans la fraîcheur familière d'un parfum anisé.

Avec un petit hochement de tête à destination de ses amis, comme pour signifier qu'il était bien en contrôle de la situation, Chalumeau reposa son verre, passa la main dans ses cheveux, hésita un instant, puis commença à parler. Réalisant que cette marche forcée à travers la forêt allait peut-être s'avérer payante, Bordarier ressentit un petit frisson de satisfaction lui parcourir l'échine.

— Bon, écoutez, oui, c'est vrai, il y a eu des contacts entre Darieux et moi qui ont pu créer de la confusion. La vérité est qu'il prépare déjà sa réélection et que le zoo est un enjeu majeur pour lui. Nous faire dégager serait une grande victoire. Il y a quelques semaines, il est venu vers moi pour me dire que si je voulais entendre raison, il pouvait m'offrir une belle somme, et le hameau des Fanes.

— Et y mettre l'électricité, ajouta Miriam.

— On a décidé de faire comme si on marchait dans son coup. Notre objectif, c'était de récupérer le hameau, de prendre l'argent, puis de remonter la yourte plus tard. Donc, on l'a laissé avoir sa petite victoire. Il nous a versé trois mille euros et il a pu envoyer les employés municipaux démonter la yourte pendant qu'on s'était absentés.

— Lorsque je vous ai vus vous disputer devant la yourte, la dernière fois, c'était du cinéma ?

— Une idée du maire. Il ne fallait surtout pas qu'on sache qu'on s'était entendus. Il y avait pas mal de villageois à la yourte, alors il a voulu qu'on ait l'air d'être plus que jamais déterminés à rester. Comme ça, le démontage de la yourte donnait à tout le monde l'impression qu'il nous avait nettoyés au karcher et le faisait apparaître en homme fort du village.

— Qu'est-ce qui vous a fait changer d'avis et prendre d'assaut la mairie ?

— On s'est fait voler l'argent, du coup on s'est dit qu'on donnait finalement la yourte pour rien et on a décidé de la reprendre un peu plus tôt que prévu.

— Et vous avez une idée de qui a pu être l'auteur du vol ?

— Léa…

Cordelle fronça les sourcils.

— Qu'est-ce qui vous fait dire ça ?

— Le timing. Le jour où elle disparaît, les cinq mille euros que j'avais dans ma voiture disparaissent également.

— Donc vous ne pensez pas vraiment que Darieux ait une quelconque responsabilité dans sa disparition à elle ?

— L'un n'empêche pas l'autre…

Namgyel posa son verre vide et se tourna vers Chalumeau.

— Alors Léa Hubert n'était pas au courant de votre arrangement avec le maire ?

— En tout cas, on ne lui en avait pas parlé. Au départ, l'info n'a circulé que dans le noyau dur de notre groupe. On a décidé de rester discrets pour pouvoir mieux surprendre le maire plus tard, en reprenant la yourte. Si tout le monde avait été au courant, notre plan aurait pu s'éventer. Léa était encore nouvelle dans le coin, elle avait à faire ses preuves. J'ai bien vu qu'elle avait des soupçons, mais je n'ai pas pensé qu'il était nécessaire de lui expliquer la situation tout de suite…

— Donc on peut envisager la possibilité que Léa ait cru à une trahison de votre part et qu'elle ait décidé de quitter la région en emportant la caisse au passage.

— Ou alors qu'elle ait voulu menacer le maire, peut-être le faire chanter, et qu'il se soit débarrassé d'elle.

Bordarier sourit d'une telle hypothèse et de ce qu'en aurait dit le maire, en bas, avec son tube de colle et ses rêves amochés.

— Comment expliquez-vous que les gendarmes n'aient pas fait plus d'efforts pour vous arrêter ?

— Le maire n'a pas intérêt à ce que ça se passe comme ça. Si le village apprenait qu'il avait fait un arrangement avec nous, toute sa mise en scène s'écroulerait et son masque tomberait. Il redeviendrait le pauvre minable que tout le monde le soupçonne d'être de toute façon. Non seulement on a récupéré la yourte, mais on va se les garder, les Fanes.

— Comment comptez-vous rester installés ici, après ce qui vient de se passer avec le maire ? Il vous a déjà donné l'acte de propriété ?

Miriam prit la parole.

— En fait, on s'est aperçus que Darieux ne peut rien pour nous le donner ou nous l'enlever. Depuis le départ, c'était une embrouille. On est en train de contacter directement les héritiers de ces maisons. Ceux à qui j'ai pu parler sont tellement contents de ce projet de faire revivre le hameau qu'ils sont prêts à nous laisser leurs ruines pour un euro symbolique. Tout ce qu'on peut attendre du maire, c'est qu'il nous finance l'accès à EDF. On a bon espoir que la mairie repasse à gauche, dans le futur. Au lieu de ce zoo ridicule, on aura peut-être une véritable mise en valeur de la région et du patrimoine, avec des aides pour le développement culturel.

— Une fois que tout sera restauré, on en fera un centre d'éducation politique, poétique et écologique.

Chalumeau montrait d'un geste visionnaire la maison en ruines et d'autres corps de bâtiment, un peu plus loin, envahis de ronces. Le long des pierres éboulées, des buissons étoilés de fleurs commençaient à disparaître dans la pénombre. Puis il regarda le crâne rasé de Namgyel avec intérêt et ce qui ressemblait à une sorte de respect.

— Vous vous y connaissez, en yourte ?

À bord de la Lada blanche qui les ramenait à leur voiture par un autre chemin qu'ils n'avaient pas su identifier sur la carte, Miriam se tourna vers le commissaire qui était assis à côté d'elle.

— Au fait, j'ai repensé à quelque chose tout à l'heure. Ça tombe bien que vous soyez là. L'autre jour, une jeune femme est venue à l'Anarkiosque pour me demander si je n'avais pas vu une amie à elle dans le village, une fille à peu près de son âge, qui aurait cherché à entrer en contact avec les Rancière. Je n'ai pas pu l'aider, vu qu'avec tous les touristes qu'il y a en ce moment, on ne fait pas trop attention aux gens qui vont et viennent, mais je me suis dit que ça pourrait vous intéresser, pour votre enquête…

Considérant les branchages qui griffaient la tôle et glissaient sur le pare-brise, le sous-bois embroussaillé, les profondes ornières du chemin qui secouaient la voiture, Bordarier eut le sentiment qu'une pièce du puzzle était en train de tomber en place.

— Elle vous a dit son nom, ou celui de son amie ?

— Non, mais c'était une blonde, cheveux courts, très jeune. Elle se baladait avec un appareil photo en bandoulière. Elle, je l'ai remarquée, parce que ça fait au moins deux semaines qu'elle tourne dans le village.

Éloïse.

La fille qui attendait quelqu'un qui ne venait pas.

Bordarier se tourna vers Namgyel et Cordelle qui regardaient la route en silence, appréciant sans doute comme lui ce retour en voiture inespéré.

— Je sais où la trouver. Elle est descendue dans le même hôtel que nous.

26

Le marché nocturne interdisant l'accès motorisé aux rues du centre, le parking de la poste était rapidement arrivé à saturation, ce qui avait entraîné à l'entrée du village une cohue presque digne de l'abord des plages de la Côte d'Azur. Le trio fut contraint de rebrousser chemin et de garer la Primula sur le bord de la nationale, à un bon demi-kilomètre du panneau qui indiquait Saint-Sauveur-du-Merlet. Il fallut par conséquent revenir à pied et dans le noir. S'efforçant de se maintenir tout entier sur l'étroite bande jonchée de gravillons qui séparait la route du bas-côté encombré de voitures, Bordarier se dit qu'avec l'excursion de l'après-midi, ça commençait à faire beaucoup. Pour se donner du courage, à moins que ça n'ait été pour ironiser sur leur situation, Namgyel se mit à chanter une mélopée tibétaine particulièrement gutturale et funèbre. Cordelle, pendant ce temps, éclairait leurs pas avec la lampe de son portable. À chaque fois que le faisceau de phares les aveuglait et faisait craindre l'accident, elle agitait la loupiote dérisoire au-dessus de leurs têtes. Bordarier se retint de lui dire que ça ne servait strictement à rien.

Ils retrouvèrent enfin le trottoir, puis se frayèrent un passage à travers la foule et un assemblage hétéroclite d'étals éclairés par des ampoules de toutes intensités. Ayant pourtant dépassé, sans leur accorder plus d'un regard, les savons à l'huile d'olive bios, les salières et poivrières en forme de cigale et les rouleaux de toiles cirées de style provençal, Cordelle et Namgyel tombèrent inexplicablement en arrêt devant un chariot à churros.

Avec une lueur malicieuse et enfantine dans l'œil, Cordelle se tourna vers son supérieur au moment précis où le portable de celui-ci se mettait à vibrer dans la poche intérieure de sa veste.

— Dites, commissaire, les churros, ça rentre dans les frais d'enquête ?

Obligé de se livrer à des contorsions du poignet pour extraire le portable qui s'était coincé dans sa doublure, il fit signe que oui, oui ça rentrait. Après tout, avec la note d'hôtel et de restaurant qu'ils allaient ramener, ils n'étaient plus à ça près. Elle pouvait même prendre le sachet de douze et le petit pot de Nutella qui allait avec, si ça lui chantait.

C'était Michel Stern. Il devait souffrir d'un début de rhume, ou alors c'était le téléphone, en tout cas sa voix était encore plus que d'habitude nasillarde et grincheuse.

— Le procureur m'a dit que vous alliez me contacter, or j'attends, j'attends, et rien n'arrive... Je n'ai devant moi que quelques pièces préliminaires. Vous en êtes où de l'enquête ?

Bordarier l'imagina dans son bureau, entouré de mornes entassements de chemises à sangle et d'épais classeurs, donnant ce dernier coup de téléphone désagréable avant de retrouver sa femme heureusement sans histoires dans son pavillon heureusement ultra-normal. Il devait déjà avoir mis sa veste, posé son gros cartable noir sur les genoux. Même si sa vision du monde semblait dominée par l'idée que la plupart des gens étaient des idiots fatigants, jetés sur son chemin par un sort qui cherchait à l'éprouver, il fallait reconnaître que Stern n'avait pas entièrement capitulé, professionnellement parlant. Il arrivait la plupart du temps à donner le change en ayant recours au cynisme le plus ricanant, mais il suffisait qu'une enquête se débloque pour que son débit s'accélère, pour qu'une vibration apparaisse dans le grain de la voix, prouvant à qui savait écouter qu'il ne s'en foutait pas tant que ça. D'ailleurs, quand ça n'avançait pas du tout, il devenait franchement acariâtre, autre indice qu'en vérité il prenait les choses assez à cœur. Peut-être aurait-il été préférable que son cynisme soit réel, se dit Bordarier en méditant ce qu'il allait lui présenter de l'enquête. Le problème des gens qui cherchent à se convaincre eux-mêmes qu'ils s'en foutent, c'est qu'ils s'en foutent en réalité moins que la moyenne. Pour tout dire, Bordarier sentait que chez Stern les choses pourraient assez facilement dérailler. Heureusement, il existait d'autres juges beaucoup plus faciles à manœuvrer, c'est-à-dire prêts à le laisser mener les choses comme il l'entendait, du moment qu'ils pouvaient continuer à s'adonner aux plaisirs de la grande cuisine française en compagnie d'autres fines gueules du barreau.

— Vous tombez bien, j'allais vous informer de plusieurs nouveaux développements qui m'incitent à effectuer la mise sur écoutes de trois personnes.

Il y eut une toux.

Les écoutes, il n'y avait pas à dire, c'était toujours délicat.

— Et qui sont-elles ?

Se rangeant dans l'encoignure de la porte monumentale du temple protestant, contre laquelle les vapeurs du stand à churros montaient comme des fumées d'encens, le commissaire expliqua qu'il avait de fortes raisons de penser que l'identification de la personne décédée reposait sur une enquête serrée menée dans le village où la camionnette avait été volée. Les écoutes se justifiaient dans la mesure où plusieurs pistes suggéraient que le maire pouvait avoir joué un rôle dans la disparition d'une certaine Léa Hubert. Par ailleurs, des éléments de l'enquête faisaient entrevoir la possibilité qu'une autre disparition avait eu lieu. Un témoin, Miriam Vidrin, venait de révéler qu'une jeune femme, pour l'instant connue sous le seul prénom d'Éloïse, parcourait le village depuis des jours avec son appareil photo et tournait autour de la clinique des Magnaneries à la recherche de quelqu'un d'autre.

— Qui ?

— C'est bien la question à laquelle j'espère trouver une réponse ce soir en l'interrogeant.

Conscient que tout ça restait pour l'instant plutôt ténu, Bordarier s'efforça de ne pas trop entrer dans les détails, se contentant d'expliquer que, dans ce dernier cas, un autre notable, Antoine Rancière, propriétaire de la clinique, ami du maire, possiblement amant de sa femme, serait peut-être susceptible de savoir quelque chose. Et puis, il y avait Philippe Chalumeau, le yourteur, qui avait plus ou moins accusé le maire d'être à l'origine de la disparition de Léa Hubert, mais qui n'était pas au-dessus de tout soupçon, puisqu'il aurait aussi pu avoir un motif pour s'en débarrasser. Sa relation avec la disparue n'était pas encore parfaitement bien établie. Bref, des écoutes auraient des chances d'aider à clarifier la situation.

— Un imbroglio, commissaire, c'est ça que vous êtes en train de me décrire, un imbroglio.

— On commence à tirer les fils, les écoutes feront gagner du temps…

Il fallut expliquer un long moment. Épeler des noms. Enfin le juge devint moins réticent.

— Allez-y tout en discrétion. Vous n'avez pas grand-chose… Un maire de village appartient à une famille politique, il a forcément des appuis qu'il ne faut pas négliger. Vous le comprenez, ça, Bordarier ?

— Reçu cinq sur cinq, monsieur le juge.

La politique, à vrai dire, depuis qu'il avait débarqué à Saint-Sauveur-du-Merlet, il avait l'impression d'avoir encore plus les pieds dedans que d'habitude.

Namgyel et Cordelle avaient enfin atteint la tête de la file. Bordarier les rejoignit et ils regardèrent ensemble le vendeur de churros actionner une crémaillère avec des gestes courts et précis, pour faire sortir d'un piston une pâte en étoile qu'il coupait aux ciseaux à intervalles réguliers. Les morceaux tombaient directement dans une friteuse fumante et bouillonnante. L'opération terminée, l'homme au visage ascétique, les cheveux tirés en queue-de-cheval, attrapa les churros roussis avec une pince puis, après un essorage plus symbolique que réel, les mit dans un papier qui devint instantanément graisseux. La touche finale fut un généreux saupoudrage de sucre. Bordarier jugea qu'il servait au moins autant à absorber l'excédent d'huile et renforcer la résistance du sachet qu'à édulcorer. Le commerçant les regarda comme s'ils débarquaient d'une autre planète lorsque Cordelle lui demanda un reçu.

Ils prirent chacun un churro brûlant, qu'ils mangèrent en marchant, du bout des doigts, puis un deuxième. Bordarier observa avec inquiétude la mastication vigoureuse de Namgyel.

— Gardez-en pour la fille de l'hôtel, ça l'amadouera peut-être, cette gamine, et elle nous dira qui elle cherche !

Le gyrophare bleu d'une voiture de la gendarmerie clignotait dans l'allée plantée de bambous qui menait à l'hôtel des Bancels, illuminant le parking et la façade. Bordarier se dit que, vraiment, il avait été mal inspiré de ne pas chercher à en apprendre plus lorsqu'il avait parlé à la jeune femme au bord de la rivière. Cette porte ouverte, ces pas vers le comptoir, Élisa Treillet qui les mettait au courant de la disparition d'une cliente de l'hôtel, la voix tremblante et les larmes aux yeux, c'était comme d'avancer, impuissant, dans un cauchemar dont il avait d'entrée deviné le dénouement.

— La photographe, la petite blonde, Éloïse…

Bordarier essuya le sucre qui s'accrochait à sa barbe de trois jours puis frappa le comptoir, une seule fois, du plat de la main.

— Et merde !

Pourquoi n'avoir pas voulu écouter ce que lui criait pourtant tout ce qu'il voyait ? Cordelle posa une main sur son épaule pendant que l'hôtelière continuait ses explications et qu'on entendait les gendarmes s'activer bruyamment à l'étage, le plancher grinçant sous le poids de leurs bottes.

— La femme de chambre a découvert la chambre sens dessus dessous, cet après-midi. On a attendu pour appeler, mais quand on ne l'a pas vue revenir, cette pauvre fille, on a pensé qu'il fallait donner l'alerte.

— Vous savez à quelle heure et dans quelle direction elle est partie ?

— Comme tous les jours, elle est allée se promener ce matin, après le petit déjeuner, avec son appareil photo, mais où exactement, ça, je ne sais pas.

Elle laissa échapper un sanglot.

— Je suis sûre qu'il lui est arrivé quelque chose. Elle était si soignée, si discrète, elle n'aurait jamais laissé sa chambre et ses affaires dans cet état...

— Les gendarmes ont demandé à voir une photocopie de sa carte d'identité ?

— Non. Elle avait un passeport, je crois. Attendez, je vais regarder...

Elle se baissa pour chercher le document derrière le comptoir, pendant que Bordarier faisait sur le bois d'impatients roulements de tambour avec ses doigts encore collants de sucre. Ce qui le faisait vraiment enrager c'était de savoir qu'elle s'était fait enlever au moment où ils étaient en train de crapahuter sur les pentes au-dessus du village. Un rapt accompli juste sous leur nez, pour ainsi dire.

Namgyel se tourna vers lui. Lui aussi avait un peu de sucre sur le menton.

— Commissaire, vous la connaissiez, cette fille ?

Bordarier expliqua sa rencontre du matin, à la rivière, comment il avait vu Éloïse s'éloigner vers la clinique des Magnaneries, le fait qu'il l'avait déjà remarquée plusieurs fois dans l'hôtel.

Les clients s'agitaient, eux aussi, descendaient et montaient les étages, curieux de connaître les raisons de toute cette activité policière. L'information allait circuler vite, surtout un soir de marché.

— Ah, la voilà !

Ils se penchèrent sur la photocopie très contrastée que Mme Treillet venait de poser devant eux. Un visage juvénile les regardait avec un sourire ironique, encadré par des cheveux qui paraissaient bruns. Bordarier fut instantanément convaincu que la fille de la photo n'était pas celle qu'il avait vue le matin à la rivière. L'arcade sourcilière, le lobe du front, la ligne de la bouche, rien ne correspondait, pas même le nom qu'elle lui avait donné.

— Ce n'est pas elle.

— Comment ça ?

Mme Treillet avait eu un frémissement outré. Cordelle fronça les sourcils.

— Ce n'est pas le même nom.

Le passeport à partir duquel la photocopie avait été faite appartenait à une certaine Annette Wilhelm, née à Locarno, en Suisse, en 2003.

— Vous êtes sûre que c'est celui qu'elle vous a donné, vous ne confondez pas avec une autre cliente ?

— Non, c'est la seule femme de cet âge à être restée à l'hôtel ces dernières semaines, je veux dire toute seule, sans parents.

Comment se faisait-il que cette fille se baladait avec un passeport qui n'était pas le sien ?

Rouge de confusion, l'hôtelière louchait sur le portrait qu'elle n'avait manifestement jamais regardé attentivement.

— En plus elle n'a même pas essayé de se faire appeler Annette. Franchement, je ne comprends pas.

Bordarier fit une photo du document avec son portable, regarda l'heure, s'essuya le front, calcula. Tristan Genet était sans doute en train de regarder la télé, ou de lire un polar. Lui et sa femme en avaient accumulé des centaines au fil des années. Des piles qui jaunissaient, prenaient la poussière et l'humidité, servaient de dessous-de-plat, de cale-porte, d'éventail les jours de chaleur, parfois même de combustible pour allumer le barbecue. Ce n'était pas leur seule marotte, ni la plus prenante. Les chopes de bière à couvercle en étain, les écharpes de clubs de foot, les boules à neige ramenées des quatre coins de France, les poupées alignées au-dessus des meubles qui vous considéraient de leurs yeux morts, les bouteilles de liqueur, les sous-bocks, tout ça s'accumulait, remplissait les interstices, enlevait chaque année plusieurs précieux mètres carrés à leur modeste pavillon. Bordarier hésita un instant à l'idée de faire entrer le travail dans cette forteresse magique érigée contre le réel, puis jugea que l'affaire était décidément trop urgente pour attendre le lendemain. Il voulait savoir au plus vite comment ce passeport avait pu atterrir entre les mains de cette jeune femme, et pour ça, il allait avoir besoin de son enquêteur le plus tenace lorsqu'il s'agissait de recherches informatiques ou d'épluchages rebutants. Genet était un maniaque du détail comme seuls le sont les vrais collectionneurs, un de ces roquets qui ne lâchent jamais l'os qu'on leur a donné à ronger. Bien sûr, au départ, la machine ne se mettait pas en marche d'un coup, il fallait le lancer, user de persuasion, il connaissait sa valeur.

— Et ça ne peut pas attendre ? On est en train de regarder *Lola*, de Jacques Demy…

Bordarier imagina Genet recoiffant sa mèche et lançant un regard significatif à sa femme qui faisait une grimace d'exaspération.

— Le plus vite sera le mieux.

— De toute façon, à moins qu'il y ait un bulletin Interpol sur elle, ça va prendre au minimum jusqu'à demain pour contacter les Suisses. Je ne crois pas qu'ils s'amusent à répondre à ce genre de requête à toutes les heures du jour et de la nuit, eux.

Le commissaire resta silencieux. Le silence, un vrai, un lourd, ça pouvait persuader autant qu'un ordre ou une tonne d'arguments.

— Vous êtes toujours là, commissaire ?

— Yes.

— D'accord, c'est bon, envoyez-moi le document et je vais voir ce que je peux faire. Mais ne vous attendez pas à ce que ça bouge dès ce soir. Non seulement les Suisses dorment à cette heure, mais même réveillés, ils sont notoirement lents, vous le savez, ça, commissaire, qu'ils sont très, très lents ?

— Je suis sûr que vous trouverez un moyen, Genet, il n'y a pas de raison pour que vous vous en sortiez moins bien que d'habitude.

Silence culpabilisateur, puis flatterie, mais sans excès, a priori ça semblait suffisant pour le faire renoncer à Jacques Demy et se mettre devant son ordinateur. Oui, il n'y avait pas à dire, avec Genet, c'était plus simple qu'avec Stern.

Bordarier raccrocha, envoya la photo du passeport, puis entraîna son équipe à l'étage.

Dans le couloir mal éclairé, le capitaine Guénant était en train de recueillir le témoignage d'une femme affolée en qui Bordarier reconnut celle qui faisait les chambres. Elle avait atteint ce moment de la vie où ce qui reste du visage de l'enfance est en passe de devenir méconnaissable, alourdi et distendu par le poids des choses qui s'y sont pendues. Ses cheveux décolorés en mèches quasiment blondes reprenaient leur couleur naturelle, noir de jais, à un centimètre du cuir chevelu. Elle fumait une cigarette, ce qui ne semblait pas aller contre les règles de l'établissement, du moins à en juger par les cendriers de formes diverses, allant de la vieille coquille Saint-Jacques terne à la voiture de course rouge en porcelaine, qui étaient posés ici et là sur les napperons jaunis des tables et les rebords de fenêtre. La fumée rendait imperceptible le parfum d'un grand bouquet de roses qui sortait d'un vase posé sur le rebord d'une console à miroir.

— Alors, madame, reprenons du début…

— Ben, quoi, je suis entrée pour faire la chambre à 15 heures…

— Comment vous le savez, qu'il était 15 heures ?

La voix de Guénant était professionnelle, posée, ce qui eut pour résultat d'effrayer encore plus la femme de ménage. Elle devait se dire que quand on parlait comme ça, dame, c'était du sérieux.

— Parce que, quoi, j'ai regardé ma montre à moins le quart et j'ai eu le temps de faire la 32, à l'étage, avant de descendre.

— Et qu'est-ce que vous avez trouvé, alors, vers 15 heures ?

Elle le regarda par en dessous, redoutant une question piège, la cigarette tremblant un peu entre ses doigts.

— La chambre. Elle était complètement en bordel, quoi. Les habits en foutoir sur le plancher. La lampe cassée. Même les tiroirs étaient sortis de l'armoire et de la commode.

Bordarier, Namgyel et Cordelle se faufilèrent en faisant au passage un petit signe d'intelligence au capitaine. Absorbé dans son interrogatoire, il les remarqua à peine. Un désordre impressionnant régnait effectivement dans la chambre, quelqu'un l'avait passée au peigne fin.

Par la porte-fenêtre entrouverte, Bordarier se glissa sur un étroit balcon et se pencha au-dessus de la rambarde en fer forgé. La terrasse était à plusieurs mètres en contrebas. Il fallait qu'on soit passé par la porte, dont le système ancien faisait que si on ne la fermait pas à clé, elle pouvait simplement s'ouvrir en tournant la poignée.

Les gendarmes les avaient reconnus et devaient être vaguement au courant du projet de cosaisine. Ils les laissèrent inspecter les lieux en les avertissant de ne rien toucher.

Du couloir leur parvenait la suite de l'interrogatoire.

— Et vous aviez combien de clients dans l'hôtel cette nuit ?

— Y avait cinq chambres d'occupées sur les trente. Un couple de touristes, les policiers de Nîmes, quoi, puis la petite demoiselle, bien sûr…

— Ah, oui, la PJ ! Attendez une seconde…

Guénant entra. Des épaules droites portées par des petits pas prudents. C'était clair, se dit Bordarier, ce pauvre homme souffrait des lombaires. Le gendarme considéra la chambre en fronçant les sourcils.

— Un lien avec Léa Hubert ?

— La fille qui occupait cette chambre, je l'ai croisée plusieurs fois, je lui ai même parlé. Elle a attiré mon attention parce qu'elle m'a paru trop jeune pour passer des vacances toute seule ici, à l'hôtel. Je crois qu'elle tournait autour de la clinique. Elle attendait quelqu'un, une amie qui aurait dû la rejoindre ici, au village. J'ai l'impression qu'elle menait une sorte d'enquête, peut-être pour la retrouver…

— Ç'aurait été une cliente de la clinique, cette fille qu'elle cherchait ?

— Vu l'âge moyen des pensionnaires, ça m'étonnerait. Mais elle aurait pu s'intéresser à quelqu'un d'autre lié à l'institution. Le mieux serait de sonder Rancière.

Le gendarme eut l'air ennuyé, releva le menton, esquissa un geste vers ses lombaires, se reprit, bomba tout doucement le torse, comme un ballon qui se gonfle peu à peu, soupira, se dégonfla.

— Bon, on va y aller tout en douceur, avec la clinique. Je m'en occupe et je vous tiens au courant, si ça ne vous dérange pas. De toute façon, la cosaisine n'est que pour l'affaire Hubert. Il faudrait déjà établir un lien avec la présente…

27

La traversée de la nuit parut à Bordarier d'une lenteur insupportable. Son sommeil était constamment interrompu par les craquements du plancher et de la charpente, le grincement lugubre d'un volet dans la rue sans pas ni voix, les tintements grêles de la cloche du temple, qui marquait l'heure en lançant vers le ciel le même appel sans réponse, sa solitude à chaque fois interrogée d'un coup supplémentaire. À 8 heures du matin, après avoir copieusement brassé l'eau du lavabo et s'être rasé avec le rasoir papillon dont Benedetta lui avait fait cadeau, il composa le code d'un petit coffre-fort doublé de moquette et en sortit son arme de service, lourde dans la paume de sa main et froide au toucher. Il rejoignit ensuite Namgyel et Cordelle à la terrasse de l'hôtel. Les traits tirés et les yeux rouges d'avoir pleuré, Mme Treillet raconta en les servant que Guénant l'avait gardée à la gendarmerie jusqu'à tard dans la nuit pour établir un portrait-robot de la fille. La disparition avait été jugée inquiétante et ils s'apprêtaient à faire circuler un appel à témoins. Bordarier fit un signe de tête approbateur tout en se disant que le capitaine aurait aussi bien pu faire appel à lui, pour le portrait, il se souvenait parfaitement du visage triste et pâle de la petite.

L'écran de son portable annonça un appel de Tristan Genet.

— J'ai des infos au sujet de votre Annette Wilhelm.

Il reposa son crème. Une radio grésillait dans le fond, sans doute celle, en forme de Mickey, que Genet faisait trôner sur le comptoir de sa cuisine, un collector de très grande valeur vers lequel il attirait souvent l'attention de ses visiteurs en l'allumant et l'éteignant d'un air dégagé.

— Ils se lèvent tôt, les Suisses ?

— Apparemment oui, et ils ne sont pas si lents. Ça doit dépendre des régions, il ne faut pas généraliser. En tout cas un collègue de Locarno vient de me recontacter pour me dire que, d'après ses parents, votre Annette est en parfaite santé, chez elle en Suisse. Le numéro de passeport a été vérifié. Ils ne comprennent pas comment il a pu se retrouver à Saint-Sauveur-du-Merlet, mais ils ont dû le refaire il y a quelques semaines, après qu'elle a quitté une espèce d'école, attendez… la B Better Academy, oui, c'est ça, près de Rome, où elle a passé trois ans. Le plus probable est qu'il aura été volé ou perdu en Italie, sans qu'elle s'en soit aperçue. Elle était pensionnaire.

Genet prononçait l'anglais de manière pitoyable. Bordarier tenta de faire mieux en pensant très fort à John Wayne. Quand Marion était plus jeune, ils avaient eu une période western, ils en regardaient plusieurs par semaine. Il en était même devenu un peu jaloux, de ce cow-boy que rien ne prenait jamais de court, quand il avait remarqué qu'elle le considérait comme une sorte de père idéal. Plus tard, à sa grande surprise, ç'avait été Lino Ventura. Après, ils avaient arrêté de regarder les classiques ensemble, elle s'était concentrée sur les séries américaines.

— The B Better Academy ?

— Je n'en sais pas plus que vous, commissaire, ça doit être un pensionnat pour les Suisses qui en ont marre des pensionnats suisses.

— *Well, well, I see*... Pas de disparition signalée, là-bas ? Une autre fille qui aurait pu se servir de son passeport ?

— Je n'ai pas vérifié... Vous savez, l'italien et moi... Et puis l'anglais encore moins... Alors que vous... Mais j'ai bien noté l'adresse du pensionnat, avec le numéro de téléphone. Vous pourrez aussi contacter la police locale, par la même occasion, le gars de Locarno m'a refilé un contact à Rome.

Après plusieurs essais, le commissaire réussit à joindre la B Better Academy. Il lança le *hello?* le plus engageant dont il était capable, mais on lui répondit en italien. Or l'italien, il ne le parlait pas, contrairement à ce que Genet continuait d'affirmer par pur instinct de flatterie ou croyance naïve qu'avoir une relation avec une Italienne impliquait nécessairement l'apprentissage de sa langue. Il poursuivit donc en puisant dans son meilleur anglais, ce qui était peu dire, mais la discussion tourna court quand l'homme rugueux à qui il eut affaire ne fit aucun effort pour le rejoindre sur le terrain du polyglottisme où il s'était courageusement avancé. Il n'eut droit qu'à des syllabes criardes, lancées comme des imprécations, qui s'interrompirent abruptement lorsqu'on lui raccrocha au nez.

Namgyel se balançait sur sa chaise en souriant, les mains nouées derrière le crâne.

— *My tailor is rich*, commissaire...

— Très amusant.

Cordelle avait ouvert son carnet et griffonnait quelque chose en russe. Elle leva la tête pour considérer pensivement Bordarier.

— Vous n'avez qu'à demander à votre copine de les appeler.

— Comment ?

— Benedetta…

Après quelques instants d'hésitation, Bordarier composa le numéro de Benedetta. Elle était à sa table à dessin, à pied d'œuvre pour concevoir les chaussures extravagantes de ses riches clientes. Il fallut un peu la pousser, mais elle finit par céder.

— Bon, d'accord, je l'appelle, ton pensionnat.

— Merci, Benedetta.

— Des nouvelles de ta fille ?

Bordarier fut forcé d'admettre qu'il n'en avait pas. Sentant se nouer une boule dans sa gorge comme chaque fois qu'il pensait au silence de Marion, il tenta de se rassurer en se disant que Samuel André était sur la trace de Garcia et qu'il lui ferait signe dès qu'il aurait des nouvelles. Il regrettait amèrement de ne pas avoir coincé le petit dealer lorsqu'il jouait au vendeur de beignets.

— D'accord, *caro*, de toute façon, je te rappelle tout à l'heure pour te dire ce que j'ai appris.

Pendant la conversation, Cordelle avait rangé son carnet et s'était levée. Elle réapparut sur la terrasse en déclarant qu'elle avait du nouveau. Juste à ce moment, le portable de Namgyel sonna. Il décrocha et s'éloigna pour mieux entendre, l'index fiché au milieu du pavillon quasi edisonien de son oreille gauche.

— Vous avez remarqué ces gros bouquets de fleurs à tous les étages de l'hôtel ?

Bordarier se souvint effectivement des roses que la femme de ménage avait enfumées pendant l'interrogatoire que lui avait fait subir le capitaine Guénant.

— Je viens de reparler à la propriétaire. Un employé municipal serait venu les apporter dans l'après-midi, en prévision de l'arrivée de la délégation

« village fleuri » qui doit descendre à l'hôtel d'ici quelques jours.

Est-ce qu'il n'était pas un peu tôt pour mettre des bouquets dans les vases de l'hôtel ? Est-ce qu'ils n'allaient pas se faner avant l'arrivée des jurés ? Le commissaire se souvint d'une rose qu'il avait achetée pour Benedetta, dans un restaurant de Montpellier, sous l'insistance obstinée du vendeur qui avait été jusqu'à insinuer, de manière explicite quoique muette, que ne pas le faire aurait été admettre qu'il manquait de cœur, ou en tout cas qu'il l'avait trop près de son portefeuille. Or, avait-il interrogé Benedetta d'une rapide œillade, en toute franchise, quelle femme au monde pourrait s'accommoder d'un tel radin, capable de froidement refuser d'alléger d'un peu de son fardeau fleuri un pauvre homme perdu en des terres étrangères ? En quelques heures, les pétales s'étaient frangés de noir. Puis la rose, touchée à la tige, avait lamentablement incliné la tête dans son emballage de papier, lequel avait fini par lui servir de minerve. Le lendemain, elle était partie à la poubelle, ce qui avait d'ailleurs paru à Bordarier un signe peu prometteur pour cette relation qui n'en était à l'époque qu'à ses balbutiements.

— Ça se garde combien de temps, un bouquet de roses, idéalement ?

Sa collègue le regarda avec un sourire amusé.

— Une semaine, dans un vase propre en renouvelant l'eau, à l'abri du soleil… À quoi vous pensez ? Que l'employé municipal aurait quelque chose à voir avec cette histoire, qu'il aurait prétexté une livraison de roses pour fouiller la chambre ?

Il haussa les épaules.

— Il pourrait avoir été témoin de quelque chose.

Bordarier pensa au jardin magnifique des propriétaires de l'utilitaire. Là-bas aussi, il y avait des fleurs.

— Bon, le mieux c'est d'essayer de le retrouver et de l'interroger.

Cordelle lui tendit un petit carré de papier arraché à son carnet, sur lequel était inscrit un seul nom. Jacob Crémieux.

— Il serait arrivé vers 14 heures et aurait fait tous les étages pour y déposer des bouquets. Sur les ordres du maire. Ils y tiennent, à leur classement trois fleurs !

Namgyel se rassit en rangeant son portable.

— Malabru n'arrivait pas à te joindre. Il m'a demandé si tu passais ta vie au téléphone. Il voulait s'informer d'où on en était et nous dire qu'il attendait le dossier pour l'expertise odontologique. C'est un peu mort en ce moment, ça l'intéresse de s'y mettre. On a prévu de faire le tour des dentistes ?

— D'abord les dentistes, après la clinique Rancière, ensuite on passe à la mairie pour voir si on ne peut pas mettre la main sur l'homme aux fleurs.

Il n'y avait que deux adresses dans le village.

Quinquagénaire aux traits et au chignon tirés, la première dentiste les reçut dans un cabinet décoré de meubles bourgeois au milieu desquels un fauteuil dentaire dernier cri faisait figure de machine à voyager dans le temps. Elle leur expliqua que tous ses dossiers étaient informatisés et promit de les envoyer en PDF à l'adresse électronique qu'ils lui communiquèrent. Elle n'avait pas trace d'avoir jamais traité Léa Hubert. Bordarier eut l'impression que sa clientèle était plutôt rare.

La deuxième adresse était celle de Pascal Thaurin. Le commissaire expliqua à ses collègues qu'il l'avait déjà rencontré lors du dîner chez le maire. Avec un sourire courtois et un geste enveloppant de la main, il les fit pénétrer dans son cabinet, augmentant la détresse d'un client qui se tortillait dans la salle d'attente, une boule de douleur pointant à travers sa joue.

— Je serai à vous en un rien de temps. Aussi, pourquoi vous attendez toujours que ça fasse mal pour vous décider à venir ? Un peu de prévention vous épargnerait tout ça. Si vous m'aviez écouté la dernière fois…

Bordarier se toucha instinctivement la mâchoire en regardant Thaurin fermer la porte sur l'homme visiblement souffrant qu'il avait en plus contraint à bafouiller un mea culpa.

— Léa Hubert ? Ça me dit quelque chose. Attendez…

Le dentiste chercha dans son ordinateur, puis fit sortir un document de l'imprimante, qu'il déposa à côté du moulage en plâtre d'une dentition qui lui servait apparemment de presse-papiers.

— Je l'ai traitée pour des petites caries, il y a quelques mois. Je ne l'ai vue qu'une fois. Elle n'était pas d'ici, je crois. Peut-être d'Arles ? Je me souviens d'elle parce qu'elle m'a posé des questions à n'en plus finir sur la toxicité des amalgames. Qu'est-ce que vous voulez… Si vous préférez le tout bio, l'équitable, allez voir ailleurs ! Moi, je me fie aux progrès de la science. Après, elle m'a fait tout un topo sur les dentifrices. Si le fluor marche, alors brossons-nous les dents au fluor ! Si vous préférez des pâtes ayurvédiques produites à partir d'on ne sait quoi, bouse de vache et pire, ne venez pas pleurer chez maman quand ça fait bobo !

Bordarier lui montra la photo de Léa sur son portable.

— Ce visage vous dit quelque chose ?

— Oui, je la reconnais, c'est elle. Vous pensez qu'elle pourrait être la victime ?

— Son dossier dentaire va très certainement nous permettre de répondre à cette question.

Le médecin légiste aura besoin que vous lui communiquiez aussi tous ceux de vos patientes entre quinze et cinquante ans.

Un gémissement leur parvint de la salle d'attente. Pascal Thaurin fit un clin d'œil et un sourire complices aux policiers en les raccompagnant à la porte.

— Les dents, il n'y a pas à dire, ça fait mal.

28

La Primula les avait attendus, fidèle, esseulée, vulnérable, là où ils l'avaient laissée la veille à cause du marché nocturne. Se sentant vaguement coupable de négligence et d'abandon, Bordarier vérifia l'état de la carrosserie sous l'œil amusé de Cordelle et Namgyel. Le Tibétain passa une main prudente sur le capot avant de demander l'avis du propriétaire.

— Alors ?

— Pas d'incivilités, pas de maladresses, on est miraculeusement passés au travers des graffeurs et des mobylettes !

Bordarier eut conscience de se glisser derrière le volant le cœur plus léger, presque serein. Enfin, se reprit-il, dans un état d'esprit assurément meilleur que celui auquel il aurait dû s'attendre, vu les récents développements de l'enquête.

Comme s'il avait été averti de leur venue, Rancière les attendait devant la porte principale de la clinique. Ils le regardèrent descendre les marches du perron et venir à leur rencontre d'un air dégagé, les mains dans les poches et le menton haut. Une démarche qui voulait dire : moi, je n'ai rien à me reprocher. Sauf qu'il en faisait beaucoup trop, et que forcément, se dit Bordarier, on pensait le contraire. Après avoir laissé le commissaire faire les présentations, Rancière tourna autour de la Primula, hocha la tête, désigna à l'appréciation de ses visiteurs, avec le sourire de celui qui consent, bon prince, à se reconnaître des points communs avec des subalternes, une Jaguar qui était tapie au pied d'un cyprès, prête à rugir de ses nombreux chevaux.

— La mienne doit dater à peu près de la même époque que la vôtre.

— Vous aimez les voitures ?

— Beaucoup, commissaire. J'aime aussi ouvrir les capots, à l'occasion, mettre les mains dans le cambouis. C'est incroyable ce que ça change les idées.

Ils s'installèrent dans un petit salon privé dont les moulures dorées étaient trop brillantes, un peu toc, le chandelier tape-à-l'œil. Un truc de riche qui se la pète, pensa Bordarier, comme tout le reste de la clinique. Namgyel, lui, paraissait apprécier. Tout en écoutant ce que lui disait Rancière, le commissaire observa son coéquipier qui examinait la déco, s'attardait avec un plaisir palpable sur les dessus-de-porte en camaïeu turquoise et les lourds miroirs biseautés qui séparaient les bibliothèques. Il était vrai que dans le genre criard, les monastères tibétains n'hésitaient pas à en rajouter. C'était un goût qui devait remonter à loin.

— Une photographe ? Jeune ? Blonde aux cheveux courts ? Absolument pas. Vous savez, il arrive l'été que des randonneurs qui suivent le GR viennent sonner à la grille pour demander des renseignements ou de l'eau, mais si une fille avait tourné autour du bâtiment, comme vous le dites, je l'aurais très certainement remarquée.

— On peut poser quelques questions aux employés de la clinique ? Ça ne vous gêne pas ?

— Mais pas le moins du monde, bien au contraire, nous sommes ravis de collaborer avec la police. Ce sera vite fait, d'ailleurs, aujourd'hui ils ne sont que quatre. Je vous les amène tout de suite.

Rancière revint bientôt avec le docteur Kehl, qu'il laissa seul avec eux. Le docteur jeta un regard inquiet vers la porte qui se refermait, comme un écolier convoqué dans le bureau du directeur alors qu'il aurait vraiment préféré continuer à profiter de la récréation.

— Une fille... Non, je ne vois pas. Elle serait venue à la clinique ? Je n'habite pas sur place, vous savez. La permanence est assurée par les infirmières et par le docteur Rancière. Moi je suis en bas, au village, avec ma femme et mes deux enfants. Elle serait peut-être venue le soir ? Dans ce cas je n'aurais probablement pas pu la rencontrer. Je rentre la plupart du temps vers 17 heures.

— Vous n'avez jamais traité quelqu'un de cet âge, dont la description correspondrait ?

— Pas depuis que je suis ici, je suis catégorique.

Eh bien, eut envie de lui demander Bordarier, pensant à la première fois qu'il l'avait croisé, Mme Kehl était-elle au courant de l'existence de la blonde en blouse blanche avec qui son mari aimait partager les encoignures dont cette bâtisse ne devait pas manquer ? Ce mari trompeur était-il capable d'autres forfaits ?

Lorsque son tour fut venu, la plantureuse créature qui contribuait à l'épanouissement professionnel et sentimental du docteur Kehl considéra calmement les trois policiers assis en face d'elle.

— Si quelqu'un avait tourné autour de la clinique, on ne s'en serait peut-être pas aperçus. Toutes les fenêtres de l'arrière donnent sur un bois de châtaigniers. Le soir, j'ai un peu peur en allant à ma voiture. Quelqu'un pourrait facilement se cacher là-haut. On ferme les volets de toutes les chambres et on verrouille la porte d'entrée. C'est mieux, de toute façon, parce qu'on ne voudrait pas qu'une patiente ou un patient aille faire un tour la nuit dans les bois…

L'infirmière suivante avait un bon air de fille de maison. Elle répondit à leurs questions avec des écarquillements ingénus d'enfant pas très éveillée. Le genre à cacher du chocolat sous son oreiller et à regarder des séries toute la nuit.

Enfin, Justine Rancière fit son apparition. Bordarier se redressa dans son fauteuil, curieux et alerte. Elle avait l'air encore plus terne que lorsqu'il l'avait vue à la soirée organisée par le maire. Son visage couleur de lait tourné était presque parfaitement inexpressif. Il se demanda si son mari la bourrait de médocs et arriva rapidement à la conclusion que c'était probablement le cas. Elle semblait incapable de s'intéresser à ce qu'on lui demandait, son élocution était heurtée, difficile, comme si sa langue était devenue un objet étranger dans sa bouche. Elle non plus n'avait rien vu, c'était tout ce qu'ils purent en tirer. Sa déclaration faite, elle sortit de la pièce sans vraiment prendre congé, à petits pas fragiles, déjà complètement ailleurs.

Lorsqu'ils eurent invité Rancière à revenir dans le salon, le commissaire lui demanda si sa femme allait bien.

— Il lui arrive parfois d'avoir des hauts et des bas, mais ne vous inquiétez pas, elle est bien entourée.

— Vous êtes mariés depuis longtemps ?

— Quelques années.

— Et vous connaissez Mme Darieux depuis ?

Le visage de Rancière se durcit. Bordarier se dit qu'un peu comme Thaurin testant une dent avec son crochet dentaire, il venait d'appuyer sur quelque chose d'intimement douloureux. Ce n'était pas Justine, le vrai souci de Rancière, c'était Mélanie. Il se demanda ce qu'en pensait Éric, s'il s'en était même rendu compte.

— Pas mal d'années.

— Si loin, si proche.

Rancière grimaça. Pire qu'une dent pourrie. Pire qu'un abcès.

— Je ne comprends pas.

— Pas grave.

Bordarier eut envie de lui demander si c'était pour ça qu'il investissait dans le zoo, pour faire plaisir à la femme du maire, mais décida de garder ses cartes en main encore quelque temps, jusqu'à ce qu'ils y voient plus clair dans ce qui ressemblait de plus en plus à un imbroglio financier et sentimental. Oui, Stern n'avait pas tort, tout ça était emmêlé, intriqué, un vrai nœud de vipères.

Sur le parking de la clinique, son portable sonna. Benedetta lui annonçait qu'elle avait eu une drôle d'expérience avec la B Better Academy.

— *Allora*, je n'ai rien capté. J'ai commencé par demander si une Annette Wilhelm avait bien été pensionnaire, mais le monsieur à qui j'ai parlé avait un tel accent sicilien que c'en était presque incompréhensible. Il m'a dit que si j'appelais pour des factures, il fallait envoyer un courrier, que personne n'était là pour répondre. Je lui ai demandé, alors, et comment il a fait, le passeport, pour arriver tout seul en France, il est venu par pigeon voyageur ou quoi ? Il m'a répondu, comment voulez-vous que je le sache madame, je ne sais pas de qui ni de quoi vous voulez parler. Comme il commençait à m'énerver, à toujours faire mine de ne rien comprendre, je lui ai dit qu'on menait une enquête sur un horrible meurtre, une fille réduite à un tas de charbon. Là, *carissimo*, son ton a changé. Il m'a dit qu'il n'avait rien à voir avec nos histoires, que ces filles infernales n'étaient plus au pensionnat et que si on continuait de l'emmerder comme ça, il allait débrancher le téléphone et l'affaire serait réglée. C'est ce qu'il a dû faire, parce qu'il m'a raccroché au nez et après ça a sonné dans le vide, pas de répondeur, rien. En tout cas, mission accomplie. Elle est super louche, ton académie, tu ferais mieux d'aller y voir de plus près !

— Merci, Benedetta, tu as très bien joué le coup.

Qu'est-ce qu'il aurait pu dire d'autre ? Ce qui était fait était fait. S'il avait su l'italien, il s'y serait sans doute pris autrement, mais au moins le coup de fil de Benedetta avait apporté un élément d'information crucial, la présence là-bas de filles difficiles. Est-ce que c'était le genre de pension spécialisée dans le redressement de mineurs à la dérive ? Le mot académie suggérait bien quelque chose de militaire. Le scénario d'un vol de passeport et d'une fugue était donc possible.

Ils étaient en route pour l'hôtel, où ils se proposaient de faire le point, lorsqu'ils croisèrent une voiture de gendarmerie qui s'arrêta à leur hauteur. C'était le capitaine Guénant.

— Votre Léa, on l'a peut-être retrouvée... C'est des jeunes, dans une citerne...

— Vous avez trouvé son cadavre dans une citerne ?

— Non, on sait seulement qu'elle a été enfermée dans une citerne vide. Elle a écrit son nom sur la paroi, à l'intérieur.

— On peut venir avec vous ?

— C'est pour ça que je vous le dis. Stern m'a contacté, on coordonne l'enquête, c'est officiel.

Ils firent demi-tour, puis le capitaine fonça devant pendant que Bordarier, quelques mètres en arrière, se concentrait sur la ligne médiane de l'étroite départementale et tentait d'oublier la proximité de la paroi rocheuse et du précipice, de l'autre côté, juste derrière un trop pingre muret de pierre. Au bout de deux kilomètres, leur guide mit son clignotant et s'engagea sans ralentir sur un chemin de terre envahi d'herbes jaunes. Les graines et fragments végétaux qui s'envolaient dans son sillage retombaient en pluie de paillettes d'or sur le pare-brise de la Primula.

29

Zébré de rouille, long d'une dizaine de mètres, suffisamment haut pour qu'une personne puisse s'y tenir debout, le cylindre de la citerne était posé à l'orée d'une sapinière, près d'un talus envahi de fleurs. Des troncs d'arbres avaient été empilés tout contre et pouvaient servir d'escalier pour accéder assez facilement à son sommet et à l'écoutille. Près de là, un gendarme vidait le contenu d'un sac à dos devant deux jeunes aux mines déconfites. Bordarier reconnut ceux qu'il avait croisés à l'arrêt de bus, la semaine précédente. Le beau gosse et le graffeur. La fille n'était pas avec eux. Des bombes de peinture avaient été alignées sur l'herbe comme un tableau de chasse.

Guénant attendit d'avoir été rejoint par Bordarier, Cordelle et Namgyel pour commencer à poser des questions. Il avait passé ses pouces dans sa ceinture et se tenait les jambes écartées, autant à l'écoute de ses lombaires que de ce que lui répondaient les deux jeunes.

— Alors, d'après ce que j'ai compris, c'est en voulant taguer la citerne que vous avez découvert le nom de Léa gravé à l'intérieur ?

Un casque autour du cou, l'auteur du graff de l'abribus de la poste cachait son visage derrière un rideau de cheveux graisseux. Il haussa les épaules.

Guénant lui donna de petits coups sur la tête comme s'il frappait à une porte.

— Hé, oh, il y a quelqu'un là-dedans ?

Le jeune se déroba d'un geste souple. Ç'avait été comme de frapper sur une coquille d'huître ou d'escargot. Toute velléité d'ouverture avait été instantanément remise à plus tard.

Il était clair que l'autre, celui que Bordarier avait vu avec sa copine, était le meneur, l'instigateur. Il avait relevé le menton dans une expression de défi.

— Je suis juste descendu à l'intérieur pour voir. Il y avait le nom de cette fille. Comme on en parle au village, j'ai appelé ma mère, et elle m'a obligé à vous appeler tout de suite pour vous dire où c'était.

— Et c'est qui ta mère ?

— Mireille, la prof de danse.

Une rougeur vint colorer le front de Guénant.

— Tu es le fils de Mireille ?

Le jeune le regarda avec curiosité et une méfiance accrue.

— Eh bien, mon petit, tu diras à ta mère qu'elle a très bien fait.

Il se tourna vers Bordarier.

— Bon, on va voir ?

Cordelle fit signe au commissaire et à Namgyel d'y aller pendant qu'elle restait auprès des deux jeunes. Ils enfilèrent les gants que leur tendait Guénant puis le regardèrent gravir l'escalier de troncs d'arbres avec prudence. Du haut de son piédestal rouillé, le capitaine contempla la scène avant de tendre la main à Bordarier, qui fit un effort considérable pour ne pas y avoir recours. Il se hissa tant bien que mal sur la citerne, où il faillit perdre l'équilibre. Namgyel, seul véritable athlète des trois et naturellement champion des hauteurs, suivit en trois souples enjambées, les mains derrière le dos comme un moine en promenade. Le capitaine se pencha sur l'ouverture, touchant de l'ongle un morceau de substance fibreuse.

— Le volant de l'écoutille a été ligaturé. Une lanière de cuir, ou peut-être une ceinture ? Elle a été passée dans cet échelon.

Tout heureux de sa découverte, le capitaine de gendarmerie avait sorti un sac plastique de sa poche, où il plaça le fragment.

— En attendant les gars de la Scientifique… On ne voudrait pas que ça s'envole, n'est-ce pas, commissaire ?

L'écoutille, assez étroite, laissait échapper une odeur nauséabonde. S'accrochant au rebord et faisant saillir ses muscles, Guénant se glissa à l'intérieur. Il sembla au commissaire qu'il avait été englouti à jamais dans la noirceur d'encre de la cavité, mais bientôt son visage, contre lequel il tenait son bras pour se couvrir le nez, réapparut dans le rond de lumière qui tombait de l'ouverture.

— Venez voir, c'est bien le nom de Léa Hubert sur la paroi.

Bordarier s'accroupit, se releva, hésita. Bon, se dit-il, il allait falloir relever le défi.

Il commença par s'asseoir et laisser pendre ses mollets à l'intérieur comme s'il s'apprêtait à descendre dans une piscine, ce qui ne lui arrivait quasiment jamais, puis, second moment de la manœuvre, se retourna en présentant sa partie postérieure à l'ouverture. À partir de là, il suffisait de se laisser glisser aussi lentement que possible. Il remercia sa bonne étoile lorsque son ventre passa, même s'il eut l'impression déplaisante de se trouver dans la situation classique du doigt sur lequel on a enfilé une bague qu'on n'est pas sûr de pouvoir retirer sans avoir recours à l'artifice du savon ou de l'huile.

Si c'était bien elle qui avait été enfermée ici, Léa Hubert n'avait pas fait que passer dans cette étroite prison mais avait dû y rester de longues heures ou même plusieurs jours, à en juger par les détails sur lesquels Guénant dirigea le rond de lumière de sa lampe de poche. Un coin lui avait servi de toilettes. Des rayures fraîches sur le bord intérieur de la bouche de l'écoutille, comme si quelqu'un s'était efforcé de l'ouvrir. Surtout, ces grandes lettres maladroites, taillées dans le métal au moyen d'un des cailloux que des gens avaient dû un jour s'amuser à lancer dans la citerne : *Léa Hubert*. Rien d'autre. Pourquoi n'avait-elle pas écrit le nom de celui qui l'avait séquestrée ?

À la demande de Bordarier, Namgyel, resté en haut, lui fit passer l'appareil photo, nettement meilleur que son portable dans ces conditions d'éclairage. Lorsqu'il eut pris au flash des clichés de tous les coins et recoins de la citerne, il sortit lui aussi un petit sac plastique de sa poche et préleva un échantillon sur la pile d'excréments, un peu d'ADN à comparer avec celui du corps à demi carbonisé.

De retour au grand air, après que Guénant, au mépris de ses lombaires, lui eut fait la courte échelle avec des encouragements qu'il s'efforça d'ignorer, Bordarier essuya la sueur qui perlait à son front et contempla les environs.

Au-dessus de la citerne, une pente déboisée se prolongeait jusqu'à un épaulement derrière lequel on apercevait, beaucoup plus loin, ce qui devait être le sommet de la montagne. Un chemin forestier, à moins que ce ne soit une route, faisait un zigzag. La sapinière, elle, commençait sous eux. Son sous-bois obscur, tapissé d'aiguilles brunes, descendait assez abruptement vers le fond de la vallée. Entre les branches des premiers sapins se distinguait à peine, de l'autre côté, un sommet qui semblait surmonté d'une tour. Guénant avait suivi le regard de Bordarier.

— C'est le mont Sorbier, avec la vigie des pompiers.

— Oui, je reconnais. Il y a toujours quelqu'un là-haut ?

— La plupart du temps en cette saison. Surtout avec la chaleur des derniers jours. On a souvent des départs de feu.

Le commissaire salua brusquement Guénant, descendit à reculons l'échafaudage de fûts et entraîna ses collègues vers la voiture en leur faisant signe de la main.

— On va où ?

— Demander si personne n'a vu un feu suspect ces derniers jours, à flanc de montagne.

Pendant qu'il conduisait, Cordelle lui donna succinctement le résultat de son entretien avec les deux jeunes graffeurs, dont elle avait pris les noms. Lorsqu'elle leur avait demandé ce qu'ils étaient venus faire sur la citerne, ils avaient finalement répondu qu'ils voulaient faire un portrait.

— Ah, bon ? Et de qui ?

— Ça, ils n'ont pas eu le temps de me le dire, commissaire !

— Ce qui m'étonne, c'est qu'ils soient descendus dans cette puanteur.

L'accès à la vigie du mont Sorbier n'était pas facile à trouver, mais ils y parvinrent après quelques tâtonnements. C'était une simple tour de construction moderne, posée au milieu d'une étendue caillouteuse à laquelle des herbes desséchées donnaient une couleur de savane. Ils suivirent le mur jusqu'à l'unique porte du bâtiment. Du plat de la main, Namgyel frappa le métal qui rendit un son vide. Presque immédiatement des bruits de pas se firent entendre, puis la porte s'ouvrit.

Bordarier reconnut le pompier qui l'avait secouru lors du saccage de la mairie.

L'autre aussi l'avait reconnu. Il serra la main des trois policiers, se présenta.

— Maurice. Ah ben ça alors ! Le monde est petit. Ça va mieux votre tête, commissaire ?

Bordarier fit un geste vague.

Autant le rez-de-chaussée ressemblait à un bunker, avec son escalier en béton qui montait tout droit entre des murs bruts de décoffrage, autant le deuxième étage était entièrement ouvert, avec des baies vitrées qui faisaient le tour de l'horizon. Posée sur cet étroit plateau, la vigie pouvait surveiller deux vallées, au fond desquelles miroitaient les rivières, et les crêtes qui les dominaient. Ils avaient dérangé le pompier en pleine dégustation d'une demi-baguette et d'une boîte de sardines « Pêcheurs d'Islande » à la compotée d'oignons, ce qui fit prendre conscience à Bordarier du creux douloureux qui était en train de se former dans son estomac. Le guetteur les regardait maintenant, les mains sur les hanches, avec un air d'expectative.

— Alors, qu'est-ce que je peux faire pour vous ?

— Vous notez tous les départs de feu ?

Il leur indiqua une table sur laquelle étaient posés plusieurs cartes IGN, une paire de jumelles et un grand registre à carreaux.

— Oui, là…

Ils se penchèrent ensemble sur le document. À chaque date, inscrite à gauche, correspondaient quelques lignes sur lesquelles pouvaient être notés les incidents, comme sur le journal de bord d'un navire. Ils remontèrent à la semaine précédente. Ils étaient arrivés à Saint-Sauveur-du-Merlet un vendredi après-midi, le jour de la découverte du corps carbonisé dans la garrigue. Quelques lignes au-dessus, ils trouvèrent ce qu'ils cherchaient : « Dimanche 18 août. 00 h 23. Feu contrôlé. Vallée de la Croix, hauteur chemin Cardons. Éteint 2 h 45. »

— C'est quoi ça ?

Le front plissé, Maurice se pencha sur le cahier.

— C'est mon écriture… Attendez… Ah, oui, je m'en souviens. J'étais de garde cette nuit-là. C'était un tout petit feu, bien circonscrit. Je me suis dit que c'était un paysan noctambule qui faisait brûler des herbes dans un baril, ou alors des jeunes qui faisaient un barbecue. Ça ne valait pas le coup de déranger la caserne et les gendarmes. Je n'ai pas donné l'alerte.

— Vous pouvez nous montrer où ça se trouvait exactement ?

Maurice tendit les jumelles à Bordarier. Bien forcé d'admettre que sa vue n'était plus ce qu'elle avait été, il hésita puis les passa à Namgyel.

— Vous voyez la sapinière, là-bas, avec ce truc blanc à peine visible au-dessus ?

— La citerne ?

— Voilà. Vous descendez en dessous de la sapinière. Il y a un chemin forestier qui s'arrête au bout d'un moment. C'est là qu'il y avait ce feu.

30

Ils remarquèrent tout de suite le baril posé au bord d'une étendue déboisée et triste, où une terre grise, retournée par les machines, était semée de bouts de racines noires. Mis à part quelques fougères, de maigres buissons et des surgeons qui sortaient, presque nus, de souches à demi exhumées, c'était mort et vide. Le baril était graisseux, incrusté d'une matière sombre, mais aussi plein de cendres légères que le vent faisait voleter autour d'eux. Après plusieurs essais infructueux pour capter le réseau, Bordarier parvint à joindre le capitaine Guénant. Il était déjà redescendu à la gendarmerie pour prendre la déposition des deux témoins.

— Les techniciens de la Scientifique sont en route ?

— Bien sûr, qu'est-ce que vous croyez ? Et vous, quelle mouche vous a piqué ? Vous êtes partis sans rien dire !

— En contrebas de la citerne, à peu près à deux cents mètres, dans une clairière récente, il y a un baril qui pourrait avoir servi à la crémation d'un cadavre.

Il y eut un silence.

— Bon, je remonte. J'y suis dans un quart d'heure.

Cordelle s'était approchée d'un chemin étroit qui devait grimper vers la sapinière et la citerne.

— Les gars, ça vous dirait de faire une petite balade ?

La logique voulait en effet que si Léa Hubert avait été enfermée dans la citerne, elle avait emprunté, pour une raison encore à déterminer, seule ou accompagnée, l'étroit chemin caillouteux qui montait à pic et disparaissait dans le sous-bois. Ils n'avaient parcouru qu'une trentaine de mètres dans l'ombre poudreuse et parfumée des sapins, longeant une pente abrupte qui descendait vers le lit d'un ruisseau à sec, lorsque Cordelle et Namgyel, qui marchaient en tête, s'arrêtèrent net.

Cordelle montrait du doigt un objet bleu marine, en contrebas, qui dépassait à peine d'une grosse pierre. La pénombre du sous-bois l'aurait rendu quasiment invisible si le chatoiement d'un rayon de soleil, à cet instant, ne s'était pas posé à cet endroit. Se laissant glisser sur le tapis d'aiguilles qui recouvrait une terre meuble et noire, ils arrivèrent au milieu du lit d'un torrent saisonnier, un amoncellement de rochers polis par les eaux qui nourrissaient la rivière, à l'automne, tout en bas.

C'était un sac à dos qui ne devait pas être là depuis très longtemps. Cordelle prit quelques photos pour marquer l'emplacement puis leva la tête vers le commissaire. Une petite rougeur d'excitation lui était montée aux pommettes. Ou alors c'était l'effort de la marche.

— On l'ouvre ?

Reprenant son souffle, les mains sur les hanches, Bordarier fit oui de la tête. C'étaient des vêtements de femme. Une robe, deux jeans usés, des débardeurs, un pull léger en laine bleue qui boulochait, des sous-vêtements. Regardant à nouveau sur son portable la photo de Léa Hubert, le commissaire vérifia à tout hasard si l'un des vêtements n'y apparaissait pas. Rien ne correspondait exactement, mais il y avait quelque chose dans le goût de cette garde-robe qui suggérait qu'elle pouvait lui avoir appartenu.

Cordelle tira enfin du sac un sweat à capuche, vert sombre, qu'elle déplia. Il portait sur le devant un slogan anti-gaz de schiste grossièrement imprimé: « *On n'est pas masoschistes !* » Dans la poche frontale du sweat, il y avait un gros rouleau de billets de banque tenu par un élastique. Ils comptèrent cinq mille euros en billets de cent.

— L'argent que Léa Hubert aurait volé aux yourteurs ?

— Très probablement.

Ils abandonnèrent le sac pour l'équipe de la Scientifique.

Au prix de quelques glissades, ils parvinrent à retrouver le sentier et à le suivre jusqu'à l'orée de la sapinière. Comme ils l'avaient anticipé, il aboutissait bien à la citerne. L'endroit était maintenant désert.

Namgyel se tourna vers le paysage, pensif.

— Elle est enfermée dans la citerne pendant plusieurs jours, puis elle meurt, ou elle est tuée, et on tente de se débarrasser de son corps en le faisant brûler dans le baril. Comme la crémation ne réussit pas complètement, le cadavre est transporté dans l'utilitaire volé, puis enterré dans la garrigue, là où on l'a trouvé.

Bordarier acquiesça. Le scénario était possible, mais quelque chose ne collait pas tout à fait.

— Un meurtrier imprudent. Il aurait pu faire disparaître le sac, non ? Et récupérer l'argent.

— Elle a peut-être jeté le sac parce qu'elle était poursuivie ?

Par qui et pourquoi ? Est-ce qu'elle avait surpris quelqu'un en train de se débarrasser d'un corps ? Un autre déroulement des faits était possible.

— La fille de l'hôtel est munie d'un passeport qui n'est pas le sien. Elle est à la recherche de quelqu'un qui a disparu. Elle enquête en même temps que nous. Elle disparaît elle aussi. Soit le corps qu'on a retrouvé est celui de Léa Hubert, soit c'est celui d'une autre personne, peut-être celle qu'Éloïse cherchait. Et nous avons maintenant trois disparues pour un seul cadavre.

Ils redescendirent vers l'endroit où se trouvait le baril. Il n'avait pas fallu beaucoup de temps au capitaine Guénant pour remonter. Il était accompagné de deux gendarmes qui faisaient la grimace, penchés au-dessus des cendres. Le capitaine leur fit un signe de la main. Il était arrivé aux mêmes conclusions qu'eux.

— C'est pas bon signe du tout.

Laissant Cordelle et Namgyel les mener à l'emplacement du sac abandonné, Bordarier sortit sa carte IGN et la déploya sur le capot de la voiture. La croix qu'il avait tracée pour désigner l'emplacement du Combi Volkswagen lui révéla qu'ils n'en étaient pas du tout éloignés. Il suffisait de suivre le chemin forestier par lequel ils étaient venus, de bifurquer avant la route, pour trouver un autre chemin qui y menait tout droit. Bordarier traça une nouvelle ligne qui montait cette fois de la yourte jusqu'au Combi, puis se prolongeait jusqu'au baril et enfin jusqu'à la citerne. Tout près de cette dernière, il y avait la route qui redescendait jusqu'à Saint-Sauveur-du-Merlet.

Il ferma les yeux. Le long de ce trajet commençaient peu à peu à lui apparaître les éléments d'une histoire. Mais il était encore trop tôt pour arriver à la reconstituer. Il manquait tellement de choses. C'était comme de se trouver devant une mer de brume d'où émergeaient quelques pics, sans qu'on voie encore ce qui se cachait dessous, ce qui les reliait les uns aux autres. Pour arriver à embrasser le paysage dans son intégralité et rendre enfin son nom au corps qui attendait à la morgue, il lui faudrait établir le déroulement des faits dans tous ses menus détails, arriver à connaître avec certitude leur enchaînement. Il n'en restait pas moins que d'avoir trouvé le lieu de la crémation, comme il en était à peu près sûr, c'était une vraie avancée.

Il releva la tête, resta un moment à contempler la vue qui s'ouvrait au-delà de l'étendue déboisée. En bas, un peu à gauche, invisible à cause de la pente, il y avait le Combi. Beaucoup plus bas, au bord de la rivière, la yourte. En face, pointe grise au sommet du mont Sorbier, c'était la tour de la vigie. À gauche et en contrebas de celle-ci, la clinique, dont la façade faisait une tache claire sous le soleil. De là-bas, Rancière aussi aurait pu voir, au milieu de la nuit, trembler la lueur d'un feu. Encore plus à gauche, tout au fond, était le village. Il s'aperçut soudain que Cordelle était de retour à côté de lui.

— On suit la piste du fleuriste, commissaire ?

31

Les traces matérielles de l'événement que des générations de Merlésiens appelleraient désormais, avec force hochements de tête et regards entendus, le Grand Saccage de la mairie, commençaient à s'effacer peu à peu. Le portrait profané de Macron avait été décroché. Un peintre était en train de passer une épaisse couche de blanc sur les graffitis dont les murs avaient été couverts. Finalement, seule une grande porte vitrée, fissurée en plusieurs endroits, continuait de témoigner de la violence de l'affrontement. Un avertissement avait été scotché à même le verre : « *Porte vandalisée par les Tartares des steppes. Prière de ne pas toucher.* » Sans aucun doute l'œuvre de Darieux.

Une fois son stylo enlevé de sa bouche, la secrétaire de mairie n'eut pas de difficulté à les mettre sur la piste de Jacob Crémieux.

— À cette heure, pardi, vous les trouverez sur la place d'Armes. Ils sont en train d'installer les géraniums.

Le maire descendait les escaliers lorsqu'il remarqua les policiers à l'accueil.

— Je peux vous aider ?

Il avait l'air ennuyé, mais pas autant que lorsque Namgyel lui annonça qu'ils avaient quelques questions à poser à Jacob Crémieux. Darieux eut tout à coup l'air presque malade.

— Ah, celui-là... Il a beaucoup de travail, vous savez ! Les inspecteurs qui arrivent bientôt et rien n'est prêt. De quoi vous voulez lui parler ?

— Si vous le voulez bien, ça restera pour l'instant sous le sceau de l'enquête.

Le maire les regarda partir, manifestement baba, limite furieux, continuant de cligner des yeux sans trouver sa réplique. Avant de remettre son stylo dans sa bouche pour continuer à l'attendrir, la secrétaire laissa échapper un petit sourire railleur et satisfait en direction du maire, que Bordarier surprit dans l'entrebâillement de la porte qui se refermait.

Elle ne leur avait pas menti. Les employés municipaux, au nombre de trois, s'affairaient bien au bord du parapet de la place d'Armes, près de la terrasse du Globe où le serveur était en train d'apporter des glaces à un groupe de touristes plutôt bruyant. Bordarier se pencha pour regarder de l'autre côté du parapet. Le mur descendait sur une hauteur de quatre ou cinq mètres jusqu'au lit presque à sec de la rivière. Un peu plus loin, une retenue d'eau lisse servait de miroir aux arches du pont. Un très faible courant était détourné et concentré dans un canal, étroit mais assez profond, qui longeait le bas du mur pour se déverser un peu plus loin dans une autre partie de la rivière. C'était un puits de fraîcheur comparé à la sécheresse de craie qui enveloppait le commissaire. Les éclats argentés que jetaient les poissons emportés dans cette eau transparente lui donnèrent encore plus l'envie d'y plonger. Mais l'heure n'était pas à la baignade. Il remarqua un échassier qui avançait avec lenteur dans l'ombre des roseaux, sur la berge opposée. Un chasseur, lui aussi, attentif à ne pas effaroucher sa proie.

Les employés municipaux accrochaient des bacs le long du mur, où ils plantaient des géraniums. Bordarier reconnut à son visage tavelé et à son uniforme d'employé de mairie l'homme qu'il avait vu donner du sucre à un chien, la semaine précédente, lorsqu'il avait décidé de rester seul au village. À en juger par la façon dont ils manipulaient les bacs comme s'ils avaient été de plomb, les deux jeunes qui l'accompagnaient semblaient peu motivés par la perspective de donner aux inspecteurs des Villes et Villages Fleuris le spectacle exceptionnel qu'escomptait le maire.

Bordarier s'approcha de celui qui était un peu à l'écart. Cheveux courts, décolorés, il empestait l'eau de Cologne, un de ces sprays bien musqués dont certains adolescents et post-adolescents n'hésitent pas à s'asperger sans mesure, apparemment convaincus que ces ablutions accroissent leur capital de virilité à proportion de la quantité de produit utilisé. Malheureusement disponibles à petit prix sur les rayonnages des grandes surfaces, ces senteurs envahissaient régulièrement le bureau du commissaire, qui avait fini par y voir l'une des signatures olfactives de la petite délinquance.

— Vous serez prêts pour l'inspection ?

L'employé municipal laissa tomber son sac de terreau, de toute façon traîné par une oreille plutôt que porté véritablement, pour mieux toiser celui qui l'avait interpellé.

— Qu'est-ce que ça peut vous foutre ?

— Je me demandais qui avait déposé ces magnifiques bouquets de roses, hier après-midi, à l'hôtel des Bancels.

Le jeune se tourna vers les deux autres employés, qui s'étaient arrêtés de travailler pour observer la scène.

— Pas moi. Hier, j'ai passé la journée à bosser sur le rond-point.

Il s'adressa à Cordelle.

— Vous m'avez peut-être remarqué, non ? Torse nu, en plein cagnard ?

— Ah non, tiens. Pourtant j'y suis passée plusieurs fois.

L'autre jeune, cheveux en bataille, avec une épaule beaucoup plus basse que l'autre, les yeux très rapprochés, devait souffrir d'un léger retard mental. Tour à tour il admirait Cordelle et Namgyel, la bouche grande ouverte. Le plus âgé vint s'interposer entre les employés et les policiers. C'était lui, le chef, semblait-il dire, celui à qui il fallait parler. Il ajusta son chapeau, fouilla dans la poche d'un très lâche pantalon en toile verte et jaune dont il sortit un mégot, qu'il entreprit d'allumer au moyen d'un briquet jetable. Après quelques étincelles, celui-ci réussit à produire une flamme courte qui ne dura que l'instant nécessaire pour embraser le bout de papier noirci.

— L'hôtel, c'est moi. C'est Darieux qui m'a envoyé déposer les fleurs là-bas.

Il avait dit ça en gardant son mégot collé à la commissure des lèvres, les mains dans les poches de son pantalon de toile décidément suffisamment large pour y faire entrer deux maigres comme lui.

Namgyel s'approcha. Un peu de fumée longea sa tempe, son oreille. Comme il était aussi massif qu'immobile, et l'autre plutôt rabougri et frêle en comparaison, Bordarier lui trouva l'air d'une statue de temple bouddhiste honorée par un bâtonnet d'encens.

— Jacob Crémieux ?

— Lui-même.

— Vous savez ce qui s'est passé, hier, à l'hôtel ?

— Tout le monde le sait.

— Et vous en pensez quoi ?

Le sourire de Crémieux découvrit des chicots marron.

— Avec l'installation du marché nocturne et tout le raffut et le passage qu'il y a dans la grand-rue, ça n'aurait pas été trop difficile d'entrer dans l'hôtel et de fouiller la chambre sans se faire remarquer.

— Vous avez livré les fleurs à quelle heure ?

— Vers 14 heures.

— Vous n'avez rien remarqué d'anormal dans la cour ou dans les couloirs de l'hôtel ?

— Rien.

Cordelle le regarda droit dans les yeux.

— Vous connaissez Henri Brioux et Michel Carcel ?

— Ah ! ces deux-là. De réputation.

Il se tourna vers ses deux jeunes collègues, qui se mirent à rire en se regardant d'un air entendu.

— Vous ne leur donnez jamais de coup de main ?

— Un coup de main pour quoi ?

— Je ne sais pas, vous occuper des fleurs, du jardin ?

— Non mais oh ! vous rigolez, là, j'espère, j'y mets pas les pieds, là-haut, non merci ! Leurs fleurs, ils n'ont pas besoin de moi pour se les mettre à la boutonnière.

Clin d'œil, nouveaux rires. Il s'était de toute évidence constitué un public peu nombreux mais docile, prêt à applaudir toutes ses saillies sans discrimination.

— Vous entretenez le jardin de la clinique des Magnaneries, n'est-ce pas ?

— Ça m'arrive d'y travailler.

— Vous n'avez jamais vu une jeune femme blonde, cheveux courts, avec un appareil photo, tourner autour là-haut ?

— J'y vois personne à part les cinglés habituels. Moins j'y vais, mieux je me porte !

Il se tourna vers ses deux acolytes, qui rirent encore avec lui.

Bordarier décida que ça suffisait pour l'instant. Il tendit sa carte à l'employé municipal, qui s'en saisit d'un air satisfait, comme s'il avait montré qui était le patron.

— Au cas où vous vous souviendriez d'avoir vu ou entendu quelque chose.

En marchant vers la voiture, Cordelle poussa un long soupir ennuyé.

— Quoi ?

— On aurait pu insister un peu plus, non ?

— C'est comme un abcès, Cordelle, s'il y a de la pression, une petite entaille suffit. Le pus sortira tout seul, vous verrez.

32

Devant la montagne de papiers qui lui restait à signer, Bordarier fut pris d'une envie irrésistible de taxer un collègue et d'aller fumer sur la terrasse du commissariat. Une fois la cigarette trouvée, il monta jusqu'aux combles. En poussant la porte en métal qui donnait sur l'extérieur, il fut soulagé de voir qu'il était seul. L'étroite plateforme était protégée par deux rambardes sous lesquelles les pentes du toit filaient vers le vide. L'accès en était théoriquement interdit, mais le règlement n'avait jamais été appliqué. Toujours en quête d'espaces interstitiels, les fumeurs du commissariat avaient pris l'habitude de se retrouver sur ce petit coin de tolérance où on tenait au maximum à trois. Bordarier, qui fumait rarement, toussa, reprit une bouffée, comme quand il était gamin, toussa encore. Les toits de tuiles, les murs chauffés par le soleil, la tour Magne, au loin, sur le mont Cavalier, se détachaient contre un ciel d'un bleu si profond qu'il tirait sur le violet. La vue du monument gallo-romain le fit penser au musée de la Romanité, nouvelle attraction qu'il n'avait pas encore pris le temps de visiter, puis, de là, à Rome, car tous les chemins y mènent, constata-t-il, même de fumer tranquillement une cigarette en essayant de se vider la tête, on y va forcément.

De retour dans son bureau, il réveilla son ordinateur, se connecta pour voir s'il restait des places le lendemain sur un vol Marseille-Rome, tira son portable de sa poche, considéra le texto que lui avait envoyé Genet en accompagnement des infos sur le passeport volé, composa le numéro du policier romain supposé le renseigner sur le vol du passeport et la B Better Academy.

— Français, Italiens, nous sommes cousins, *siamo cugini*, n'est-ce pas ?

Ils étaient peut-être cousins, et son interlocuteur francophone en plus d'être francophile, mais le commissaire fut quand même obligé de fournir pas mal d'efforts pour expliquer la situation. Au bout de cinq minutes, l'enthousiasme initial de l'inspecteur Riccardo Smiraglio s'était quelque peu affaibli. Il était d'accord pour venir chercher Bordarier au vol du lendemain après-midi qui l'amènerait de Marseille à Rome, mais il tenait à le prévenir qu'une fois sur place, ce serait certainement assez compliqué, on n'entrait pas pour enquêter dans les écoles comme dans un moulin, surtout si c'était un endroit pour jeunes difficiles. Cela dit, il ferait tout ce qui était en son pouvoir pour lui rendre service, si ça pouvait lui faire plaisir. Il lui donnait du « *dottore* » à profusion, ce qui aurait surpris le commissaire si Benedetta ne lui avait pas expliqué qu'en Italie, pays de largesses, on n'hésitait pas à attribuer toutes sortes de diplômes et de compétences à ses interlocuteurs, même les plus humbles et les plus parfaitement inconnus. C'était une façon de se rendre aimable qui ne faisait de mal à personne, avait-elle précisé, à part, peut-être, aux véritables diplômés.

Le commissaire considéra à nouveau avec découragement la paperasse qui s'était accumulée sur son bureau depuis le début de la semaine. L'idée l'effleura d'aller s'en griller une autre, mais il se dit que non, il n'allait quand même pas se mettre à fumer en plus du reste. Au moment où il se décida finalement à extraire un dossier de la pile, son téléphone se mit à sonner. L'appel providentiel venait de Genet. Il l'informait que les déviations de ligne des portables et des fixes qu'il avait demandées étaient en place et qu'il pouvait passer.

Presque autant chez lui dans ce bazar électronique que dans le royaume enchanté qu'était devenue sa maison remplie de bibelots et de livres, Genet l'attendait avec une impatience qu'il avait du mal à contenir. Il réveilla l'ordinateur sur lequel le logiciel d'écoute était installé.

— Vous voulez qu'on renvoie directement sur votre portable, en plus d'enregistrer ici ?

Bordarier hocha la tête.

— Ça sonnera en même temps sur mon portable et sur ceux de Darieux, Rancière et Chalumeau ?

— Vous recevrez un SMS vous avertissant de l'appel, et vous n'aurez plus qu'à vous connecter. Vous serez aux premières loges, la troisième oreille qui viendra surprendre les petits secrets qui agitent les hautes sphères de Saint-Sauveur-du-Merlet. Un détournement de fonds publics à l'occasion de la fête de la châtaigne ? Un pot-de-vin versé pour le contrat d'entretien de la piscine municipale ? Vous saurez tout, commissaire…

— Bon, on verra… Je ne vais pas passer ma journée à écouter leurs conversations.

Il décida que ce serait Marie Henequen qui ferait les écoutes. C'était sa première année en tant qu'officier de police judiciaire. Une fille de flic à la retraite. Plutôt méticuleuse et appliquée, d'après ce qu'il avait pu voir. Elle ferait un rapport quotidien et le contacterait directement sur son portable en cas d'urgence.

— Genet, vous pourriez aussi faire une recherche plus approfondie sur le passé de Rancière et de Darieux ?

— Vous voulez que je remonte à la première communion ?

— J'aimerais par exemple savoir depuis quand exactement ils se connaissent. Ils ont parlé de la Bretagne, je crois. Ce serait aussi utile si vous pouviez déterminer d'où vient la fortune de Rancière.

— Des Bretons pleins aux as ? C'est de là que je viens, la Bretagne, Quimperlé, pour être plus précis. Le Breton, c'est toute une psychologie, un milieu, faut savoir manœuvrer là-dedans, leurs secrets de famille sont plus secrets qu'ailleurs… Je vais voir ce que je peux faire, commissaire.

Il venait de quitter Genet lorsque le nom de sa fille s'afficha sur l'écran de son portable. Il le porta fébrilement à son oreille.

— Marion ? Tu as eu mes messages ? Qu'est-ce qui se passe, pourquoi tu ne m'as pas rappelé ? Où es-tu ?

— T'es devenu complètement taré ou quoi ? Qu'est-ce qui t'a pris d'agresser mon mec ?

— Je veux que tu viennes immédiatement au commissariat avec Marcello. Au cas où tu ne serais pas au courant, des gens du milieu veulent lui faire la peau. Tu es gravement dans la merde, ma petite et…

Elle l'interrompit en criant.

— Mais de quoi tu parles ? Putain, t'es trop con… T'es en plein délire ! J'hallucine ! Tu nous fous la paix, d'accord ?

Elle avait raccroché.

Le commissaire resta un moment l'appareil appuyé sur la tempe, puis le laissa lentement retomber sur sa poitrine. Il aurait peut-être pu mieux jouer le coup. Éviter de la braquer d'entrée. Ç'avait été plus fort que lui. Quelle raison avait-il, après tout, de soupçonner Marcello Garcia d'avoir volé la came chez le petit dealer qui s'était suicidé ? Rien, finalement, sauf le fait que Marion avait navigué sur son moteur de recherche pour trouver des renseignements sur l'affaire Mourad Boumaza. Quelque chose, pourtant, flair de flic ou instinct paternel, lui disait que c'était exactement ce qui s'était passé. Marcello avait débarqué chez Boumaza pour récupérer du matos et l'avait découvert mort. Les véritables propriétaires, arrivés trop tard, voulaient maintenant punir le petit voleur qui s'était servi. Comment expliquer, sinon, que Marion et Marcello aient pris le large juste à ce moment-là ? Et sur sa plage du Grau-du-roi, qu'est-ce qu'il vendait, ce Marcello de malheur, à part des chichis et des glaces ?

Le ton à la fois plein de colère et de tristesse avec lequel elle l'avait envoyé promené lui rappelait d'autres disputes, d'autres crises. Quand elle l'accusait de se servir de son métier comme d'une excuse pour réduire son temps passé en famille au strict minimum, pour les laisser en plan tous les soirs, elle et sa mère. Ça l'avait d'abord sidéré, puis rendu furieux quand il s'était dit que ces conneries devaient venir de Martine, qui lui avait fait répéter sa leçon. Il avait finit par comprendre que non seulement Marion était arrivée à cette conclusion toute seule, sans qu'on la lui souffle, mais qu'elle avait jusqu'à un certain point raison. La vie au commissariat était devenue plus simple que sa vie privée, les relations limitées dans leurs possibilités de dérapage par des protocoles bien établis. Il y avait un travail à faire, on le faisait. On se disait bonjour, bonsoir, on allait prendre des verres ensemble à l'occasion, il fallait remplir de la paperasse, les rails étaient là. À la maison, tout pouvait partir en vrille à chaque instant.

Au lieu de filer directement chez lui pour panser ses blessures, il alla trouver Cordelle dans le bureau qu'elle partageait avec un policier plutôt taiseux, et qui l'était devenu encore plus depuis qu'elle avait remplacé le bonhomme âgé et essoufflé qui lui faisait normalement face. Célibataire largement quinquagénaire à qui on ne connaissait aucune conquête depuis des années, Jurieu était frappé de stupeur par l'amazone. Les visites constantes de ses collègues, au début, qui usaient de prétextes aussi variés que peu convaincants pour entrer dans le bureau et essayer de se faire remarquer de la nouvelle venue, n'avaient en rien contribué à assurer une base saine à leur cohabitation. Heureusement, dans l'ensemble, ça s'était calmé.

Bordarier frappa contre la vitre de la porte ouverte et fit un pas dans la pièce.

— Il n'est pas là, Daniel ?

— Je l'ai envoyé me chercher un café. Il est très gentil, ce garçon, une fois qu'on sait le prendre.

— Ah.

Comme il restait silencieux, Cordelle leva à nouveau les yeux de son ordinateur.

— Du nouveau ?

— Non, enfin si, ma fille m'a appelé, finalement.

— Et ?

— Ça va. Et puis je vais à Rome, demain. Pour voir si je peux découvrir comment le passeport a voyagé. J'ai le contact que Genet m'a donné, un collègue qui parle français.

— Vous pensez vraiment que ça va donner quelque chose ? Vous n'avez pas dit que la propriétaire du passeport était déjà de retour en Suisse ?

— Si le vol a eu lieu dans ce pensionnat, il faut que j'aille voir ce qui s'y passe.

— Au fait, si jamais vous voulez que je fasse quelque chose, pour votre fille, n'hésitez pas à me le dire.

Surpris, Bordarier observa son petit plissement préoccupé des paupières, se retint de lui répondre de s'occuper de ses oignons. Est-ce qu'elle avait vraiment saisi ce moment pour lui reprocher en sous-main de négliger Marion ?

— Pour l'instant, ça va. Mais merci.

À la façon dont elle le regarda, il comprit qu'elle en savait déjà beaucoup plus que ce qu'il avait partagé avec elle.

33

Arrivé à l'aéroport de Marseille-Provence deux heures avant l'embarquement, Bordarier se présenta à l'entrée d'un restaurant qui occupait une grande mezzanine ouverte. D'en bas, il lui avait semblé être d'un standing légèrement supérieur à celui des sandwicheries du hall des départs. Ça se confirma en haut des escalators, mais pas dans le sens qu'il avait espéré. Fond de teint parfaitement lisse, yeux ombragés par des extensions de cils ultra-longues, lèvres plastifiées rose pâle, une hôtesse le mena vers sa table avec un sourire irréprochablement glacial et lui souhaita un « bon appétit » qui aurait pu le lui couper. Il la regarda s'éloigner sur un damier de moquette asphalte et graphite en se disant que oui, décidément, elle semblait être venue avec les meubles, avoir été inventée dans les bureaux du siège de la chaîne dans le but de s'harmoniser parfaitement avec le concept du restaurant : afficher un mépris hautain pour l'ambiance de foire qui régnait en bas. En faisant le plus froid possible, on comprendrait bien que ce pour quoi on payait, ce n'était pas la bouffe, mais la satisfaction de la séparation, le plaisir de ne pas être obligé de respirer l'haleine des autres. Installé sur sa banquette ardoise, il considéra, un peu désemparé, un menu à la mise en page minimaliste et aux tarifs délirants, puis se décida pour le burger gastro des calanques.

Au moins, la serveuse était plutôt sympathique. Une jeune femme un peu gourde qui avait clairement l'air de ramer. De fines gouttes de transpiration perlaient sous sa frange, malgré une clim poussée au maximum, mais elle continuait vaillamment à faire de très gros efforts pour se rendre agréable aux clients. Elle ne devait pas avoir compris que ce qu'on attendait d'elle, c'était la distance respectueuse, ou alors elle faisait une réaction allergique au côté polaire de la déco, trop bourge pour elle.

— Vous avez craqué pour le burger. Vous avez raison, il est trop bon. C'est un super choix. Et comme boisson ?

Avec un sourire vaincu, le commissaire dut admettre qu'il n'avait effectivement pas craqué pour la salade niçoise que son médecin lui aurait pourtant conseillé de prendre, vu les résultats continuellement préoccupants de ses analyses sanguines.

Au moins, on attribuait au vin certaines vertus.

— Je crois que je vais craquer pour le quart de coteaux-du-languedoc.

— Génial ! Franchement, c'est le meilleur…

Lorsque la serveuse se fut éloignée, il jeta un coup d'œil à la ronde. Des hommes en costume et des femmes en tailleur, chaussures impeccablement cirées, seuls pour la plupart, penchés sur un iPhone ou un Samsung. Des oiseaux un peu sinistres, aux plumages gris et noirs, qui devaient sillonner en permanence le ciel pour décrocher des contrats, trouver des capitaux, nourrir l'entreprise, le progrès, le futur, suer sang et eau pour la grande machine économique qui faisait pulser les corps et les biens. Le commissaire se sentit un peu triste à la pensée de cette vieille Europe qui allait de crise en crise, sans vision du futur, parant au plus pressé, les yeux rivés sur les inquiétantes oscillations de ses compteurs.

À travers la rambarde en verre près de laquelle il était installé, il pouvait observer, en contrebas, des groupes de touristes en tee-shirt et bermuda, en robe légère, en habits de voyage qui étaient à mi-chemin entre le pyjama et le survêtement. En attendant de pouvoir s'envoler vers leurs congés payés, ils faisaient la queue aux comptoirs, se concentraient sur l'ingestion de sandwichs industriels conditionnés dans du plastique. Malgré ses poussées de fièvre périodiques, il se dit que ce peuple, dans le fond, s'accommodait plutôt bien de l'ordre des choses. Sans doute était-ce parce que la machine semblait devoir durer encore suffisamment pour qu'ils puissent aller, pendant les quelques étés de leur vie sur terre, se promener sur les plages, dans les musées, prendre des selfies sur des sites historiques et partager tout ça sur les réseaux sociaux.

Luttant contre l'abattement qui l'avait saisi depuis sa conversation téléphonique avortée avec sa fille, Bordarier se concentra lui aussi sur la mastication de son hamburger jusqu'à ce que la magie digestive opère et qu'il finisse par se sentir mieux. Mais la même mélancolie réapparut au cours du vol. Assis à côté du hublot, il regarda durant une heure la Méditerranée scintiller sous le soleil. Cette mer, qui avait paru si grande à des générations d'humains, tout un univers, ne ressemblait plus, de là où il se trouvait, qu'à une mare étroite à peine suffisante pour barboter. Bavard comme un conducteur de bus de tourisme, le pilote signala deux ou trois curiosités géographiques, avant d'attirer l'attention des passagers sur l'épave d'un navire de croisière qui s'était échoué à la suite d'une fausse manœuvre. Bordarier, le front collé à la vitre, l'aperçut, couché tout près d'une île, comme un cigare abandonné dans un caniveau. Le pilote ne dit rien, par contre, des milliers de migrants qui avaient trouvé leur tombe dans ces eaux.

Son contact italien l'attendait à l'aéroport Fiumicino. Smiraglio était un homme d'une trentaine d'années, en costume clair, chemise blanche, lunettes noires, qui arborait un bouc amoureusement entretenu et une belle tignasse châtain lissée en arrière. Le commissaire repensa au jeune qui avait remis en cause son style dans le bureau de Samuel André. Sans doute aurait-il approuvé ce flic italien qui ressemblait bien à un flic italien.

— Vous avez fait bon voyage, *dottore* ?

— Pas mauvais. Merci d'avoir bien voulu nous aider dans notre enquête.

— Alors, vous cherchez une fille, peut-être deux, mais vous n'avez pas de noms ? Et le passeport que vous avez trouvé appartient à une ancienne pensionnaire de la B Better Academy ?

— C'est ça, oui, Annette Wilhelm, citoyenne suisse. Elle a quitté le pensionnat il y a quelques semaines.

— J'ai commencé ma petite enquête. On ne trouve pas grand-chose sur Internet, leur site est en dérangement, mais c'est bien une institution dans le genre que vous disiez. Pour aider ces filles à sortir de leurs, *come si dice*, oui, de leurs difficultés personnelles, il paraît qu'ils suivent un protocole inspiré de la formation des marines américains. Sport, discipline, obéissance. En fait un peu comme nous, dans la police, n'est-ce pas ?

Bordarier fit une moue peu convaincue. Discipline, jusqu'à un certain point. Obéissance, ça dépendait. Sport, non, du moins pas dans son cas, le renflement de sa chemise ne laissait aucun doute à ce sujet. À bord d'une minuscule Fiat, ils sortirent du parking de l'aéroport en faisant crisser les pneus et s'engagèrent sur la quatre-voies. À mesure qu'ils progressaient dans le flux indiscipliné du trafic, Bordarier découvrit une Italie différente de celle que Benedetta lui avait présentée lors d'un rapide séjour qu'ils avaient fait à Rome et à Florence. Il ne reconnaissait rien du charme des petites rues pavées, aux façades inondées de soleil, où ils avaient déambulé ensemble, avec leurs cafés, leurs *gelaterie*, ou de la beauté mélancolique des champs de ruines, de la villa Adrien, de la ville d'Ostie. Au lieu de ça, l'autoroute passait devant des banlieues d'immeubles sinistres couverts d'antennes paraboliques, avec partout de grands panneaux publicitaires. Des poubelles s'amoncelaient devant les grillages qui bordaient la route. Des femmes en petite tenue enjambaient les glissières de sécurité, attendaient sur des remblais, sous le tablier des ponts, qu'une voiture s'arrête.

Smiraglio avait suivi son regard.

— Eh oui, commissaire, l'Italie est un grand bordel…

Ne sachant que répondre, Bordarier garda le silence.

— Ah, voilà, on y est presque…

Ils avaient quitté l'autostrade pour emprunter une petite route qui serpentait dans la campagne. Au bout d'un kilomètre, la voiture s'immobilisa devant une grille. De chaque côté, un mur de pierre crêté de tessons de bouteilles s'élevait assez haut.

Smiraglio releva ses lunettes noires pour les poser sur sa tête.

— On dirait que c'est fermé.

Une grande pancarte placée de guingois sur la grille indiquait un bâtiment à louer, avec les références d'une agence immobilière à Rome. Derrière, une allée goudronnée montait jusqu'à une marquise en béton où avait été peint une sorte d'écusson dans le style militaire, avec des choses pointues, genre fer de lance, accompagné d'un claironnant et martial B Better Academy en grandes lettres rouges. Le bâtiment était typique des années 1960, avec des murs dont le crépi initialement blanc avait pris une teinte grisâtre inégale, des fenêtres rectangulaires tout au long d'une façade de deux étages qui s'arrêtait sur un toit en terrasse. Ça ressemblait moins à un pensionnat pour filles difficiles qu'à un obscur bâtiment administratif. À côté d'un parking vide, un filet déchiré et pourrissant jetait son ombre ondulante sur la surface très endommagée d'un court de tennis. Tout donnait à penser qu'il ne devait pas avoir été utilisé depuis une bonne dizaine d'années.

Smiraglio appuya sur le bouton d'un interphone. Ils attendirent quelques instants. Rien ne bougeait à l'intérieur du bâtiment. Il recommença. Au bout de cinq minutes, il devint clair que c'était mort, abandonné.

— Vous êtes venu pour rien, commissaire. Ils ont dû plier boutique il y a déjà un moment, ça explique le site en dérangement. Si vous voulez, on appelle l'agence immobilière pour en savoir plus.

Bordarier baissa la tête. Entre ses chaussures, de petits fragments de verre et de mica brillaient au soleil sur le goudron usé. C'était une impasse, une vraie. Qu'est-ce qu'il s'était imaginé, qu'il allait tomber comme par magie sur des éducateurs serviables qui lui diraient, ah, oui, la petite jeune qui ressemble un peu à Jean Seberg dans *À bout de souffle*, bien sûr qu'on connaît sa véritable identité. Elle nous a fait faux bond, mais on peut sans problème vous expliquer pourquoi elle a volé ce passeport pour aller se faire enlever à Saint-Sauveur-du-Merlet.

En vérité, c'était plutôt lui qui à chaque fois rebondissait de travers, qui n'était jamais là où ça comptait. C'était peut-être en Suisse, qu'elle l'avait récupéré, ce passeport. Il n'avait même pas cherché à parler directement à celle à qui il appartenait, ni à ses parents, d'ailleurs. D'un geste machinal, il passa la main sur le cadenas qui fermait la grille. C'était rouillé, rugueux. Il tira pour éprouver la solidité et la tension de la chaîne. Pourtant, se dit-il, la réponse qu'il cherchait était peut-être devant lui, à quelques mètres à peine.

Au regard qu'il lui avait lancé, Smiraglio avait dû comprendre que le commissaire était en train de surmonter son petit moment de découragement.

— Ah, non, *dottore*, c'est abandonné ici, vide, pas la peine d'insister, hors de question, on s'en va !

— Justement, puisque c'est vide, personne ne va se formaliser si on casse un petit cadenas rouillé qui ne protège de toute façon rien du tout. Vous avez de quoi ?

— Si j'ai de quoi ? Bien sûr que j'ai de quoi.

La volte-face de Smiraglio avait été complète, au risque de donner à penser que sa réaction initiale avait été un pur effet de théâtre, comme pour épater une galerie invisible. Bordarier ne chercha pas à comprendre. Ils examinèrent ensemble les divers outils à leur disposition dans le coffre de la Fiat et s'entendirent sur un marteau de charpentier, qui leur parut la solution la plus élégante. Clairement habitué aux zones grises entre la loi et le crime, l'Italien s'effaça devant le commissaire avec un petit geste courtois qui signifiait « à vous l'honneur », après quoi celui-ci explosa le cadenas en deux coups bien appliqués.

Il n'y avait pas à dire, les choses, envisagées de cette façon, devenaient plus simples. On trouvait une grille fermée, on l'ouvrait, les obstacles n'étaient plus que matériels, il suffisait de les négocier à coup de bon sens. Bordarier se prit à serrer avec une jubilation montante le manche de bois verni de l'humble objet, sans comparaison plus efficace, dans ces circonstances, que son cousin embarrassé de protocoles, le marteau de juge. Devant la porte de service qu'il avait identifiée comme étant la plus prometteuse, il se dit que ce serait peut-être plus délicat, que le collègue pourrait tiquer, une porte étant quand même plus privée qu'une grille. Il avait eu tort de s'inquiéter.

Une odeur de renfermé assaillit leurs narines. Tout avait l'air abandonné, mais l'interrupteur marchait encore. Ils gravirent des escaliers en ciment qui les menèrent dans un couloir gris et vide à part quelques affiches en anglais représentant des militaires à l'entraînement, des grosses baraques en treillis qui se jetaient dans la fange la bouche ouverte. « *When you go beyond yourself, that's when magical things can happen* », était-il précisé sur l'une d'entre elles. Bordarier avait souvent entendu parler du dépassement de soi. C'était inévitable dans un commissariat confronté à toutes sortes de réformes visant à améliorer l'efficacité et à faire baisser les coûts. Mais ce concept l'avait toujours vaguement inquiété. Qu'est-ce qu'on pouvait bien espérer trouver au-delà de soi-même ? Le plus souvent, ce n'était pas la magie qui était au rendez-vous. Il lui suffisait par exemple de sauter un repas pour devenir odieux, il n'osait pas imaginer ce que ç'aurait donné si on l'avait forcé à faire des semi-marathons et des pompes pour un oui ou pour un non.

Les portes du couloir donnaient sur des chambres, ou plutôt des cellules, avec des châlits aux matelas douteux. Le décorateur n'avait pas cherché à dépasser ses limites, lui, il était resté fidèle à l'esprit et à la lettre du camp d'internement. Une pièce qui avait dû être une cuisine avait été complètement vidée de son équipement, laissant pleinement s'exprimer la mélancolie de ses carrelages gras. Un autre endroit avait servi de bureau, mais les rares meubles qui subsistaient ne contenaient rien. Bordarier se figea devant un panneau de liège qui avait peut-être été occupé par les photos des pensionnaires. Dans le scénario idéal, il y aurait eu Éloïse à côté d'une autre fille. Celle qu'elle attendait à Saint-Sauveur-du-Merlet. Mais comment savoir si l'une ou l'autre avait jamais mis les pieds dans cette prison ? Pour la première fois depuis longtemps, Bordarier pensa à son premier patron, un commissaire à pipe d'écume de mer, un vieux de la vieille qui, pour les jeunots qu'ils étaient, aurait pu tout aussi bien avoir été le contemporain de Maigret. Il entendit sa voix graillonnante au-dessus de son épaule, sentit son haleine de tabac, le poids de sa main déjà enflée par l'âge.

— *Vous êtes en train de vous embourber dans le cercle tautologique, Bordarier.*

— *C'est quoi le cercle tautologique, patron ?*

— *Vous avez très faim, vous marchez le long d'une route à la tombée du jour, entre chien et loup. Vous voyez un gros morceau de viande dans les buissons, cuit à la perfection. Vous ne vous demandez pas ce qu'il fait là, ce morceau de viande. On n'est pas dans* La Grande Bouffe, *que diable, Bordarier ! Pourtant, c'est exactement ce que vous continuez à voir. Parce que vous avez faim. Si vous n'aviez pas eu faim, vous auriez vu un sac plastique. Ce que vous avez aperçu, dans les buissons, c'est vous, Bordarier, pas autre chose.*

— *Dottore*, ça va ? On dirait que vous vous parlez à vous-même.

Bordarier détourna les yeux du panneau de liège, les échos de son dialogue avec le fantôme encore dans les oreilles.

— Ça m'arrive.

Il fallait se rendre à l'évidence, il n'avait plus rien à faire ici. Il rangea le marteau dans la poche de sa veste, tête en bas, en berne pour ainsi dire.

— Ne vous inquiétez pas commissaire, ce n'est pas fini cette histoire. Un endroit comme ça qui ferme, ça laisse des traces, il y a plein de paperasse à éplucher, de gens à interviewer.

Pour toute réponse, Bordarier fit un geste las de la main.

Ils étaient ressortis dans la cour, quand ils entendirent un inquiétant grattement rythmique. Ce n'était pas un dogue du Tibet, mais pas loin. Une grosse bête râblée au faciès de brute était en train de galoper le long du bâtiment. S'ils n'étaient pas directement sur sa trajectoire, Bordarier calcula qu'il ne faudrait pas longtemps à l'animal pour les repérer et foncer droit sur eux. Ils allaient faire connaissance avec le gardien de cet enfer abandonné, un Cerbère qui avait dû se réveiller d'une sieste juste à temps pour les raccompagner vers la sortie.

Il était hors de question de poursuivre en direction de la grille, il fallait couper au plus court. Sous l'effet d'une puissante poussée d'adrénaline, Bordarier se rua instinctivement vers le mur d'enceinte, qui lui apparut de plus en plus haut et infranchissable à mesure qu'il s'en approchait, davantage l'affaire d'un athlète spécialiste de parkour que d'un commissaire à bedaine qui avait du mal à lacer ses chaussures. Seule une solide branche de figuier laissait espérer encore un salut.

Elle passait par-dessus les tessons de verre qu'une main peu chrétienne avait incorporés au mortier. La question était de savoir comment se hisser jusqu'à cette passerelle providentielle.

Après avoir évalué d'un bref coup d'œil la corpulence de son collègue français, Smiraglio, qui l'avait suivi, eut un hochement résigné et s'appuya contre le mur pour lui faire la courte échelle, l'invitant d'un haussement halluciné des sourcils à profiter immédiatement de cette disposition altruiste. Bordarier ne se fit pas prier. Avec un effort qui leur arracha un cri à tous les deux, il parvint à grimper sur les épaules de son piédestal de chair souffrante et repentante pour s'agripper à la branche de figuier, d'où il se mit à pendre comme un fruit trop mûr.

Le molosse les avait repérés. Aboyant et grognant, bave aux babines et crocs découverts, il fonçait sur eux. Smiraglio, plutôt en forme, lui, et de toute façon très motivé, trouva des prises dans les irrégularités du mur et parvint à se hisser jusqu'à son sommet. Avec un sentiment de résignation devant l'inévitable, Bordarier considéra la boule de muscles grognante, écumante et dentue qui se propulsait vers ses mollets. Au premier bond, il parvint à ramener ses genoux vers sa poitrine, mais sans se faire d'illusions sur la possibilité de battre son record personnel de trois ou quatre répétitions, d'ailleurs déjà plutôt ancien. Prenant appui sur la branche, Smiraglio réussit heureusement à l'attraper par le poignet. D'un coup de reins, il le guida vers le mur où, pédalant contre la surface rugueuse et saisi simultanément par la ceinture, Bordarier trouva la force de se hisser à son tour sur la branche en évitant les tessons. Ils reprirent un instant leur souffle. Le chien remuait maintenant la queue en regardant dans la direction d'un gardien qui venait se renseigner sur la source du tumulte. Ils se laissèrent descendre de l'autre côté du mur et se mirent à courir maladroitement à travers un sous-bois buissonneux pour retrouver la voiture laissée devant la grille.

34

— Au moins, mettez ça, commissaire, vous serez mieux, avec ce soleil.

Tout en conduisant, Smiraglio lui avait tendu une paire de lunettes noires prises dans la boîte à gants. Bordarier abaissa le miroir du pare-soleil, considéra ses cheveux décoiffés, sa joue éraflée, le col de sa veste décousu sur trois centimètres, sa chemise trempée de transpiration. Ce voyage italien, il fallait l'admettre, ne ressemblait pas du tout à ce qu'il avait prévu. Il enfila les lunettes sans discuter, comme on aurait jeté un voile pudique sur une scène embarrassante.

Ils arrivaient maintenant dans les faubourgs de Rome. Des immeubles passaient contre le ciel, couverts de paraboles, annelés de balcons, avec du linge sorti à sécher. Bordarier se massait les genoux et se sentait devenir de plus en plus claustrophobe dans cette auto aussi mignonne et minuscule que la gorgée d'expresso un peu sirupeux qu'il avait prise en sortant de l'avion, à l'aéroport. L'habitacle faisait à peu près la moitié de celui de la Primula, qui n'était déjà pas une limousine. Qu'en dirait Genet ? Que les Italiens ne se plaisent qu'au milieu d'objets conçus pour à peine dépasser la taille du jouet ? Tutures et dînettes ? C'était vrai que même le col italien de la chemise de Smiraglio avait des pointes plus courtes que son col français. À moins que ce ne soit parce qu'ils aimaient se sentir grands au milieu de choses petites ? Bordarier ferma les yeux. C'était officiel, il délirait. Le voyage, le chien, trop d'efforts, trop de soleil.

Il suivit Smiraglio dans un petit restaurant situé non loin de son hôtel, lui-même très proche de la gare Termini. Des bonbonnes de vin clissées s'alignaient sur une étagère, sous laquelle une fresque murale étalait ses couleurs jaunies par des dépôts anciens. Elle représentait un paysage méditerranéen, avec des maisons aux teintes pastel, agrippées à une falaise. Un banc de thons en vol dans le ciel d'un bleu pisseux y ajoutait une note indéniablement baroque.

Le policier italien commanda deux grandes canettes de Peroni, étiquette rouge et blanc, but d'un coup la moitié de la sienne, directement au goulot, à grandes gorgées, la tête à la renverse. Peut-être à cause du mouvement de la glotte, de la flexion du cou, Bordarier pensa un instant à un dromadaire. Avant de toucher la bière qui était devant lui, il décida de trouver un lavabo pour essayer d'effacer les traces les plus visibles de sa visite dans les locaux abandonnés de la B Better Academy et plus généralement de cette journée abominable qu'il se promettait déjà de reléguer dans les recoins les moins accessibles de sa mémoire.

Il poussa la porte des toilettes, se regarda dans le miroir. Il avait envie de rentrer chez lui. De parler à Marion. D'appeler Benedetta pour lui raconter sa plantade monumentale. Que faisait-il ici ? Il aurait dû être à Saint-Sauveur-du-Merlet, en train de remuer ciel et terre pour retrouver la trace de celle qui se faisait appeler Éloïse.

Lorsqu'il revint à la table, son collègue était en train de regarder une vidéo sur YouTube, des jeunes en uniforme, crâne rasé, crapahutant sous les yeux d'un instructeur militaire qui avait de toute évidence complètement assumé son sadisme.

— Regardez, c'est un reportage sur un autre établissement du même genre. Les Américains ne se contentent plus d'envahir Rome, Florence et Venise avec leurs programmes universitaires d'été, maintenant ils ouvrent carrément des filiales de leurs maisons de redressement.

Pendant que Bordarier s'efforçait de rattraper son retard, deux nouvelles bières firent leur apparition, accompagnées de pizzas fumantes. Smiraglio lui assura à nouveau qu'il allait continuer à chercher. Il n'était pas impossible qu'il trouve une liste des anciens pensionnaires. Et puis, il serait intéressant de savoir pourquoi ils avaient fermé.

Ils se séparèrent tard, sur le trottoir, un peu saouls.

Bordarier trouva sa chambre d'hôtel au premier étage d'un bâtiment vétuste. On y accédait par un large escalier qui tournait autour d'une cage d'ascenseur grillagée. Le lit était mou du poids des corps qui s'y étaient étendus nuit après nuit. Les mains derrière la tête, il détailla longuement les murs bleus et gras, le carrelage où des brisures faisaient par endroits comme des caries noires, suivit la progression méfiante d'un énorme cancrelat. Tout, dans cet hôtel, était d'une propreté douteuse, à l'image de la salle de bains, où un poil pubien tire-bouchonnait sur le bord du lavabo. C'était un lieu qui lui en rappelait d'autres, où il avait vécu, il y avait longtemps, des chambres tristes qui semblaient avoir été inventées pour glacer la jeunesse. Il pensa à Marion. Dès le moment où il s'était avisé que quelque chose n'allait pas, une colère inquiète était montée en lui, comme une basse sourde qu'il se remettait à entendre dans les moments de calme.

D'avoir enfin pu parler à sa fille, la veille, n'avait rien changé.

L'idée l'effleura de descendre à l'épicerie de nuit qu'il avait remarquée en face de l'hôtel. Il avait envie de continuer à boire. Pour maquiller la peine. Le seul geste qu'il put accomplir, en définitive, ce fut d'éteindre la lumière pour s'abandonner à l'obscurité de la chambre. Toute vétuste qu'elle était, elle semblait sans mémoire, un lieu à la fois usé et sans passé. Pas comme lui. À mesure qu'il vieillissait, les souvenirs s'accumulaient, le temps vécu devenait de plus en plus lourd, monceaux confus, capharnaüm.

35

Dès que l'avion eut atterri sur le tarmac de l'aéroport Marseille-Provence, vers 11 heures du matin, Bordarier appela le commissariat pour organiser une réunion de mise au point avec son équipe. Il récupéra ensuite sa voiture sur le parking du terminal, négocia avec une machine têtue qui ne voulait pas accepter sa carte, s'engagea enfin sur l'A7 en poussant un soupir de soulagement. Malgré son état de fatigue, conséquence des efforts qu'il avait fournis la veille et de l'inconfortable nuit romaine qu'il venait de passer, il constata qu'il prenait plaisir à retrouver le volant de la Primula et à regarder se déployer autour de lui, à mesure que la route montait dans les collines, le paysage sec, jaune et ras des abords de Marseille, si différent de celui de Nîmes. Un vent fort, qui soufflait en rafales, courbait les buissons et faisait moutonner le bleu de l'étang de Berre.

Puis ce fut une vallée plate, crayeuse, ponctuée de rideaux de cyprès, d'alignements de peupliers d'Italie, de canaux d'irrigation, de plantations d'arbres fruitiers. Il passa Salon-de-Provence, Arles, arriva enfin à Nîmes en début d'après-midi.

La réunion commença à 16 heures. Bordarier prit place devant le tableau blanc et considéra ses enquêteurs. Au premier rang était Namgyel, curieusement déguisé en cow-boy. À la place de son habituelle chemise provençale à médaillons, mouches, abeilles ou fleurs, il en portait une à gros carreaux et poches, ouverte jusqu'au troisième bouton nacré. Il avait aussi enfilé un jean, et au bout de son jean, des tiags, heureusement sans éperons. En somme, tout ce qui manquait était un chapeau, un Stetson à larges bords, et bien sûr l'étui à revolver sur la hanche.

— Tu te prépares pour OK Corral ?

— Je file directement à une soirée country, après.

— Ah, tu t'y mets, toi aussi ?

— Avec mon ancienne voisine, Aïcha, elle adore ça. Et puis moi aussi, j'aime bien.

Bordarier hocha la tête. La vogue country était à ses yeux un phénomène particulièrement troublant. Un peu partout dans le Midi, le week-end voyait un nombre non négligeable de commerçants, artisans, fonctionnaires et même cadres supérieurs chausser des bottes et se coiffer de chapeaux de cow-boy en prévision des lourds déhanchements vaguement synchrones auxquels ils allaient se livrer jusque tard dans la nuit. Il se demanda comment Aïcha et Namgyel étaient accueillis dans ce drôle de milieu où on faisait souvent flotter le drapeau sudiste, emblème aussi apprécié des trumpistes que du KKK, sans qu'on sache si les participants étaient vraiment conscients de ce que ça représentait. Il pensa qu'en tout cas il faudrait offrir une étoile de shérif à Namgyel. Quelque chose dans son gabarit, son regard droit, le rendait parfait pour le rôle, à condition bien sûr de laisser de côté le fait que dans un western classique, on l'aurait plutôt collé en figurant sur la construction d'un chemin de fer, ou alors patron d'une blanchisserie.

Le changement d'identité de Namgyel ne semblait pas avoir ému Cordelle. Les bras croisés, poussant devant elle ses longues jambes prises dans un pantalon noir, tendu comme une peau, qui se prolongeait par des bottines en cuir de la même couleur, elle regardait quelque chose sur son portable en attendant que Genet ait fini de ramasser les papiers qu'il venait de faire tomber sous sa chaise. Les ayant replacés dans leur épais classeur, le collectionneur laissa échapper un sourire en coin. Manifestement, une pensée secrète le faisait jubiler. Cordelle rangea son portable dans sa veste. Namgyel se redressa, attentif. Bordarier s'éclaircit la gorge et les remercia d'être fidèles au poste un samedi. Bon. La réunion pouvait commencer.

— L'enquête se divise désormais en deux pistes parallèles, dont on ne peut exclure qu'elles soient liées. La piste Léa Hubert et la piste de la fille au passeport volé. Chögyam, tu nous fais le point sur la disparition de Léa Hubert ?

Namgyel se leva pour aller se placer devant le panneau blanc. Ses traits asiatiques et les cinq centimètres de talon de ses bottes faisaient de lui le cow-boy le plus himalayen que Bordarier ait jamais contemplé. Il commença par expliquer qu'il avait été en contact avec la brigade scientifique de la gendarmerie pour obtenir les résultats des prélèvements.

— Ils ont pu confirmer ce matin que les fragments retrouvés dans le baril sont d'origine humaine et que de l'essence a été utilisée comme accélérateur de feu. Il a été impossible de relever des traces papillaires concluantes sur le métal, mais Malabru vient de m'informer qu'il avait effectué les comparaisons odontologiques sur la base du dossier fourni par le dentiste de Saint-Sauveur-du-Merlet.

Il est clair à l'examen que le cadavre n'est pas celui de Léa Hubert. Il a bien reçu les autres dossiers et continue de faire les comparaisons, au cas où la mâchoire serait celle de quelqu'un d'autre qui se faisait traiter au village.

Genet interrompit Namgyel.

— On s'en doutait un peu, que le cadavre n'était pas celui de Léa Hubert…

Bordarier se dit que son collègue devait tenir quelque chose de sacrément important, dans son classeur miteux, pour ronger son frein de cette façon. Mais il devina aussi qu'il allait les faire poireauter encore un peu. Les collectionneurs dans son genre aimaient le suspense. Une nouvelle acquisition exigeait une petite mise en scène pour être partagée, il fallait créer une attente, ne pas ménager ses roulements de tambour, sinon à quoi bon, un timbre n'était qu'un timbre, après tout, et on s'en foutait de savoir s'il lui manquait des dents ou non. Voyant que Genet, satisfait de son teaser, n'allait pas partager pour l'instant ce qu'il avait en tête, Namgyel continua.

— Par contre, suite à son arrestation lors d'une manifestation anti-gaz de schiste, les empreintes de Léa sont dans le fichier central. Elles correspondent exactement à celles relevées dans le camping-car, dans la citerne et sur le sac. Si le corps qu'on a trouvé n'est pas celui de Léa, elle était bien là où la crémation partielle a eu lieu. Tout laisse donc à penser que sa disparition est liée au meurtre.

Cordelle intervint.

— Et les billets de banque, dans le sac ? Est-ce que c'est l'argent que Philippe Chalumeau dit avoir reçu du maire, avant le vol ?

— Oui, ç'a été confirmé par Guénant, la somme correspond à ce qui a été pris dans la voiture de Chalumeau.

— Alors comment tu vois la scène, Chögyam ? demanda Bordarier.

— On sait que Léa a cru à une trahison des yourteurs. Elle a peut-être voulu changer d'air et punir Chalumeau en même temps ? En pleine nuit, elle se barre avec l'argent des yourteurs et prévoit de prendre le bus du matin pour Nîmes. Comme il fait noir, elle ne veut pas passer par le sentier qui mène directement au village, par peur de se perdre, ou de tomber. Elle décide de rejoindre la route par le haut, même si c'est plus long. Là, elle surprend une ou plusieurs personnes occupées à se débarrasser d'un cadavre. C'est le feu noté par la vigie du mont Sorbier. Elle prend la fuite et perd son sac, ou le lance dans le lit de la rivière pour s'en débarrasser parce qu'il est lourd, que la pente est abrupte et que quelqu'un la poursuit. Arrivée au sommet, à bout de souffle, elle a tout juste le temps de se cacher dans la citerne, mais on la repère et elle se fait enfermer avec une ceinture en cuir passée dans l'écoutille. Quelque temps après, la personne revient et l'emporte, morte ou vivante.

— Une victime collatérale ?

— Au mauvais endroit, au mauvais moment.

— Et si au contraire on avait cherché à l'éliminer depuis le début ? On sait qu'elle a appris l'accord que Chalumeau avait fait avec le maire. Elle menaçait de tout révéler. Darieux tient à sa réputation d'homme providentiel dans le village, on peut imaginer qu'il n'ait pas supporté l'idée que sa manière forte se révèle être une comédie. Il aurait pu enfermer Léa dans la citerne pour la faire réfléchir…

— Reste à expliquer la présence de ce corps dans le baril, à peu près au même moment.

La discussion se prolongea sans rien donner de définitif. Pas assez d'éléments, ça tournait en rond.

On passa au deuxième volet de l'enquête, la disparition de la fille de l'hôtel.

Bordarier expliqua simplement qu'il n'avait rien découvert de nouveau lors de son séjour express en Italie, prenant soin d'omettre l'épisode de l'escalade du mur et du molosse qui avait cherché à planter ses canines dans son mollet. Tout ce qu'il put affirmer, c'était la possibilité non réfutée que la nouvelle disparue ait obtenu le passeport de la citoyenne suisse quelque part à Rome.

Genet, qui depuis quelques secondes se tortillait frénétiquement sur son siège, souleva son classeur pour croiser les jambes, puis pour les décroiser. Enfin, n'y tenant plus, il interrompit son supérieur.

— Commissaire, vous m'aviez demandé de creuser, sur Rancière et Darieux.

— Alors ?

— Sur Darieux, je n'ai pas grand-chose encore. Par contre, sur Rancière…

Il distribua trois copies de la reproduction d'un entrefilet paru dans l'une des éditions locales d'*Ouest-France*, tira ses lunettes de la poche intérieure de sa veste, les ajusta, et se mit à lire à haute voix, avec emphase.

— *Ce fut un mariage digne d'un conte de fées. Antoine Rancière, psychiatre, et Justine Fargue ont prononcé leurs vœux dans le magnifique jardin de leur propriété de Beg-Keradec, devant un groupe de proches et de notables de la région. La très belle maison, dans le plus beau style balnéaire, a fourni le cadre parfait pour ce grand moment. Ensuite, il y a eu le banquet. Parmi tous les vœux de bonheur adressés aux nouveaux mariés, sous les fleurs blanches de la pommeraie, on retiendra ceux du préfet qui, très ému, leur a souhaité de longues années enchantées. La jeune Justine Fargue qui, on s'en souvient, a perdu ses parents il y a trois ans dans un terrible accident de la route, a eu une belle pensée pour eux, qui auraient tant aimé assister à cette magnifique journée, réussie avec le concours d'un ciel qui, quoique breton, est resté jusqu'au soir d'un bleu parfait.*

Cordelle s'était redressée sur son siège.

— Un accident ?

— Tragique, mais des plus providentiels pour Rancière.

— Comment ça ?

— Il était mauvais en affaires. Il a subi la liquidation judiciaire d'un centre de loisirs dont il était le propriétaire. J'ai trouvé la trace d'autres échecs, dans pas mal de domaines. Ce qui est aussi presque certain, c'est qu'il n'a pas fait d'études de médecine. Bref, un peu un profil de fripouille. En tout cas, quand j'ai vu la mention du mariage dans *Ouest-France*, je suis remonté en arrière et je suis tombé sur cet autre article…

Bordarier s'approcha pour mieux voir. Rubrique faits divers. Une photo d'une grosse berline écrasée contre un arbre que le noir et blanc saturé de l'imprimante rendait encore plus lugubre.

— *Un drame de la route endeuille la région. À 5 heures du matin, dimanche, une voiture a brusquement franchi la ligne médiane et heurté à grande vitesse la glissière de sécurité avant de faire plusieurs tonneaux, tuant sur le coup le conducteur et sa passagère, Michel et Annabelle Fargue. Une enquête est en cours pour déterminer les circonstances exactes de l'accident. M. et Mme Fargue étaient connus dans la région pour leur engagement dans de nombreuses associations caritatives. Antoine Rancière, lié de longue date avec la famille, s'est immédiatement déplacé à la morgue de l'hôpital. Très choqué, il a cependant rappelé que ce jour de drame et de deuil aurait pu être encore plus tragique si les deux filles du couple s'étaient trouvées à bord du véhicule accidenté.*

— Et c'est tout ?

— C'est intéressant, vous ne trouvez pas ? Cet ami de la famille complètement borderline qui surgit providentiellement pour reprendre les choses en main. Il faut que vous sachiez que les Fargue, à Beg-Keradec, c'est des huiles. Grosse propriété, ils sont là depuis longtemps, bien avant que les people parisiens et les capitaines d'industrie ne se mettent à enfiler leurs marinières et leurs cirés pour passer l'été dans leurs résidences secondaires. En tout cas, j'ai fait un agrandissement de la photo de groupe du mariage qui était dans le journal et je me suis posé une question. Mettons que le mariage avec une Justine en deuil, complètement déboussolée, ait été motivé par le pactole qui se trouvait à la clé, que faire de la sœur cadette ? À mon avis, un aigrefin comme Rancière ne serait pas du genre à abandonner la moitié d'une fortune quand elle est à portée de main.

Genet posa lentement le doigt sur la photo. Bordarier, Cordelle et Namgyel suivirent le mouvement en se rapprochant. Malgré la mauvaise qualité de l'image, le visage de l'une des demoiselles d'honneur apparaissait exploitable. Cette fille fluette, au regard vide, selon Genet, c'était Chloé Fargue.

— Ce serait intéressant de lui parler, vous ne croyez pas, commissaire ?

Cordelle n'était pas convaincue.

— Tout ça, c'est de la pure spéculation. Tant qu'à faire, dites que l'accident qui a tué les parents n'était peut-être pas un accident !

Bordarier ne trouva pas que la possibilité d'un sabotage ou d'un meurtre maquillé en accident soit si tirée par les cheveux, après tout. Sous leur dehors loufoques, Darieux et Rancière avaient quelque chose de profondément glauque, de menaçant. Il n'y avait qu'à voir Justine, son air absent, perdu, pour le comprendre. Son mari la bourrait de médocs, la faisait sortir le moins possible. C'était comme si elle était une autre pensionnaire de la clinique.

— Genet, vous avez vérifié les résultats de l'enquête ?

L'interpellé lissa sa mèche grise. Pendant un court instant, elle avait ressemblé à une gerbe d'écume giclant sur un rocher de granit rose poli par la marée.

— J'ai appelé la gendarmerie qui a enquêté là où ça s'est passé, du côté de Quimper. Ils ont très vite classé l'accident. Perte de contrôle due à une vitesse excessive. Michel Fargue et sa femme avaient tous les deux un taux d'alcool très élevé. « Bourrés comme des coings », dixit le maréchal des logis à qui j'ai eu affaire.

Échaudé par le coup pour rien du voyage à Rome, Bordarier s'efforça de réprimer en lui un frémissement, la tentation de se jeter sur cette nouvelle piste qu'on lui tendait tout à coup comme un ver au bout d'un hameçon. C'était trop facile. Encore une jeune femme. Qui ressemblait un peu à sa fille.

— Ça lui ferait quel âge ?

— La majorité atteinte en juillet, comme par hasard…

— C'est-à-dire qu'elle aurait pu recevoir sa part d'héritage, sans doute administrée par sa sœur et Rancière.

— C'est une possibilité, commissaire.

Il n'y avait pas à dire, Genet pouvait se montrer convainquant quand il se livrait à des spéculations freestyle sans aucune preuve, juste la possibilité théorique que le morceau entre dans le puzzle. Le commissaire sentit qu'il allait encore faire la connerie de se lancer droit dans une impasse. L'idée saugrenue l'effleura même un instant que Genet avec concocté cette théorie juste pour voir l'effet qu'elle aurait sur lui. C'était le problème de certaines personnes dont l'intelligence, du moins sur des zones très circonscrites, était considérablement supérieure à la moyenne : il arrivait qu'elles soient tentées de se livrer à des expériences sur leur entourage.

— Bon, ça ne devrait pas être difficile de la localiser, juste pour en avoir le cœur net.

Namgyel regardait depuis un moment la reproduction de l'article d'*Ouest-France* sur le mariage de Rancière.

— Regardez celui-là. Ce ne serait pas Darieux ?

C'était lui, mais avec les cheveux un peu plus noirs, un peu moins courts, les traits un peu moins tirés. Le vent des temps avait apparemment couru plus vite sur lui que sur la moyenne des gens.

— Et là, c'est sa femme, non ? Mélanie...

Marie Henequen, la nouvelle que Bordarier avait mise en charge des écoutes, glissa la tête dans l'entrebâillement de la porte.

— Toc, toc, commissaire, j'ai quelque chose à vous faire écouter, vous avez une minute ?

Bordarier lui fit signe d'entrer.

Elle avait un ordinateur portable sous le bras, qu'elle ouvrit et posa sur la table.

— La plupart des conversations portent sur les projets des architectes, la publicité, un site web, le financement du zoo, des brochures de présentation. En revanche, hier soir, il y a eu cet appel de Darieux à Rancière.

Sur l'écran étaient apparues des listes de fichiers audio.

— Attendez… Voilà.

Les voix désincarnées de Darieux et Rancière se firent entendre, entrecoupées de silences grésillants.

— Allô, on a un nouveau problème avec notre ami.

— Ah bon, qu'est-ce qui se passe ?

— Il veut encore de l'argent.

— Combien ?

— Il va falloir voir. De toute façon, ça ne pourra pas continuer indéfiniment, cette histoire… Il va devenir urgent de trouver une solution permanente…

— Bon. Demain matin, 10 heures, à l'endroit habituel ?

— Entendu.

Bordarier interrogea Henequen.

— Ils parlent de quoi, d'après vous ?

Elle rougit un peu.

— Je me suis posé la même question, mais il n'y a rien dans les autres conversations qui pourrait aider à le savoir. J'ai tout écouté attentivement. Dix heures, malheureusement, c'était 10 heures ce matin. Sinon on aurait peut-être pu les prendre en filature. Je suis désolée, commissaire, je n'ai écouté ça que tout à l'heure…

Bordarier ne pouvait pas lui en vouloir de ne pas être rivée à son ordinateur jour et nuit.

— Pas grave, vous avez quand même fait du bon boulot.

Il se tourna vers ses autres collègues.

— Curieuse façon de parler, non ? Vous croyez qu'ils discutent d'un prestataire pour la mairie ?

— Ce serait lié au projet de zoo ? dit Cordelle.

— Peu probable qu'ils aient déjà commencé à payer, à moins que ce ne soit l'architecte.

— Le lotissement en construction ? proposa Namgyel.

Genet se gratta le crâne.

— Et si les yourteurs cherchaient à tester Darieux, histoire de voir si leurs petits tours ont pour lui un goût de revenez-y ?

— Après tout ça, ils réclameraient encore de l'argent ? L'autre possibilité, c'est que quelqu'un les fait chanter.

— C'est beaucoup déduire de cette conversation, non, commissaire ?

— Genet, tout à l'heure vous imaginiez allègrement que Rancière avait zigouillé plusieurs membres de la famille de sa femme pour accaparer sa fortune, maintenant vous reculez devant une hypothèse qui est loin d'être abracadabrante étant donné ce qu'on vient d'entendre.

— Mettons que quelqu'un les fasse chanter. Alors qui, et pourquoi ?

— Quelqu'un qui aurait des informations sur leur participation à un meurtre, par exemple. Ou un enlèvement. Ou deux. Ou trois.

— Comme vous allez vite en besogne, commissaire !

Genet avait dit ça en se frottant presque les mains. Bordarier se demanda vraiment à quoi il était en train de jouer.

— Je crois que les réponses risquent de venir plus facilement en donnant un grand coup de botte dans la fourmilière. Je propose qu'on débarque lundi matin à Saint-Sauveur-du-Merlet et qu'on mette la pression sur Darieux et Rancière. Méthode classique, simple et efficace. On secoue le cocotier, on voit ce qui tombe.

Après avoir regardé ses collègues s'éloigner dans le couloir et surpris au passage le regard jeté en arrière par une Cordelle un peu dubitative, voire limite inquiète, Bordarier resta un moment assis à son bureau à regarder la photo du journal.

Méfie-toi du cercle tautologique, mon Émile, se raisonna-t-il, tu risques encore une fois de te planter. Mais il avait beau faire, ça continuait de tourner dans sa tête. Le groupe formait une pyramide sur les marches du manoir. Au sommet était Antoine Rancière, avec sa barbe noire et ses yeux perçants, la main fermement posée sur l'épaule de sa femme, Justine Fargue, comme pour l'empêcher d'étendre les pans de sa robe dans le vent breton et de s'envoler. Un peu sur le côté, il y avait Darieux et sa femme, Mélanie, qui semblait sur le point de se retourner pour regarder le marié. Reléguée dans les rangs inférieurs, ce qui était en soi étrange puisqu'elle portait une robe de demoiselle d'honneur et que les autres avaient eu droit à la troisième marche de l'escalier, était celle que Genet avait identifiée comme étant la petite Chloé Fargue. Son visage pâle, vulnérable, était aussi le seul à ne pas afficher de sourire. Sur ses lèvres, une ombre dessinait un fil horizontal. Il pensa au cadavre retrouvé dans la garrigue, éprouva soudain le besoin d'aller trouver Samuel André, à l'étage des stups, pour prendre des nouvelles de l'affaire Boumaza.

Il ne fut pas très heureux de celle qui l'attendait.

— Le petit Marcello Garcia nous a filé entre les doigts, figure-toi ! Quand on est arrivés au Grau-du-Roi, il avait déjà donné sa démission au propriétaire des charrettes ambulantes. Il n'avait d'ailleurs rien de très bon à dire sur son employé. Apparemment il prenait plus que sa part des profits et essayait de fourguer d'autres produits aux clients, des barrettes et de la coke, en gros. En tout cas, un indic nous a donné un tuyau qui semble confirmer ta théorie. Ce serait bien lui qui se serait servi dans le matos que gardait Boumaza avant de se suicider.

36

L'atmosphère était lourde et orageuse, un temps de tragédie et de dénouements, pensa le commissaire au moment où il appuyait sur le bouton de la sonnette. Il était devant la maison du maire, accompagné d'une Cordelle qui semblait s'être levée du mauvais pied et d'un Namgyel toujours en cow-boy, signe qu'il n'était pas rentré chez lui depuis deux jours.

Une tartine beurrée à la main, Darieux sortit sur le perron, esquissa un bonjour et avala tout de suite de travers. Forcément, il avait dû se dire que c'était mauvais signe, ces trois flics aux mines graves devant sa porte. Il se frappa le sternum à plusieurs reprises, lâcha sa tartine qui s'aplatit sur le ciment, du mauvais côté, défit fébrilement son col de chemise, força des expectorations rauques, commença à virer au violet et à chercher le mur de la main. Ç'aurait pu finir par un étouffement en règle, avec évanouissement ou pire, si Namgyel n'avait pas franchi d'un bond la volée de marches et administré à l'élu une série de puissantes claques bouddhistes dans le dos. L'obstruction délogée, Darieux retrouva suffisamment de souffle pour le remercier. Il avait les yeux rouges et larmoyants lorsqu'il leur tint la porte ouverte pour les faire entrer. Mélanie Darieux était dans le couloir, une cafetière pleine à la main.

— Ça va, Éric ?

— Oui, oui. Juste un bout de pain qui a raté l'embranchement.

— Ah !

Elle avisa les policiers, fit un sourire à Bordarier.

— Vous êtes bien matinaux, dites… Je peux vous offrir quelque chose, un café ?

Le commissaire n'avait eu que le temps d'avaler un express au comptoir de la Grande Bourse, près des arènes de Nîmes, sous le regard méditatif des cinq ou six têtes de taureaux espagnols suspendues le long du mur. Il s'en rendait compte maintenant, ç'avait été une maigre préparation aux événements décisifs qu'il comptait déclencher à Saint-Sauveur-du-Merlet. À vrai dire, cette gorgée d'amertume n'avait pas même réussi à entamer les brouillards répandus la veille par la bouteille de saint-chinian qu'il s'était envoyée, au bout d'un long dimanche de repos, en écoutant Léo Ferré chanter Baudelaire. Il avait le vague souvenir de s'être endormi sur « Le vin de l'assassin ».

— Si vous en avez assez pour tout le monde, ce ne serait pas de refus.

— Mais oui, regardez, j'en fais toujours beaucoup pour réchauffer plus tard dans la journée.

Mélanie Darieux lui montrait le ballon noir de la cafetière qu'elle tenait encore à la main.

Ils furent admis dans la cuisine que Bordarier n'avait pas eu l'occasion de voir lors du dîner chez le maire. C'était rustique, avec des murs de pierre nue, des armoires et des placards en chêne, une batterie de casseroles en cuivre. Il ne manquait plus que la grande cheminée pour faire rôtir le gibier. Considérant la bouteille de jus d'orange, la baguette tradition, le beurre, la confiture, Bordarier pensa qu'une tartine de pain, avec le café, serait la bienvenue. Mélanie Darieux avait lu son regard.

— Mais oui, bien sûr, servez-vous !

Voyant qu'il hésitait à y aller franco, elle coupa elle-même un morceau de baguette qu'elle lui tendit. Haussant les épaules pour signifier son vague embarras, il commença à le tartiner généreusement de beurre. Namgyel, quant à lui, n'eut pas besoin d'encouragement. Se mettant à table, il attrapa un couteau et trancha un gros morceau de beurre qu'il fit délibérément tomber dans son café. Il y eut un moment de silence surpris pendant la seconde que dura sa fonte en une nappe irisée. Mélanie Darieux eut un hochement interloqué.

— On a du lait, aussi, si vous voulez…

— Je préfère le beurre. Une vieille habitude.

— C'est un truc de cow-boy ?

— D'altitude, alors. Pensez beurre de yack.

Bordarier mordit dans sa tartine en observant que Cordelle, décidément, faisait vraiment la gueule. Depuis la réunion du samedi, quelque chose avait changé dans son attitude, comme si cette affaire la perturbait, réveillait de mauvais souvenirs. Si ce qu'on disait de ses états de services passés était vrai, et qu'elle avait infiltré les milieux du proxénétisme, il était possible que cette histoire de filles disparues ait fini par toucher la corde sensible.

Ce n'était pas du beurre de yack, que Namgyel avait mis dans son café, mais du beurre de vache salé. À la mode bretonne.

Appuyé contre le mur, Darieux les observait, ébranlé. Difficile de dire si c'était parce qu'ils s'étaient installés autour de sa table en faisant comme chez eux, avec en plus un flic déguisé en cow-boy, ou parce qu'il sentait venir quelque chose qui ne lui plaisait pas du tout. Les deux, sans doute. Comme Bordarier le considérait en retour avec une attention détachée, s'appliquant à attaquer ses nerfs en mastiquant son pain lentement, avec placidité, il se lança. Exactement ce qu'espérait le commissaire.

— Alors, sans rire, qu'est-ce qui vous amène chez nous de si bon matin ? J'ai pas mal de choses à faire. Le jury des Villes et Villages Fleuris arrive cette semaine.

Avant de répondre, Bordarier prit encore le temps d'avaler sa dernière bouchée, de se frotter les mains dans une serviette. Il n'était pas évident de poser les bonnes questions pour savoir si Darieux et Rancière étaient soumis à un chantage, du moins sans leur dévoiler tout de suite qu'ils avaient été placés sur écoutes.

— Est-ce que les yourteurs sont venus vous redemander de l'argent ?

La question eut l'effet d'une sorte de révélateur sur la physionomie du maire. Une nouvelle expression se substitua à l'air simplement agacé, un peu déboussolé, qu'il avait eu jusque-là. Maintenant, quelque chose de dur, de glauque se dessinait à la commissure des lèvres, au coin de yeux, ce n'était plus la folie douce du bâtisseur de zoo.

— Redemander ? Non mais, c'est pas vrai, vous êtes encore scotché sur cette histoire ? Puisque je vous ai dit que c'étaient des racontars de village !

Bordarier eut envie de lui raconter, justement, sa rencontre avec Chalumeau, le fait qu'il lui avait confirmé que le petit trafic surpris par Léa Hubert avait bien eu lieu. Mais il était trop tôt pour acculer, pour pousser son adversaire dans ses retranchements. Il n'en savait pas assez. Il jeta un coup d'œil à Cordelle. Il venait tout à coup de se rendre compte que ce n'était pas pour cette hypothétique histoire de chantage qu'il était venu, mais pour tester l'idée encore plus saugrenue que le corps dans la garrigue était celui de la belle-sœur de Rancière, la petite Chloé.

— En fait, je venais vous montrer deux photos.

— Ah ?

Il fouilla dans sa poche, y trouva deux feuilles de papier un peu froissées, en déplia une qu'il posa sur la table. C'était un agrandissement du visage de Chloé Fargue, réalisé par Genet à partir de l'illustration de l'article d'*Ouest-France* sur le mariage des Rancière.

— Vous la reconnaissez ?

— Je ne vois pas.

Mélanie Darieux posa sa tasse et s'approcha pour considérer à son tour le visage. L'agrandissement avait rendu les points plus ou moins serrés de la trame d'imprimerie encore plus abstraits.

— Moi non plus, ça ne me dit rien. Mais votre photo, franchement, c'est vraiment de la très basse définition.

— Je suis quand même un peu surpris, déçu même, que vous ne la reconnaissiez pas. C'est la sœur de Justine Rancière, Chloé. Vous n'étiez pas au mariage de votre ami, en Bretagne ?

Il déplia la deuxième feuille, la photo qui montrait le groupe sur les marches d'un perron.

— Ah ! Maintenant que vous le dites… Oui, mais ça fait déjà plusieurs années. Difficile de reconnaître les gens quand ils changent…

Cordelle avait refusé de prendre un café et scrutait intensément le visage d'Éric Darieux, au point qu'il évitait de la regarder. Elle fit un bond en avant.

— Comment ça, quand ils changent ? Vous voulez dire que vous l'avez revue récemment ?

Bordarier fut agréablement surpris. Est-ce qu'elle aussi commençait à croire que le scénario concocté par Genet était susceptible d'avoir un fondement dans la réalité ?

Le maire recula doucement, se rétracta même, déstabilisé devant une Cordelle qui donnait l'impression de s'avancer vers lui avec la force d'un bulldozer. Ou d'un tank russe, se dit Bordarier, pourquoi pas un tank russe.

— Euh, non, pas du tout. C'est juste que mon souvenir s'est un peu estompé. Je ne crois pas que Chloé soit jamais venue rendre visite à Antoine et Justine à Saint-Sauveur. Aux dernières nouvelles, elle était toujours en Bretagne, il me semble... Je peux demander pourquoi elle vous intéresse ?

Mélanie Darieux avait fini son café. Elle se leva, un peu tremblante. La journée n'avait pas commencé comme elle l'aurait voulu, la meilleure option était de prendre la fuite. Très bien, pensa Bordarier, barrez-vous.

— Excusez-moi, mais s'il n'y a rien d'autre, je dois aller travailler. Vous comprenez, je fais visiter Safari à des clients... Vous savez ce que c'est, commissaire.

Oui, oui, répondit Bordarier de la main et du menton, pendant qu'elle ramassait le foulard de soie jusqu'ici posé sur le dossier de sa chaise et le nouait autour de son cou, filez, je comprends. Il la regarda s'arrêter un instant sur le seuil de la cuisine comme pour attendre qu'on lui dise de revenir. Non, non, allez, allez, fit-il encore avec les mêmes gestes, ne vous gênez pas pour nous. Un petit regard inquiet vers son mari, un pas en avant, deux, elle disparut dans le couloir. C'était pire que s'ils l'avaient retenue.

Bordarier se tourna vers ses enquêteurs, se dit qu'ici aussi ça suffirait pour l'instant. Un petit coup de scalpel, rien de trop, si ça devait couler, ça coulerait.

— Tout nous intéresse. Nous ne négligerons aucune piste.

— Aucune piste ? Carrément ? Eh bien je vous conseille d'aller voir Antoine et Justine, si c'est comme ça. Ils devraient savoir où est Chloé...

— Bon, on ne va pas vous déranger plus longtemps.

Darieux avait reboutonné son col et remonté son nœud de cravate. Il semblait s'être ressaisi. Qu'on ait laissé partir sa femme aussi facilement, il devait se dire que c'était bon signe, après tout. C'était sans doute un optimiste. Il fallait l'être pour se lancer dans les projets loufoques qu'il enchaînait allègrement. Un zoo, d'accord, à la limite, mais la comédie du démontage de la yourte ? Ou alors, un idiot. De toute façon c'était à peu près la même chose.

Bordarier se leva, remercia le maire de son accueil et des cafés. Les esprits allaient se mettre à cogiter et, s'ils avaient de la chance, les portables à sonner. Quelqu'un, dans ce village, savait ce qui était arrivé, ce n'était qu'une question de temps avant que Bordarier ne l'apprenne. Une question de temps et de nerfs.

La deuxième étape prévue était la clinique des Magnaneries. En marchant vers la voiture, sur la place, Bordarier remarqua que Cordelle n'avait toujours pas retrouvé le sourire.

— Qu'est-ce qui vous ronge, Cordelle ?

— Rien, patron.

Tiens, elle lui donnait du patron, maintenant. Une façon subtile de l'envoyer balader et de lui dire de se mêler de ses oignons.

Namgyel désigna le boulodrome, étroit rectangle de poussière pris sur le plus grand carré de poussière de la place où ils s'étaient garés. La chaleur n'avait pas dissuadé les joueurs de sacrifier à leur rituel quotidien. Ils tiraient, pointaient, s'interpellaient bruyamment, pinaillaient à qui mieux mieux en mesurant les distances du bouchon aux boules.

— On fait circuler la photo, commissaire ? Si Chloé Fargue a traversé le village pour aller à la clinique, quelqu'un l'aura peut-être vue.

— Avec tous les touristes, les allées et venues des camping-cars et des randonneurs, ce serait vraiment un coup de chance qu'elle ait été remarquée.

Ils montrèrent l'agrandissement de la photo du journal aux boulistes, précisant que la fille aurait maintenant quelques années de plus.

— Non…

— Ça ne me dit rien.

— Ça ne serait pas la petite des Fourques ?

— Tu t'es chopé l'Alzheimer, ou quoi, René ? Cette petite doit bien avoir cinquante ans !

— Et Françoise Berdigue, tu sais, qui étudie la peinture à Paris.

— La fille du pilote d'Air France ?

— Pauvre, elle ne lui ressemble pas. Tiens passe-moi ton aimant, là, ton lève-boule, ma sciatique me fait des misères !

Mieux valait aller directement à la clinique.

Le bâtiment semblait endormi. Plusieurs fenêtres étaient fermées. Malgré le ciel de plus en plus gris, une chaleur de piscine montait de la vallée et de la rivière.

Rancière était sur le parking, devant le coffre de sa Jaguar. Il ne fit pas même mine d'être surpris en les découvrant qui marchaient à sa rencontre.

— Bonjour, docteur, vous avez un moment ?

Il regarda sa montre.

— Je peux vous accorder quelques minutes, si vous voulez, mais pas plus, j'ai des courses importantes à faire…

— Ne vous inquiétez pas, ce ne sera pas long.

Il les mena à l'intérieur du bâtiment et les fit asseoir dans un petit salon dont il referma soigneusement la porte.

Son collier de barbe était redevenu noir, mais cet artifice le faisait ressembler à un accessoire qu'un acteur de seconde zone se serait collé sur les joues pour jouer la respectabilité et la profondeur intellectuelle. Bordarier l'imagina devant le miroir, appliquant de la teinture au pinceau, peut-être espérant par ce grossier subterfuge réduire le gouffre de vingt-cinq ans qui séparait sa naissance de celle de sa femme. À moins que ce n'ait été pour se rendre plus aimable à Mme Darieux. Sa femme n'était pas là, déclara d'ailleurs Rancière lorsque Bordarier lui demanda comment elle allait.

— Elle va revenir bientôt ?

— Pas avant la semaine prochaine. Elle est en visite chez des amis, à Paris. Vous savez, la vie de village est parfois pesante, nous avons tous besoin de quelques distractions…

Bordarier échangea un coup d'œil avec Cordelle et Namgyel. Encore une disparition ? C'était une véritable épidémie.

Plutôt que de se lancer dans des explications longues et compliquées, il montra la photo agrandie de Chloé Fargue. Rancière ajusta ses lunettes, les enleva immédiatement en relevant le visage, puis rendit sèchement le morceau de papier.

— Vous la reconnaissez ?

— Oui, c'est Chloé, la sœur cadette de ma femme, ma belle-sœur, donc. Pourquoi vous me montrez ça ?

— Vous savez où elle se trouve ?

— Aux dernières nouvelles, elle était en Bretagne pour l'été, dans notre propriété familiale, à Beg-Keradec. Mais elle est souvent à Paris, avec des amis. Elle fait sa vie, ces jours-ci, c'est difficile de suivre. Je peux vous demander pourquoi vous vous intéressez à elle ? Elle a fait quelque chose ?

— Que voulez-vous dire ?

— Ah, vous ne savez pas les problèmes que nous avons eus avec Chloé. Après la mort de ses parents, quand les sentiments que Justine et moi avions l'un pour l'autre ont commencé à se manifester, Chloé s'est mise à se conduire en délinquante, à fréquenter des jeunes avec qui elle sortait à toutes les heures du jour et de la nuit. Sans notre permission, bien sûr. Plus d'une fois, après qu'elle avait découché, c'est la police municipale qui l'a ramenée, ou les gendarmes. Ma femme et moi étions dépassés. Je considérais Chloé un peu comme ma fille, mais elle ne voulait pas de mon autorité. Le fait de s'être trouvée tout à coup sans parents, vivant avec sa sœur à qui elle n'avait pas l'impression de devoir une quelconque obéissance, ni à moi d'ailleurs…

Jusqu'ici Namgyel s'était éventé au moyen d'un magazine consacré à la Camargue qu'il avait trouvé sur la table basse. Il y avait un beau cheval au galop dessus, dont la crinière blanche semblait s'agiter sous l'effet du mouvement de va-et-vient. Celui-ci s'arrêta d'un coup.

— Comment ça s'est passé, pour sa part d'héritage, dites ? Elle était mineure au moment de la mort de ses parents, non ?

— Eh bien, cher monsieur, un juge des tutelles et le conseil de famille ont chargé sa sœur de gérer la part qui lui revenait, dans son meilleur intérêt, jusqu'à sa majorité.

— Majorité qu'elle a atteinte au printemps.

— En juillet. Elle a sept ans de moins que Justine.

— Donc vous deviez lui remettre sa part de l'héritage ?

— Oui, il faut encore que nous fassions des démarches, nous sommes un peu en retard, nous avons été très occupés avec la clinique, vous savez. Mais rassurez-vous, son argent est géré sur un compte séparé du nôtre, comme cela est prévu par la loi.

— Bon, alors on est rassurés.

— Excusez-moi d'insister, mais c'est inattendu que vous me posiez des questions sur Chloé, je ne peux m'empêcher de me montrer curieux.

Bordarier arrêta Namgyel d'un clignement de paupières. Il préférait changer de sujet, laisser Rancière mijoter dans sa curiosité.

— Vous n'avez pas de soucis, en ce moment, pas de problèmes d'argent ?

Rancière réprima un petit sourire satisfait, passa sa main sur sa barbe.

— Non, nous ne sommes pas à plaindre. Quel rapport ?

Sans que rien n'ait laissé prévoir son geste, Cordelle se leva brusquement pour inspecter l'armoire vitrée qui contenait des livres reliés. Ils la regardèrent ouvrir la porte et tirer sur une reliure. Toute la rangée se déplaça. Du toc. Des reliures décoratives avec rien derrière. Une barbe postiche pour bibliothèque. Elle rit, enfin, rien de vraiment flagrant, plutôt un petit rire pour soi, comme quand on pense à quelque chose d'amusant.

Il y eut un silence.

— C'est métaphorique ?

— Comment ?

Rancière prit un air mauvais, qu'accentua le clair-obscur de cette pièce qui ne laissait entrer la lumière que par l'une des fenêtres, toutes les autres ayant leurs volets fermés.

— Bon, si vous le voulez bien, il me reste beaucoup de choses à faire…

— Vous aurez bien encore deux minutes à nous consacrer.

La voix de Cordelle était devenue dure et coupante. Le tank était de retour, les chenilles prêtes à tout écraser sur leur passage. Elle était décidément très mal lunée.

Bordarier la regarda se diriger vers la fenêtre, sa silhouette encadrée par un chèvrefeuille en fleurs qui montait le long du mur, puis retombait du linteau en une frange jaune et verte. Malgré les vagues que faisaient les irrégularités du verre, il n'eut pas de mal à repérer ce qu'elle contemplait de l'autre côté de la montagne. C'était la petite tache blanche que faisait la citerne, au-dessus de la sapinière. Plus bas, il y avait la clairière où un être humain avait été aspergé d'essence, puis brûlé.

Cordelle baissa la tête vers le petit bahut placé devant la fenêtre, sur lequel était posée une paire de jumelles qui n'avait rien à envier à celle qu'utilisait la vigie, là-haut, sur son perchoir. Elle se retourna.

— Que faisiez-vous dans la nuit du samedi 17 au dimanche 18 août ?

Rancière tapota l'accoudoir du fauteuil.

— La nuit du 17 au 18 ? Attendez, vous le savez déjà… C'était le soir de notre réception. Un fund-raising. Nous avons accueilli un groupe d'amis et de sympathisants qui avaient l'intention de participer au financement du zoo.

— À quelle heure ça s'est terminé ?

— Je ne sais plus, les derniers invités ont dû partir vers 1 heure du matin…

— Ensuite ?

— Ma femme et moi nous sommes retirés dans notre appartement.

— Les Darieux sont partis vers quelle heure ?

— Je ne sais plus, vers minuit peut-être ?

Namgyel se leva à son tour et s'empara des jumelles pour regarder dans la direction de la clairière.

— Le poste d'observation est parfait.

Rancière tiqua.

— Parfait ?

Cordelle continua d'une voix monotone où pointait comme une lassitude, une tristesse.

— Il y avait un feu dans la montagne, ce soir-là.

— Je ne comprends pas…

De deux choses l'une. Ou il était complètement innocent, ou il aurait pu faire carrière à la Comédie-Française. Il avait vraiment l'air de ne pas comprendre. Le commissaire vacilla intérieurement, se disant qu'ils étaient encore en train de suivre une fausse piste, fit signe à Cordelle et Namgyel que c'était bon, ils allaient s'en tenir là pour l'instant.

— Bien, je crois que nous vous avons assez importuné. Vous avez à faire. Et nous, je crois que nous allons rentrer à Nîmes.

— Écoutez, soyez gentil, expliquez-moi, j'ai l'impression que…

— Soyez sans inquiétude, docteur. Tout cela fait partie de l'enquête. Nous devons explorer toutes les pistes, même les plus improbables. Ne vous dérangez pas, nous connaissons le chemin.

Au moment où Rancière allait refermer la porte derrière eux, Bordarier s'immobilisa, puis se retourna. L'idée avait beau tenir au réel par les liens les plus ténus, il ne pouvait s'empêcher d'y revenir comme un papillon de nuit se brûlant à la flamme d'une bougie.

— J'aimerais parler à Chloé, si ça ne vous gêne pas.

— Mais pas de problème, tout de suite si vous voulez.

— Pourquoi pas.

Rancière avait lâché la poignée de la porte pour fouiller dans la poche de son pantalon. Il en sortit son portable et composa un numéro.

— Elle ne répond jamais au téléphone. Les jeunes, vous savez… J'essaie directement la propriété, en

Bretagne, il se peut qu'elle y soit à cette heure, elle se lève tard.

Il leva un doigt et un sourcil pour signaler qu'il avait quelqu'un au bout du fil.

— Annie ? C'est Antoine. Comment ça va ? Bon… Bien… Écoutez, vous savez si Chloé est dans le coin ? Ah… à la plage ? D'accord, eh bien dites-lui de me rappeler, vous voulez bien ? Comment ? Non, non, rien de grave… Allez, à bientôt.

Bordarier ne put retenir un soupir vaincu. Voilà, c'était tout, la théorie de Genet s'affaissait comme un soufflé raté. Ils n'étaient pas plus avancés sur les deux disparues du village. Le cercle tautologique, Émile, le cercle tautologique.

37

Une série de secousses lui fit ouvrir un œil. Pendant une seconde, incapable de dissiper le brouillard de confusion dans lequel il était plongé, Bordarier considéra, sans avoir la moindre idée de la façon dont il était arrivé là, le dossier d'un siège d'avion, la tablette abaissée, un emballage plastique qui devait avoir contenu un sandwich, un gobelet vide. Ce n'était pas angoissant, juste curieux. Puis, comme le chat lancé dans les airs réoriente sa chute à l'approche du sol, son cerveau commença à remettre les choses à leur place.

La veille, il était rentré directement au mazet sans passer par le commissariat. Il avait jeté ses clés sur la table, ouvert une bouteille de costières-de-nîmes, en avait bu la moitié au goulot. Il avait grignoté quelques olives coriaces et un peu amères, aromatisées au fenouil sauvage. C'était un membre du comité de quartier, un Parisien, qui les avait préparées avec la récolte de son terrain et les lui avait offertes, avec un petit tremblement ému, dans un bocal à confiture recyclé. Ensuite, il avait appelé le gendarme Guénant, lui demandant où il en était de son enquête sur l'enlèvement de la jeune femme de l'hôtel. Ce n'était pas brillant non plus de leur côté. Ils venaient juste de prendre contact avec la Suisse dont le passeport avait été volé. Les résultats des relevés papillaires n'étaient pas encore arrivés. On n'avait pas la moindre idée de l'identité véritable de celle qui s'était fait appeler Éloïse. Partout, ça piétinait.

Après avoir raccroché, Bordarier avait d'abord voulu mettre un disque sur la platine, puis avait changé d'avis. La vérité était qu'il n'avait le goût à rien. Il avait fini la bouteille sur le canapé, essayé de se souvenir s'il y en avait une autre au frais, pris son téléphone, consulté machinalement un site de réservation de billets d'avion, vu qu'il y avait deux vols directs Montpellier-Brest par semaine, avec justement un départ le lendemain, s'était dit merde, pourquoi pas ? Il n'avait pas encaissé le sourire de Rancière après le coup de téléphone, un petit tiraillement en coin, méprisant, qui signifiait mon pauvre ami, décidément vous êtes complètement à côté de la plaque, vous nous tournez autour en vous faisant des films, mais à la vérité vous n'avez pas avancé d'un iota sur l'identification du corps. Bordarier avait sorti les reproductions de la photo du journal, regardé à nouveau le visage de Chloé avant de rentrer ses informations pour acheter le billet. Au pire, une petite enquête de fond sur le passé de Rancière et de Darieux en Bretagne ne pourrait pas nuire. Après, il avait appelé Genet, lui proposant de venir avec lui, puisqu'il était breton. Son collègue, au courant de ce qui s'était passé à Saint-Sauveur-du-Merlet, s'était montré vaguement inquiet qu'il cherche encore à poursuivre la piste de la belle-sœur de Rancière (« Vous êtes sûr que ça va, commissaire ? »). Il avait ensuite tenté de le dissuader avant de déclarer qu'il ne viendrait certainement pas, pour la bonne raison qu'il ne prenait jamais l'avion. Le commissaire s'était étonné. Un collectionneur comme lui, qui avait des avions en aluminium suspendus au plafond ? Genet avait tenu bon, il préférait faire vroum-vroum avec un jouet que voyager à l'intérieur d'un tube pressurisé tenu en l'air par deux ailes, merci. Mais il lui avait quand même donné l'adresse de la résidence des Rancière, la grande maison d'été qui avait appartenu aux Fargue.

Comme le steward passait dans l'allée, Bordarier l'arrêta et lui demanda deux mignonnettes de whisky, on the rocks. Sans doute était-il un peu tôt pour ça, à peine 10 heures du matin, mais il raisonna que s'étant levé à 5 heures, il avait mérité ce remontant.

À l'aéroport, la location de voiture ne prit que quelques minutes, il n'y avait personne au comptoir Hertz. Bientôt ce furent des routes, des ronds-points, une quatre-voies, il passa sur un pont, au-dessus de l'Élorn, apprécia sur l'eau et dans le ciel une nuance de bleu étrangère à la Méditerranée, puis, guidé par le GPS, il emprunta d'étroites départementales encaissées entre des talus plantés d'arbres et de ronces. Les champs étaient verts et humides, l'air frais.

À Beg-Keradec, il décida de pousser jusqu'à la pointe, s'arrêta sur un parking délimité par des barrières en bois. Entre les silhouettes penchées des pins, il y avait une plage et la mer. Il avisa un camion-restaurant dont le message publicitaire était réduit à l'essentiel, avec une pancarte qui annonçait simplement « SUCRÉ-SALÉ », commanda une gaufre et une barquette de frites qu'il mangea à côté d'une poubelle, puis suivit un chemin sablonneux jusqu'à la plage. C'était beaucoup moins bondé qu'à Palavas-les-Flots, mais peut-être était-ce à cause du vent, plutôt frais.

De retour dans le village, il trouva facilement la propriété. À travers la grille fermée, il aperçut, encadrée par des chênes et des châtaigniers, une maison dans le style des résidences de bord de mer des années 1930, avec moellons et briques, charpente apparente, pignons pointus. Il sonna au visiophone, attendit, sonna à nouveau. Dix minutes s'écoulèrent. Il regarda par terre. Cette fois, entre ses chaussures, ce n'était pas un morceau de goudron romain, mais le gravier blanc de l'allée qui rejoignait la route. Il avait encore déconné, il était parti à la chasse aux fantômes.

Une voiture s'arrêta derrière lui.

C'était une femme d'environ soixante-dix ans au volant d'une Hyundai haut de gamme gris perle. Elle lui fit signe qu'elle voulait s'engager dans l'entrée, puis abaissa sa vitre électrique quand il s'approcha d'elle en montrant sa carte de police au petit bandeau tricolore.

— Bonjour, Émile Bordarier, PJ de Nîmes. Je cherche à rencontrer Chloé Fargue.

— Chloé ? Mais elle n'est pas venue ici depuis des années. Je suis Annie, la gardienne du domaine, il n'y a que moi ici cette semaine.

Bordarier sentit un frisson lui parcourir l'échine. C'était presque comme un début de fièvre, une nausée. Il revoyait Rancière sur son portable, la veille, demandant à une certaine Annie de dire à Chloé de le rappeler quand elle serait de retour de la plage.

— Quand Antoine Rancière vous a appelée, hier, vous ne lui avez pas dit qu'elle était à la plage ?

— Ah, vous devez vous tromper, la dernière fois que j'ai parlé à Antoine, c'était la semaine dernière, pour une location Airbnb.

— Une location ?

— Oui, quand il n'y a personne de la famille, on loue une partie de la maison, c'est très grand vous savez.

Il avait envie de s'asseoir, sa tête tournait devant les implications de ce qu'il était en train de comprendre.

— Donc Chloé n'est pas ici ?
— C'est ce que j'essaie de vous dire.
— Et où est-elle, alors ?

Annie passa la main dans ses cheveux teints en blond, prit l'air embêté, regarda la poche de la veste où la carte de police avait retrouvé sa place.

— Je ne sais pas si Antoine voudrait que ça se sache trop, mais bon, comme vous êtes de la police, je peux vous dire qu'elle est en Italie, dans une sorte de maison de correction privée. Ils essaient de lui remettre un peu de plomb dans la tête.

De retour dans sa voiture de location, Bordarier dut attendre un moment que le tremblement de ses mains sur le volant se calme. La performance de Rancière avait été si incroyablement convaincante que c'en était terrifiant. Il verrouilla les portes, regarda dans le rétroviseur. La route était vide. Au-dessus, les branches des chênes cachaient presque entièrement le ciel. Il tourna la tête vers la grille, de l'autre côté de la route. La maison de vacances avait pris un air gothique, menaçant, comme un décor de film d'horreur. Sa seule faute, finalement, avait été de sous-estimer les gens à qui il avait affaire. Toutes sortes de nouvelles perspectives s'ouvraient devant lui. Chloé était venue réclamer sa part d'héritage puis avait disparu. Celle qui se faisait appeler Éloïse et qui voyageait avec un passeport volé s'était fait enlever et était probablement morte. Il était possible qu'elle ait rencontré Chloé en Italie, dans l'institution où elles avaient été toutes deux enfermées. Quant à Léa Hubert, sa disparition était sans doute aussi liée aux trafics de Rancière et Darieux. C'était tellement gros qu'il avait encore du mal à croire qu'il n'y avait pas un malentendu. Peut-être existait-il une autre propriété, une autre Annie ? Il composa le numéro du commissariat et demanda à parler à Henequen.

— Vous avez le relevé des appels donnés à partir du portable de Rancière, hier, en milieu de matinée ?

— Attendez, commissaire, je me connecte.

Bordarier patienta. Il regarda à nouveau dans la direction de la grille et vit la septuagénaire à qui il venait de parler. Elle marchait dans l'allée, un portable à l'oreille.

Il ne lui arrivait pas souvent d'avoir peur, mais là, un voyant rouge était en train de s'allumer dans sa cervelle. Si l'urbanité et l'entregent de Rancière cachaient en réalité une âme de psychopathe, il ne fallait pas moisir ici. Il mit son portable sur haut-parleur, le posa sur le siège passager et passa la première, direction l'aéroport de Brest.

— Le seul appel ce matin-là, c'est celui de Darieux avertissant Rancière de votre venue.

— Il a mentionné Chloé ?

— Oui, attendez, j'ai fait une transcription. C'est très court.

— Allez-y.

— *Salut Antoine, juste pour te dire que le commissaire vient de passer et qu'il pose des questions sur Chloé.* En fait, c'était un message laissé sur le répondeur, commissaire.

Peut-être pas si improvisé, le mensonge, après tout.

Comme il n'y avait pas de vol retour direct, Bordarier dut atterrir à Lyon et se rendre à la gare TGV. Dans le train, il somnola un peu après avoir réglé le réveil sur son portable pour ne pas rater la gare de Montpellier, d'où il prendrait un taxi pour récupérer sa voiture à l'aéroport. Son ancien patron était revenu, il était assis à côté de lui, il enlevait sa pipe de sa bouche, souriait, lui tapotait l'avant-bras comme pour le féliciter. *Oui, Bordarier, il y a le cercle tautologique, la projection de soi sur les données de l'enquête. C'est le danger. Mais l'autre danger, c'est qu'on ne sait jamais quand on projette. Le pire, ce serait de se dire qu'on projette et de ne pas poursuivre. Répétez après moi, Bordarier. Nous-ne-né-gli-ge-rons-au-cu-ne-pi-ste.*

38

Bordarier se réveilla tard. Son voyage, le deuxième en quelques jours, avait été éprouvant. Il resta cinq bonnes minutes scotché sur le design art déco de sa cafetière Bialetti et le personnage moustachu, à chapeau, nœud papillon, veste noire et pantalon à rayures qui était imprimé dessus, un doigt impérativement levé comme pour exiger son expresso dans la minute. Quand le bouillonnement s'arrêta, il versa dans une tasse le café particulièrement corsé et s'installa, toujours pas habillé, sur son canapé, où il regarda un long moment dans le vide. Il lui fallait rassembler ses idées pour déterminer la meilleure marche à suivre. Il avait besoin de preuves positives. Le mensonge de Rancière, bien que flagrant, n'en constituait pas une. Dans l'immédiat, il fallait obtenir le dossier dentaire de Chloé Fargue pour le comparer à celui du cadavre. Après, en attendant les résultats de l'expertise, la meilleure chose à faire serait d'accentuer la pression sur Rancière et Darieux pour les pousser à commettre de nouvelles erreurs.

Il allait mettre sur la platine le disque de Paolo Conte qu'il avait renoncé à écouter l'avant-veille, lorsqu'il remarqua que son portable était déchargé. Lorsqu'il l'eut branché, une série de sons d'alerte se firent entendre. Il avait manqué une dizaine d'appels. Il y avait aussi un SMS d'Henequen avec un fichier audio. Ça datait d'environ trente-cinq minutes.

Commissaire, on n'arrive pas à vous joindre. Je vous envoie l'enregistrement de l'appel que Rancière a donné hier à Darieux.

Il appuya sur le fichier et mit le haut-parleur.

— *Éric, j'ai une mauvaise nouvelle. Annie m'a appelé, ce putain de commissaire était à Beg-Keradec aujourd'hui, il voulait voir Chloé. Il a compris que j'avais essayé de l'embrouiller. Maintenant, on est au pied du mur, on ne peut plus attendre, il faut tout régler demain matin, effacer les traces.*

— *On se retrouve à 11 heures, demain, à l'exploitation des Bories ?*

— *Tu crois qu'il y sera ?*

— *Oui, depuis qu'on n'a pas voulu payer, il se méfie, il se terre. Il est en train de comprendre qu'on sait qui il est.*

— *D'accord, prends ta carabine.*

— *Quitte ou double, Antoine, comme au bon vieux temps.*

Bordarier regarda l'heure, jura, se rua sur son pantalon, sortit sur la terrasse pour arracher au fil à linge une chemise propre, enfila son holster d'épaule, fit le code de son coffre-fort, 1996, l'année de naissance de Marion, en sortit son arme. Juste à ce moment, le grondement d'une moto retentit dans le chemin qui passait devant chez lui. Il prit ses clés de voiture, son téléphone chargé à seulement trois pour cent, ouvrit la porte et eut la surprise de voir Cordelle et Namgyel descendre d'un engin d'allure militaire équipé d'un side-car. C'était Cordelle qui était aux commandes. En dépliant ses jambes, Namgyel donna l'impression de s'extraire d'une auto-tamponneuse.

— On n'a pas arrêté de t'appeler !

— Je sais, j'ai écouté l'enregistrement d'Henequen. C'est à vous la moto, Cordelle ?

— Ma voiture est encore en panne, j'ai dû sortir l'Oural de la remise. Je l'ai ramenée de Russie il y a quinze ans, elle marche toujours bien.

Namgyel se dirigea vers la Primula.

— Bon, on prend ta voiture ?

— On sait où on va ?

— Les Bories. C'est à trente kilomètres au nord de Saint-Sauveur-du-Merlet. Si Darieux et Rancière sont à l'heure, il nous reste à peine quarante minutes pour y être.

Bordarier jugea que sur des routes de montagne, ce serait tout simplement impossible.

— La gendarmerie a été prévenue ?

— Il y seulement un quart d'heure.

— Et ça date d'hier ? Qu'est-ce qu'elle faisait Henequen ? À quoi ça sert de mettre une déviation de ligne, si on n'écoute pas les enregistrements ?

La Primula démarra en lançant sur le muret une pluie de gravillons.

Sur la quatre-voie, pied au plancher, Bordarier se mit à pester contre lui-même. Lui aussi aurait dû écouter ses messages, charger son téléphone. Rétrospectivement, il était évident que son passage à Beg-Keradec déclencherait quelque chose. Il dit à Cordelle d'appeler Guénant pour leur demander où ils en étaient. Elle l'eut immédiatement au bout du fil. Ils venaient de partir de la gendarmerie et seraient aux Bories d'ici une demi-heure.

Le portable de Bordarier vibra.

C'était Henequen.

— Rancière vient d'appeler Darieux de son portable. Il l'a prévenu qu'il était presque arrivé aux Bories et qu'il fallait se tenir prêt.

— Et ils ont dit ce qu'ils allaient faire ?

— Non, mais le ton était menaçant.

— Comment ça, menaçant ?

— Le ton qu'on prend quand on va faire un mauvais coup, quoi, le ton des malfrats de *Touchez pas au grisbi*.

Elle avait dit ça en prenant justement un accent digne d'un rade parisien des années 1940. Bon, elle aurait pu réagir plus tôt, pour les écoutes, mais elle avait de l'humour, cette petite Henequen. Mine de rien, elle promettait. Il raccrocha.

— On fait quoi maintenant ?

— Vous savez ce qu'on dit dans mon pays ?

Cordelle se tourna vers Namgyel.

— Tu veux dire au Tibet, ou en Inde ?

— Si ton cheval marche trop lentement, fais-toi pousser des ailes.

Il montra le côté de la route de son index. Bordarier ralentit. Comme un jouet tout neuf, un hélicoptère orange était posé au milieu d'un pré. Une bannière était accrochée au grillage qui délimitait la zone de décollage et d'atterrissage. La photo d'un pilote à énormes favoris et lunettes de dictateur remplissait un médaillon ovale sous lequel était affichée une offre qui se voulait irrésistible : *Envoyez-vous en l'air ! 15 minutes-90 euros par personne. Causse, corniche, massif de l'Aigoual. Les Cévennes comme vous ne les avez jamais vues !*

Bordarier considéra le rotor avec appréhension. Ces pales d'apparence si fragiles ne s'inclinaient-elles pas vers le sol pour rendre hommage à une force gravitationnelle dont elles ne pouvaient s'émanciper qu'au prix d'un tour de passe-passe risqué avec la physique ?

Cordelle, elle, croyait en la Providence.

— Arrêtez-vous commissaire !

Genet l'avait prévenu. Vera, en russe, ça voulait dire la Foi.

Contre sa volonté, il planta un grand coup de frein et entra en dérapage contrôlé dans le parking. Puis, laissant ses coéquipiers filer devant, il prit son temps pour verrouiller la Primula, pas du tout sûr qu'il allait se laisser embarquer dans cette aventure. Lorsqu'il les rejoignit, ils étaient en train d'expliquer au pilote qu'il n'avait pas le choix. Comme un paysan à qui on aurait forcé la main et qui se serait creusé la tête à la recherche d'une excuse pour se dérober, celui-ci attrapait sa casquette par la visière, la faisait tourner sur son front. Il finit par enlever l'objet publicitaire brodé du logo de son entreprise, un putti avec un rotor à la place des ailes, pour passer la main dans ses cheveux.

— C'est que j'ai des clients qui arrivent dans un quart d'heure.

— Eh bien ils attendront, c'est une question de vie ou de mort ! De toute façon, une réquisition est une réquisition. On monte.

— Et qui va payer ? Il y a de la documentation à remplir. On n'a même pas de plan de vol.

— Ne vous inquiétez pas pour ça, allez !

Fronçant les sourcils comme un général en campagne, Cordelle s'installa à côté du pilote, fit signe à Bordarier de monter à l'arrière avec Namgyel, puis déploya la carte IGN qu'elle avait emportée avec elle en sortant de la voiture. Le commissaire jeta un regard plein de regret vers la Primula, tira plusieurs fois sur sa ceinture, trop courte, avant de parvenir à la boucler autour de son ventre.

Le pilote, marmottant, secouant la tête, furieux, fit vaguement mine de suivre une check-list avant de mettre les gaz. Pris d'une nouvelle appréhension, le commissaire se pencha en avant pour lui crier dans l'oreille.

— Tout fonctionne normalement ?

L'autre se retourna pour le regarder.

— Dans toute ma carrière, je n'ai perdu qu'un client. Enfin, une cliente, alors... Remarquez, c'était il y a un mois !

Il y eut un vrombissement, l'hélicoptère se détacha du gazon, se balança un peu comme un navire pris de roulis, tourna sur lui-même pour faire face à la rivière, puis s'éleva très vite, dix mètres, vingt, trente, les herbes devenant velours, duvet, la rivière un ruban émeraude, la route un ruban argenté, la Primula, un minuscule grain de moutarde. Encore plus haut, la texture des montagnes s'adoucit, c'était de la laine, et l'horizon s'ouvrit, avec d'un côté la Méditerranée, de l'autre les crénelures des montagnes où s'accrochaient des nuages.

C'était tout à la fois beau et insupportable de se retrouver flottant dans cette bulle de tôle et de verre suspendue à un moteur et trois ou quatre pales étroites comme une main. Bordarier considéra Namgyel qui restait collé au hublot, tranquille, sa nuque droite nimbée de soleil, le calme même, se dit-il, en voulant soudain un peu à cet homme des altitudes de lui avoir imposé un baptême d'hélicoptère sans lui donner la chance de s'y préparer mentalement. Le bruit, surtout, était infernal. Pour se distraire, il sortit son arme, vérifia qu'elle était prête à l'emploi, en caressa la carcasse en polymère. Ça faisait trop longtemps que Rancière et Darieux se payaient sa tête, il était temps de mettre fin à tout ça. Il enrageait en pensant que ce jeu du chat et de la souris l'avait constamment détourné de la seule chose qui comptait vraiment pour lui, retrouver sa fille. Namgyel lui toucha l'épaule pour attirer son attention sur trois voitures de la gendarmerie qui arrivaient en haut d'un col où s'élevait une grande croix de Lorraine blanche fichée dans le V de la Victoire. Les gyrophares bleus paraissaient dérisoires dans l'immensité du paysage de montagnes et de forêts.

Ils volaient depuis une dizaine de minutes quand Cordelle se retourna pour attirer l'attention du commissaire sur une sorte d'exploitation, une bâtisse assez grande située à côté de deux longues serres. Une BMW qui ressemblait à celle du maire était garée devant la façade. Une centaine de mètres plus loin, sur une route qui se trouvait de l'autre côté de la propriété, il y avait la Jaguar de Rancière, impossible à rater.

Le pilote secoua la tête lorsque Cordelle lui fit signe de les poser près du bâtiment. Au lieu de ça, il montra un pré éloigné de deux cents mètres. Elle fit signe que c'était bon. Le sol se rapprocha aussi vite qu'il s'était précédemment éloigné, des brebis se dispersèrent devant l'ombre vrombissante, les patins rebondirent sur l'herbe du pré puis s'immobilisèrent. Après deux tentatives avortées pour se libérer de sa ceinture de sécurité, Bordarier parvint à trouver le bouton rouge, s'échappa de l'habitacle, courut cassé en deux pour ne pas se faire happer par le rotor, ç'aurait été le comble, parcourut encore une trentaine de mètres dans la même position. Quand il jugea que ça devrait suffire, qu'il pouvait se retourner, l'hélicoptère avait déjà redécollé. Namgyel et Cordelle étaient en train de presser le pas pour le rejoindre. Le bruit du moteur s'éloigna, devint imperceptible, il n'y eut plus que des aboiements de chiens signalant les emplacements de propriétés invisibles.

La BMW, au loin, n'avait pas bougé.

Ils enjambèrent un muret de pierre sèche pour rejoindre la route. Les chiens se turent un à un. Bordarier les devinait à l'affût, écoutant le murmure du vent sur les crêtes. Même les brebis, groupées dans un coin du pré, s'étaient immobilisées, les tintements de leurs clochettes devenus timides, intermittents. Lui aussi écoutait, scrutait, tendu à l'extrême, guettant le moindre indice de présence humaine, regardant la maison dont deux fenêtres étaient ouvertes. L'idée l'effleura qu'il était tombé dans un piège, dans la cage aux fauves, que Rancière avait parfaitement su qu'il était sur écoutes et voulait partir en beauté, emportant avec lui le flic qui était venu détruire ses plans si patiemment échafaudés.

— Tireur fenêtre de gauche !

Le cri de Cordelle l'avait immobilisé. Juste devant lui, il vit une pierre s'élever de dix centimètres dans un miaulement pendant que le bruit de la détonation roulait entre les versants surplombant la vallée. Il se jeta contre le muret, un goût de métal dans la bouche. Il était à peu près sûr d'avoir été la cible de ce premier tir. Si le canon de la carabine avait été tenu un ou deux millimètres plus haut, il aurait reçu la balle en pleine poitrine.

Couché dans l'herbe, soudain en nage, se tortillant pour se débarrasser de sa veste, il pensa de nouveau à Marion, une boule dans la gorge.

Glock en appui sur le muret, Namgyel était en train de riposter, posément, en plissant légèrement les yeux. Quatre tirs vers les deux fenêtres ouvertes de la façade, à une trentaine de mètres. C'était loin. Un tireur équipé d'une carabine de chasse avait beaucoup plus de chance de faire mouche qu'eux avec leurs armes de poing. Bordarier se rendit compte qu'il respirait très fort.

— Qu'est-ce qu'on fait ? On attend les gendarmes ?

— Tu as vu où ils étaient, Chögyam ? Ils en ont encore pour bon quart d'heure. S'il décide de descendre sur la route, il peut nous aligner sans problème.

Cordelle jeta un coup d'œil rapide au-dessus du muret, sans que ça ne déclenche de tir.

— Il n'est plus à la fenêtre.

— J'y vais.

Bordarier regarda Namgyel ramper. Arrivé à l'endroit où le muret s'arrêtait, à une vingtaine de mètres, il se redressa brusquement pour pointer son Glock en direction des fenêtres ouvertes. À cette distance, les probabilités s'équilibraient. Sans quitter sa cible des yeux, il leur fit signe de le rejoindre.

Ils arrivèrent en courant au pied de la maison, trois étages au milieu desquels une enseigne défraîchie affichait en lettres vertes les mots CRÉMIEUX HORTICULTURE.

Bordarier se tourna vers ses coéquipiers.

— Jacob Crémieux ? L'employé municipal ?

Encore affolées par les coups de feu, les hirondelles qui avaient maçonné leurs nids sous le toit de tuiles tournoyaient dans le ciel. Bordarier n'était pas particulièrement versé dans l'ornithomancie, mais ces arcs noirs qui filaient à toute vitesse lui parurent de mauvais augure.

39

— On contourne tout doucement.

Bordarier jeta un coup d'œil rapide derrière l'angle de la bâtisse. Il n'y avait pas de perron du côté de la route, l'entrée devait être derrière. Il avisa une porte ouverte, dans le prolongement de laquelle une allée de gravier conduisait aux serres, deux hautes structures à l'ossature galvanisée et aux parois et toits de verre.

Bordarier jugea qu'avant de s'aventurer de ce côté-là, il faudrait d'abord s'assurer que personne n'était resté à l'intérieur de la maison pour les prendre à revers.

Le rez-de-chaussée était rempli d'objets de récupération, de seaux, de sacs, d'outils divers, de meubles éventrés, vermoulus, de centaines de pots d'horticulture en plastique empilés un peu partout, avec des caisses en carton. Dans la cuisine, très sale, une sorte de daube était sur le feu dans un énorme faitout. Malgré l'adrénaline qui aurait dû concentrer son attention sur des problèmes de survie plus immédiats, le fumet du plat lui tordit l'estomac. Il se souvint qu'à part son café, il n'avait rien pris pour le petit déjeuner.

Pendant que Namgyel surveillait l'entrée, Cordelle et lui montèrent doucement l'escalier, sans parler, essayant d'éviter de faire craquer les marches. L'étage était fait de quatre pièces immenses en enfilade, presque vides. Dans trois d'entre elles, il y avait un lit. Plus personne ne se tenait à la fenêtre d'où on leur avait tiré dessus. Le dernier étage était bas de plafond. Des petites pièces, des remises remplies d'outils rouillés, de morceaux de machines, et puis, au bout, dans un espace plus grand, il y avait des toiles, des tableaux qui représentaient des fleurs. Un enfant de quatre ans aurait pu faire mieux. Cordelle semblait prête à les exploser à coups de Glock.

— Qu'est-ce que c'est que ce délire ?

Bordarier ne répondit pas. Cette laideur était oppressante, cauchemardesque.

De retour à l'entrée de la maison, ils délibérèrent pour savoir s'ils devaient attendre les gendarmes, qui allaient arriver d'une minute à l'autre, ou s'aventurer dans les serres. Du verre dépoli jusqu'à hauteur d'homme empêchait de voir ce qui était à l'intérieur.

Ils furent interrompus par un long cri. Ç'aurait pu être un gros animal blessé, acculé, terrifié, haineux. Puis il y eut une série de détonations très rapprochées, cinq ou six, suivies du bruit d'une grande plaque de verre qui se brise, comme des milliers de grelots n'en finissant plus de tomber et de rouler.

Bordarier hésita. Il y avait les disparues, la possibilité qu'elles soient encore vivantes, peut-être à l'intérieur. Puis il pensa à Rancière, avec ses eaux gazeuses, la bouteille de pinard qu'il lui avait offerte, son coup de téléphone bidon, son sourire en coin, cette façon qu'il avait eue de le faire douter, de le mener en bateau depuis le début.

Essuyant la crosse du Glock sur un pan de sa chemise, il décida qu'il fallait entrer dans les serres.

S'il y avait la moindre chance de sauver l'une des filles, c'était le moment de la saisir.

— Hors de question, commissaire, on attend les renforts.

Cordelle était catégorique, le jeu n'en valait pas la chandelle. Ils n'avaient même pas de gilets pare-balles. Sans se retourner ni écouter ses protestations, Bordarier s'avança, 9 mm à bout de bras, comme à l'entraînement. Il vérifia deux fois que la sécurité de son Glock n'était plus engagée, essayant simultanément de chasser de son esprit l'idée qu'en fait d'entraînement, il était loin d'avoir accompli ses trois séances annuelles, puisque ça faisait au moins deux ans qu'il n'avait pas mis les pieds dans un de ces stands de tir vieillots, saturés, qu'on réservait à la police.

En pénétrant dans la première serre, il découvrit d'abord une explosion de rouge, de bleu, d'orange, de jaune, des centaines de fleurs poussant dans du plastique, sur des tables en métal, puis, dans un deuxième temps, à une quinzaine de mètres, Darieux en veste de chasse, se retournant comme au ralenti, relevant la tête, pointant dans sa direction l'extrémité d'un tube d'acier noir pendant qu'un géranium décidait subitement de s'éparpiller dans une pluie de terreau et de pétales.

Darieux s'était jeté à terre avant que Bordarier n'ait pris la décision de riposter. Il se baissa, lui aussi, tremblant, un sifflement dans les tympans. Namgyel, qui l'avait finalement suivi, s'était accroupi à sa droite.

— C'était Darieux ?

Bordarier fit signe que oui.

C'était Darieux.

Darieux qui avait failli s'étouffer en les voyant débarquer deux jours auparavant, qui les avait regardés manger ses tartines et boire son café avec son air ahuri de ne pas savoir ce qu'ils étaient venus faire chez lui.

Darieux, l'allumé à la maquette de zoo.

Darieux qu'il continuait à sous-estimer, à prendre pour un mec loufoque, donc peu dangereux, même quand il le visait avec une carabine de chasse.

Il risqua un coup d'œil entre les corolles violettes d'un pétunia, ne vit rien.

— Police ! Jetez votre arme, sortez les mains derrière la tête.

Le maire de Saint-Sauveur-du-Merlet se releva, sembla un instant vouloir obéir à l'ordre qui lui avait été intimé, puis, comme un gamin qui se défile, partit en courant dans la direction opposée, vers le fond de la serre où il y avait peut-être une sortie. Une nouvelle détonation retentit en même temps qu'il fit un mouvement étrange de la tête, comme si le bruit l'avait surpris. Il donna l'impression de lancer sa carabine dans les airs, avec peut-être l'intention de la rattraper plus tard par une autre acrobatie amusante, puis se laissa choir avec abandon, sans mettre les mains, à la manière du trampoliniste qui sait qu'une matière lisse et élastique va le remettre d'aplomb l'instant d'après. Bordarier fut presque étonné de ne pas le voir rebondir au-dessus des fleurs.

— Commissaire !

C'était Cordelle, brassard de police au bras, qui avançait jambes fléchies, en position de tir, sa chevelure rousse maintenant nouée en un impressionnant chignon.

— C'est vous qui avez tiré, Cordelle ?

— Non, ça venait de la gauche, de l'autre serre.

Du coin de l'œil, Bordarier vit passer une forme à travers le verre dépoli. Il crut reconnaître Rancière, une arme à la main.

— La Jaguar !

Il se mit à courir vers la sortie, tourna dans l'allée, fonça vers la route. Au moment où il atteignait le bitume, les formes profilées de la Jaguar de Rancière étaient déjà en train de disparaître dans un virage. Les sirènes des gendarmes emplissaient maintenant la vallée, des chiens aboyaient aux quatre coins de l'horizon. Il attendit, bras ballants, jusqu'à ce que le 4 × 4 de Guénant s'arrête devant lui dans un crissement de pneus. Il lui fit signe de foncer droit devant.

— Qu'est-ce qui se passe ? Comment vous avez fait pour arriver avant nous ?

Bordarier s'impatienta.

— Il y a un mort, Rancière est en train de se faire la malle.

— C'est qui le mort ?

— Darieux.

— Oh, pétard ! Bon, on verra ça plus tard.

Guénant regarda le commissaire, puis le gendarme assis à côté de lui, dont le teint verdâtre ne pouvait en aucun cas être naturel. Avec un petit sourire qui laissait entendre qu'enfin on allait s'amuser, il écrasa l'accélérateur, laissant Bordarier sur place, enveloppé d'un nuage de poussière et du cuisant regret de ne pas avoir su coincer Rancière.

Il retourna dans l'exploitation horticole où Cordelle et Namgyel avaient accompagné les cinq gendarmes qui s'étaient arrêtés avec leur voiture, pendant que Guénant continuait avec le reste nauséeux de son contingent. Alors qu'ils pénétraient dans la deuxième serre, le commissaire entendit un gémissement. Ça ne pouvait être le maire. Il venait de vérifier qu'un bout de métal aussi véloce que dépourvu de sentiment lui avait traversé l'os pariétal, rendant toute vocalisation impossible.

Ils firent le tour des tables. Deux jambes bottées dépassaient d'un massif de troènes en pots. La gauche se replia, le talon cherchant appui sur le ciment, mais se détendit lorsque la vanité de l'effort dut s'imposer à son propriétaire.

— Police, lâchez votre arme !

Le canon d'une carabine de chasse apparut sur le sol, faiblement poussé, centimètre par centimètre. Bordarier se baissa, tira l'arme à lui d'un geste rapide qui ne rencontra aucune résistance, puis risqua un coup d'œil. Il reconnut l'employé municipal et propriétaire de l'exploitation horticole, Jacob Crémieux. Une tache de sang auréolait un trou dans sa chemise, il respirait avec difficulté.

Pendant que les gendarmes appelaient l'hélicoptère de la sécurité civile de Montpellier pour une évacuation en urgence, Bordarier et Cordelle firent une compression sur le point d'entrée du projectile. Ce trou poisseux, noir, ce sang gluant dont la peau était barbouillée étaient terribles à voir. Bordarier fit un effort pour se concentrer sur le visage du blessé, qui avait pris une teinte grisâtre de mauvais augure. Il avait cependant ouvert les yeux, et semblait vouloir parler.

— Les filles… Le souterrain.

Le jardinier fit un effort pour lever le bras. Il désignait la maison.

Les filles ? Bordarier se releva, regarda à travers la serre la façade de la maison qu'ils venaient pourtant de visiter. Laissant Cordelle continuer à comprimer la blessure pendant que le jardinier virait de l'œil, il fit signe à Namgyel de le suivre.

La seule porte susceptible de mener vers le bas était située sous l'escalier et verrouillée par un cadenas. Pendant que Bordarier faisait une expérience de réminiscence tactile, sentant presque le poids du marteau de Smiraglio dans le creux de sa main, Namgyel alla fouiller dans le foutoir qui encombrait les pièces du rez-de-chaussée et en ramena une bêche rouillée à laquelle, prenant son élan, il fit dessiner un arc de cercle si parfait qu'il n'aurait pas déparé dans un film de sabre du plus pur style japonais des années 1960.

Ils ouvrirent la porte. Des marches se perdaient dans l'ombre.

— Tu vois quelque chose ?

Namgyel se retourna.

— *Lasciate ogni speranza, voi ch'entrate*.

— Merci, Chögyam, mais je ne comprends pas l'espéranto…

Son portable en mode lampe de poche, Bordarier se faufila dans l'ouverture à la suite de son coéquipier. Les marches menaient à un couloir étroit dont la voûte, très basse, les obligea bientôt à progresser courbés. Namgyel marchait devant lui, son dos devenu l'échine d'un monstre sans tête.

Le passage fit un coude. Une odeur de terre froide, de moisissure et de pourriture leur assaillit les narines. La lumière des portables accrocha un symbole gravé dans la pierre. Une croix de Malte, mais avec des fleurs de lys entre ses branches et une colombe en pendentif.

— C'est quoi ça ?

Il ne fut pas surpris que Namgyel, curieux de tout, collectionneur d'histoires régionales, inlassable arpenteur de musées confidentiels, ait la réponse à sa question.

— La croix huguenote. Je me demande si on n'est pas dans un ancien refuge camisard. Quand ils se soulevèrent, en 1702, contre les troupes du roi Louis XIV…

— Chut !

Un grincement avait traversé l'air confiné. Namgyel mit un genou par terre et pointa son arme.

Au bout du couloir, une porte en bois, gonflée d'humidité, tachée de moisissures, s'était entrouverte.

— Police !

Sous la lumière crue du portable de Bordarier, une jeune femme s'avança à genoux, les mains levées, clignant des yeux. Elle avait au front une vilaine blessure ourlée de blanc. Derrière elle parut à son tour une femme un peu plus âgée. Il reconnut Léa Hubert. Son visage émacié et son air effaré disaient assez le calvaire qu'elle avait vécu depuis qu'elle avait disparu de son camping-car. Une troisième femme sortit, ses courts cheveux blonds salis de terre, habillée comme le jour où il l'avait vue à la rivière, le matin de son enlèvement.

Léa Hubert avait saisi Namgyel à bras-le-corps.

— Ces salopards… Des meurtriers !

— Qui ?

— Rancière, Darieux…

Bordarier osa à peine penser à ce qu'il serait advenu si Jacob Crémieux n'était pas parvenu à leur donner cette indication avant de perdre conscience. Qui sait quand ils auraient eu l'idée de forcer cette porte pour aller les chercher au fond de leur tombe ? Une à une, les trois disparues émergeaient du trou d'ombre, retrouvaient la lumière. Bordarier eut l'impression qu'il les tirait vers le soleil. En remontant, il prit soin de ne pas se retourner. Pure superstition.

Les gendarmes prirent immédiatement en charge les libérées. L'utilitaire volé avait été découvert derrière les serres, sur un chemin. Un avis venait d'être lancé dans toute la région pour arrêter la Jaguar de Rancière. Guénant était apparemment encore en chasse, mais n'avait pas réussi à refaire son retard et n'était pas optimiste.

Lorsqu'ils débarquèrent devant la maison du maire, une voisine qui était à sa fenêtre leur expliqua qu'elle avait vu Mélanie Darieux charger une valise dans sa voiture et partir comme une folle. Ils lancèrent aussitôt un deuxième avis pour la Citroën Aircross.

À la clinique des Magnaneries, tout le monde était déjà au courant de ce qui s'était passé. Kehl, tout rouge, avoua qu'une jeune femme était venue à la clinique puis avait disparu. Rancière lui avait fait jurer de garder le secret. Il ne connaissait pas son nom, mais il reconnut la fille sur l'agrandissement que lui tendait Bordarier. Chloé Fargue.

Vers 13 heures, alors qu'accompagné de ses coéquipiers, Bordarier, de retour au village, prenait un rafraîchissement en terrasse, attendant patiemment que quelqu'un du commissariat vienne les chercher pour qu'il puisse récupérer sa voiture (« La pauvre Primula délaissée au profit d'un bel hélicoptère orange », ironisa Cordelle), les membres du jury des Villes et Villages Fleuris sortirent de l'hôtel des Bancels. Encadrés par un comité d'accueil décapité et désorienté, ils se mirent à inspecter les bacs à fleurs et les parterres. Bordarier les observait, fasciné. Ils levaient la tête, marchaient à reculons, tiraient la langue en prenant des notes dans des calepins, approchaient des loupes, se mettaient, sans qu'on sache pourquoi, à traverser la rue en trottinant, avant d'effectuer à nouveau un brusque changement de direction. On aurait dit un groupe de lépidoptéristes mordus lâchés dans une volière à papillons.

Finalement de retour, Guénant les rejoignit sur la place d'Armes. Il était un peu penaud de ne pas avoir réussi à rattraper la Jaguar de Rancière, mais convaincu qu'elle n'allait pas tarder à être arrêtée à un contrôle routier. Secouant la tête devant cette hécatombe de notables, il formula l'évidence qui s'était peu à peu imposée aux trois policiers.

— Une de perdue, trois de retrouvées… Bravo la PJ ! Et votre cadavre, alors, qui c'est ?

Lorsque Bordarier alla récupérer son téléphone derrière le comptoir où il l'avait mis à charger, le barman lui annonça qu'il avait un message.

— Ça s'est allumé et ça a fait drelin-drelin.

Marion avait écrit. Bordarier cliqua sur la notification en faisant une grimace.

J'espère que tu te rends compte que ton agression sur Marcello, c'était quand même le délire. Tu voudras qu'on en parle, un de ces jours ?

Il laissa échapper un grognement, puis commanda un whisky double. En général, quand ils s'étaient disputés, c'était lui qui cherchait à renouer le contact, après avoir laissé passer une ou deux semaines, le temps que les choses se tassent. Mais il arrivait aussi que sa fille écrive la première, surtout quand elle avait besoin d'argent. Il se dit que dans ce cas précis, pour une fois, ce ne serait pas une trop mauvaise nouvelle. Comme Marion n'avait pas mis les pieds depuis près d'un mois dans le bar où elle travaillait, tout portait à croire qu'ils vivaient sur l'argent de Marcello. Si de son côté il n'arrivait plus à assurer, c'était peut-être qu'il n'avait rien à voir avec le prélèvement fait chez Boumaza. À peine Bordarier eut-il entrevu cette possibilité, qu'une autre s'imposa à lui, moins consolante. Le petit dealer ne pouvait tout simplement plus refourguer sans se faire repérer. En tout cas, ce message était suspect, il avait du mal à croire que Marion veuille encore discuter de la bénigne clé au bras qu'il avait faite à l'insolent vendeur de beignets. Il poussa un soupir en se massant les yeux du pouce et de l'index. Le flux de conneries auquel il était confronté était sans fin. Qu'est-ce que le maire avait dit, déjà ? Son rocher de Sisyphe… Darieux avait fini de pousser le sien, mais pour lui, malheureusement, il n'y avait pas encore de quille en vue.

Le barman eut un petit hochement de tête en le servant.

— Allez, mon vieux, cadeau de la maison.

40

— Comment j'ai su que Philippe Chalumeau s'était entendu avec Éric Darieux ? Tout simplement parce qu'un jour, en me baladant en forêt, vous savez, du côté du Loubras, là où l'Anglais a acheté sa maison, près du grand figuier… Non, vous ne voyez pas ? Ce n'est pas grave… En tout cas, c'est là que je les ai vus, tous les deux, qui faisaient des messes basses, les soi-disant ennemis, ces salopards… Pour le maire, on savait déjà, mais Philippe ! Avec sa yourte, ses grands discours, il nous faisait croire qu'il était ultrapur. Et puis je le vois empocher l'argent, une liasse de billets. J'ai compris qu'il voulait vendre la yourte à la municipalité. Je ne faisais pas partie de leur groupe, de toute façon, pas vraiment. Et ces imbéciles qui le suivaient tout en se disant anarchistes, antischistes, altermondialistes… Tu parles… Ah, quel baratin ! Et vous savez quoi ? Il se les tapait toutes, les filles de la yourte, y compris Miriam… Au moins, dans le Combi, j'étais tranquille, à part les quelques fois où il est venu me demander ce qui n'allait pas. Moi je ne lui disais rien. S'il avait su que je l'avais vu recevoir de l'argent du maire, vous pensez bien que j'aurais dû dégager. Il aurait tout fait pour me chasser du village… Pire peut-être… De toute façon, c'est ce qui a fini par se passer… Je me suis levée au milieu de la nuit, j'étais malade de voir ce mec tromper tout son monde comme ça, faire le beau, nous donner des leçons d'écologie, d'autogestion… Vous vous rendez compte ? D'autogestion ! Quand on voit comment il la gérait, la yourte, comme s'il était le roi… D'autocratie, plutôt ! Je me suis dit que ça ne pouvait plus durer, il fallait dégager, respirer un air plus pur… Ce matin-là j'ai eu envie d'aller du côté de Marseille pour me ressourcer. J'avais rêvé de calanques… Oui, vous avez raison, c'est moi qui ai pris l'argent de Philippe. Celui que lui avait donné Darieux. Ça s'est fait sur un coup de tête. Je savais que pour ne pas avoir affaire aux gens du Crédit Agricole, il gardait son argent planqué dans la banquette arrière de sa voiture. Vers 3 heures du matin, je suis allée à la yourte. Tout le monde ronflait. J'ai ouvert la portière, j'ai trouvé la liasse, je suis repartie vers le village. Ç'a été aussi facile que ça. J'aurais ensuite attendu le bus de 7 h 15. C'est en remontant sur le chemin forestier pour rejoindre la route que j'ai vu le feu. Je ne sais pas pourquoi je n'ai pas rebroussé chemin. C'est le karma. Passer par en bas, c'était possible. Sauf qu'il y avait les sangliers, et puis la peur de me foutre en l'air dans le noir sur un sentier… J'ai reconnu une fourgonnette qu'on voyait souvent au village. Je me suis dit que c'était un paysan qui brûlait des herbes, jusqu'à ce que je sente cette odeur abominable. Une infection. Je me suis approchée et…

— Bonjour ! Je viens juste changer la poche, ne vous dérangez pas pour moi.

Une infirmière d'une quarantaine d'années, avec de grands cheveux noirs frisés qu'un chignon n'arrivait pas à contenir, était entrée dans la chambre avec un large sourire.

Elle se glissa entre les policiers, repoussa un peu la table à roulettes qui servait de bureau à Namgyel, se pencha pour changer la poche de réhydratation. Léa Hubert lui adressa un clin d'œil complice pendant qu'elle réglait le débit. Une bulle monta dans le liquide transparent. La convalescente attendit que l'infirmière soit sortie pour reprendre.

— Je n'ai pas pu voir son visage. Il me tournait le dos. Avec une pelle, il poussait quelque chose dans un baril. Au début, je n'ai pas compris ce qu'il brûlait. Il y avait de ces flammes ! Tout ce que je peux vous dire, c'est qu'il était torse nu, sec, noueux. Plus très jeune.

Cordelle s'était approchée pour ajuster le coussin que Léa Hubert n'arrivait pas à ramener derrière sa tête.

— C'est pour ça que vous n'avez accusé personne, quand vous avez écrit votre nom dans la citerne ?

— Ah, ça... J'ai écrit mon nom pour essayer de me convaincre que j'existais encore. J'ai cru que j'allais crever. Mais c'est vrai, à ce moment-là, je ne savais pas qui m'avait enfermée.

Namgyel se pencha en avant.

— Alors qu'est-ce qu'il s'est passé après ?

— D'abord, j'ai cru que c'était un morceau de bois qui sortait des flammes. Et puis j'ai vu que c'était une jambe. Je me suis mise à courir vers la route. J'ai peut-être crié. J'ai entendu ses pas derrière moi. J'ai jeté mon sac et j'ai foncé jusqu'à la citerne. En passant dans le coin quelques jours plus tôt, j'avais déjà remarqué qu'elle était entrouverte. J'ai fait le tour pour monter sur le tas de bois, j'ai tiré l'écoutille. C'est comme ça que je me suis retrouvée prise au piège. Il m'a enfermée pour attendre que je crève... Salopard...

— Et vous êtes restée là combien de temps ?

— Je ne sais pas. Deux ou trois jours. Quand il est revenu, je ne pouvais plus bouger. Il était cagoulé. Un masque de ski. Je l'ai laissé m'emmener. Il m'a fait boire de l'eau et puis m'a attachée à l'arrière du fourgon et m'a bandé les yeux. J'ai dû m'évanouir. Lorsque je me suis réveillée, j'étais dans le souterrain. J'ai mangé les sandwichs et j'ai bu l'eau qu'il avait laissés à côté de moi. Après, quand je me suis sentie un peu moins mal, j'ai essayé de trouver le moyen de m'échapper. La porte était cadenassée, impossible de l'ouvrir.

— Et vous étiez seule à ce moment-là ?

— Je le croyais. Et puis je suis tombée sur Chloé, elle dormait dans une autre pièce du souterrain, elle ne bougeait presque pas, restait recroquevillée... On a toutes les deux eu la peur de notre vie. Elle était blessée à la tête, très malade. On a fait connaissance. On peut même dire qu'on s'est serré les coudes pendant les heures qu'on a passées à réfléchir à la façon dont on pourrait s'en sortir. Lui qui aurait pu facilement nous tuer, il ne l'avait pas fait. C'était notre espoir. Tous les jours, il déposait de la nourriture sur les marches. Très tôt le matin. On vidait nos gamelles, c'était d'ailleurs plutôt bon, parfois de la vraie cuisine. Ça aussi, ça nous donnait un peu d'espoir. On se disait que s'il avait voulu se débarrasser de nous, il n'aurait pas fait tous ces efforts.

— Et Chloé, pourquoi était-elle là ?

— Tout ce qu'elle m'a dit, c'est qu'elle avait été libérée d'un genre de camp pour gamines difficiles. Ils avaient fait faillite et tout simplement ouvert leurs portes pour qu'elles se barrent. Elle voulait retrouver sa sœur pour qu'elle lui rende la part de l'héritage à laquelle elle avait droit. Ses parents étaient morts. Elle accusait son beau-frère d'avoir tout pris, elle pensait qu'il les avait tués. C'était lui qui l'avait fait enfermer. J'ai fini par comprendre que c'était d'Antoine Rancière qu'elle parlait.

— Vous connaissiez Rancière ?

— Il fait partie des notables du village. On s'était pris le bec deux ou trois fois. Avec le maire, ils avaient un projet de zoo et de développement immobilier. Soi-disant pour garder la vallée propre, pour la développer et empêcher que tous les marginaux et les exilés de la planète s'y donnent rendez-vous. C'était contre eux, au départ, que les yourteurs se battaient. Ça ne m'a pas surprise, qu'il soit allé jusque-là. Une captation d'héritage, c'était tout à fait son genre. Et puis on avait tous remarqué, au village, que sa femme était complètement sous son influence, de même que le maire, d'ailleurs. C'est vrai que Darieux est mort ?

Bordarier fit signe que oui.

— Et Rancière ?

— Il a réussi à s'échapper.

La porte s'ouvrit sans qu'on ait frappé. Bordarier reconnut Paolo le yourteur. Il portait dans les bras un immense bouquet de fleurs des champs. Directement sur ses talons, nerveux comme un renard en cage, il y avait aussi l'ermite. Paolo était surexcité.

— Putain, quand j'ai su que t'étais là, j'ai dit on descend en bus direct. Philippe est super gêné. On a fini par comprendre. Pourquoi tu es partie et tout. T'as cru qu'il avait décidé de laisser tomber la yourte pour empocher les thunes de Darieux, mais en fait c'était que de la comédie. C'était pour le foutre dans la merde, c't'enflure. Enfin, paix à son âme.

41

En s'installant dans la chambre d'hôpital, Bordarier sentit que quelque chose rongeait le petit morceau de plaisir et de soulagement qu'il éprouvait à voir Éloïse vivante. Les dents pointues de sa conscience lui rappelaient que sa propre fille était toujours dans la nature. Il avait finalement répondu au message qu'elle lui avait envoyé en disant qu'il aimerait bien la voir bientôt. Ce qu'il aurait voulu lui écrire, en réalité, c'était que si son mec avait fauché la came chez Boumaza, ils allaient avoir aux trousses des individus spécialisés dans le genre de travail qui forçait le médecin légiste à faire des heures supplémentaires. Il avait réussi à s'abstenir. À sa grande surprise, il avait reçu un nouveau message dans les cinq minutes. Elle lui proposait de prendre un café aux halles, la semaine suivante. Il avait peur que ce ne soit beaucoup trop tard.

— Quand nous nous sommes vus la dernière fois, à la rivière, vous vous apprêtiez à prendre des photos du côté de la clinique des Magnaneries. Heureusement, vous voilà saine et sauve…

Éloïse, dont c'était finalement le vrai nom, jeta un long regard sur les policiers. Ils s'étaient disposés de la même façon que dans la chambre d'hôpital presque identique à celle-ci, au bout du couloir, où Léa Hubert était en train de se réconcilier avec la tribu des yourteurs. Bordarier au bout du lit. Namgyel sur une petite table, à l'ordinateur. Cordelle dans le fauteuil. Plus jeune, enfermée moins longtemps, Éloïse n'avait pas l'air aussi éprouvée que l'autre captive, mais son visage était d'une pâleur encore plus frappante que les autres fois, et se confondait presque avec l'oreiller. Bordarier calcula qu'elle avait été kidnappée il y avait bientôt une semaine.

— Et vous, vous étiez en train de donner une leçon à un méchant bonhomme.

Cordelle releva les yeux d'un air interrogatif.

— Ah bon ?

Bordarier haussa les épaules.

— Oh, c'était juste un type qui emmerdait son gosse, à la rivière... Mais racontez-nous comment vous avez été enlevée.

— Après vous avoir parlé, je suis montée comme tous les jours pour me cacher dans le bois de châtaigniers, juste au-dessus de la clinique, avec mon appareil photo. J'essayais de savoir si Chloé était enfermée, prisonnière. C'est là qu'il a surgi à côté de moi. Rancière. Chloé m'avait raconté qu'il était son beau-frère. La cause de tous ses soucis. Dès les premiers jours où j'ai cherché à retrouver la trace de Chloé, je l'ai reconnu, avec ses lunettes, sa barbe. Il m'a demandé ce que je faisais là, à les espionner. J'ai dit la vérité, que je cherchais mon amie.

Elle eut un sourire triste.

— J'aurais dû partir, surtout ne pas l'écouter. Il a réfléchi, puis il m'a dit que Chloé était à l'intérieur. Elle se reposait. Il avait l'air calme. Tout était arrangé. Il comprenait qu'elle était majeure, que c'était à elle de décider ce qu'elle voulait faire de sa vie. Et puis il m'a demandé comment elle avait réussi à sortir, parce que Chloé n'avait pas voulu le lui dire et qu'il n'arrivait pas à joindre la B Better Academy.

— Et qu'est-ce que vous lui avez répondu ?

— La vérité. Que ça avait fermé, qu'on s'était retrouvées dehors du jour au lendemain.

C'était une histoire ubuesque que Smiraglio avait racontée la veille à Bordarier en l'appelant directement sur son portable. L'entreprise américaine qui avait ouvert la B Better Academy s'appelait FutureProspects et était spécialisée dans les établissements pénitentiaires pour mineurs. Sous la pression de dettes qui s'accumulaient, son conseil d'administration avait cherché de nouveaux marchés, non seulement aux États-Unis, en obtenant des financements fédéraux pour la création de centres de détention d'enfants migrants, mais aussi dans certains pays d'Europe, avec des centres offrant discrètement leurs services aux familles souhaitant faire enfermer un adolescent ou un jeune adulte qui causait des problèmes, jusqu'à l'âge de vingt ans maximum. Ils promettaient des changements de comportement radicaux, obtenus grâce aux dernières techniques behavioristes. Toutes proportions gardées, ç'avait un peu été comme la spectaculaire faillite de Lehman Brothers, les employés étaient partis avec leurs affaires dans la journée, les meubles et l'équipement ménager avaient été vendus aux premiers acheteurs. Seules les mineures avaient fait l'objet d'un semblant d'accompagnement pour rejoindre leurs familles.

— Et le passeport ?

— Mes papiers avaient été perdus, je me suis dit qu'il m'en faudrait un, pour l'avion. Une fille m'a donné le sien. Elle avait d'autres papiers avec elle.

— Vous êtes arrivée à Saint-Sauveur-du-Merlet après Chloé. Pourquoi n'êtes-vous pas restées ensemble ?

— J'ai d'abord essayé de retrouver mon père à Paris. Mais il n'a pas voulu me voir.

— Pourquoi ?

Elle ferma les yeux. Bordarier se dit qu'elle était peut-être une fille de riche famille avec des parents aux abonnés absents, confiée dès l'enfance à des domestiques.

— C'est ça qu'on avait en commun, Chloé et moi. C'est pour ça qu'on est tout de suite devenues amies. Toutes les deux françaises, abandonnées parce qu'on gênait.

— Vous gêniez ?

— Ma mère avait des liaisons. Je crois qu'elle n'a jamais réussi à convaincre son mari que j'étais sa fille.

— Où se trouve-t-elle maintenant ?

— En train de bronzer quelque part en Floride, à Cuba, aux Canaries ? Je ne l'ai vue que deux fois depuis que j'ai treize ans. Un enfant était un boulet pour elle. Elle m'a dit qu'elle n'avait jamais été aussi déprimée que lorsqu'elle était enceinte. Elle ne voulait pas que je le prenne pour moi. Quand j'ai réussi à la joindre par l'intermédiaire de son banquier, à Paris, elle m'a fait parvenir un peu d'argent, à condition de promettre que je ne chercherais plus à venir l'embêter.

— Qu'est-ce qui a donné l'idée à votre père de vous envoyer à la B Better Academy ?

— Une idée, mon père ? Ça se voit que vous ne le connaissez pas ! Je me rebellais. Il ne savait pas quoi faire de moi. Il a suivi les conseils d'un ami.

— Pourquoi vous ne m'avez rien dit, le jour où nous nous sommes vus à la rivière ? Il aurait été facile de dénoncer Rancière, de nous mettre sur la piste. Avec votre témoignage, on aurait pu demander une perquisition.

— J'ai vraiment pensé tout vous raconter, mais j'ai eu peur de mettre Chloé en danger. Je voulais en savoir plus avant d'aller à la police.

— Que s'est-il passé ensuite ?

— J'ai suivi son beau-père à l'intérieur, dans son bureau. Il m'a injecté un produit, par surprise, dans le cou.

Elle tourna son visage vers la droite et montra une marque olivâtre sous l'oreille, avec un petit point sombre au milieu.

— Je me suis débattue, mais il était trop tard. Lorsque je me suis réveillée, j'étais dans la cave de la clinique, attachée et allongée sur une table.

C'était là que Rancière avait servi du vin à Bordarier, lors de sa première visite. C'était terrifiant de penser que quelques jours plus tard Éloïse serait séquestrée exactement au même endroit.

— J'ai vomi, je me sentais très malade. Plus tard, un homme est venu avec Rancière et ils m'ont bâillonnée, puis emmenée. Ils m'ont jetée à l'arrière d'un utilitaire. Rancière a dit qu'il fallait faire comme avec l'autre. On a dû rouler à peu près une heure, et l'homme m'a fait descendre dans le souterrain où vous nous avez trouvées.

— Vous savez maintenant qu'il s'appelle Jacob Crémieux et qu'il travaillait comme employé municipal, en plus d'avoir une petite exploitation horticole. Est-ce qu'il vous a dit quelque chose ?

— Il m'a expliqué qu'il me protégerait de Rancière et de Darieux en leur faisant croire que j'étais morte. Il allait les faire chanter, puis le moment venu, il les dénoncerait, les accuserait d'avoir voulu nous tuer. Ensuite, il nous libérerait en les rendant responsables de tout. Il serait le héros du village et le zoo serait à lui.

Cordelle se leva pour remplir un verre d'eau dans la salle de bains. Éloïse le but à longs traits.

— Quand j'ai retrouvé Chloé...

Éloïse croisa le regard de Cordelle. Son visage se plissa, sa lèvre inférieure remonta et Bordarier eut l'impression que ce qu'il y avait en elle de déjà femme était en train de se diluer dans l'eau transparente qui coulait sur ses joues. L'amitié de Chloé était sans doute la seule chose qui lui avait permis de tenir à la B Better Academy.

— Au début, à Rome, on n'était pas dans la même chambre. Il y avait des filles de tous les pays. En général, on ne mettait pas les Françaises ensemble. Et puis un jour une fille est partie, une autre est arrivée. C'était Chloé. On parlait la nuit. Elle m'a tout raconté. Comment sa sœur, après la mort de ses parents, était tombée sous l'influence de Rancière. Comment elle avait fait une tentative de suicide. C'était Rancière, un ami de la famille, qui l'avait soignée.

Un médecin entra. Il avait de gros sourcils broussailleux, un visage bronzé, des avant-bras suffisamment robustes pour laisser envisager la brachiation comme mode de déplacement alternatif. Une infirmière lui demandait pourquoi il n'avait pas répondu au téléphone.

— Comment voulez-vous que je réponde quand j'ai les mains dans un patient ?

Il tourna autour d'Éloïse, jeta un regard aussi professionnel que rapide sur les analyses qui venaient d'arriver, émit un « bof » silencieux des lèvres, s'aperçut qu'il y avait un être humain dans le lit, qui le regardait, se rappela que sourire n'était pas toujours mauvais pour les affaires, laissa tomber son avis médical.

— Dans l'ensemble, ça va. Vous avez bien récupéré. Vous pourrez vous échapper en fin de semaine. Euh, les policiers, là, la visite est finie, la patiente a besoin de se reposer ! On sort !

Bordarier se leva.

— Commissaire ?

— Oui.

— Merci de m'avoir retrouvée.

Bordarier fit un petit signe de tête pour s'excuser puis, sans se retourner, sortit à la suite du médecin.

Il pensait encore à sa fille.

42

Bordarier avait besoin d'une pause avant la dernière déposition, celle de Chloé Fargue. Près d'un comptoir où s'affairait le personnel hospitalier, il regarda d'un air mélancolique la machine à café qui venait de lâcher un gobelet de plastique, maintenant en train de se remplir avec un bruit de pissotière. Le breuvage pouvait bien être instantané, il n'en donna pas moins l'impression d'avoir croupi pendant des semaines au fond du récipient. Cordelle vint le rejoindre et échangea un euro contre une boisson au goût « thé vert à la menthe » qui avait une odeur chimique de chewing-gum à la chlorophylle. Namgyel était en train de discuter avec une infirmière. Elle regardait sa chemise bleue décorée de croix de Camargue et voulait savoir comment on pouvait à la fois être gardian et bouddhiste. Il lui répondit que l'habit ne faisait pas le moine.

Cordelle considéra la porte entrouverte de la chambre où se trouvait Éloïse.

— Où va-t-elle aller, à sa sortie de l'hôpital ?

Bordarier l'ignorait. D'après l'état civil qu'avait obtenu Genet, elle aussi était majeure. Elle irait où elle voudrait. Sans doute y aurait-il cependant quelque chose à faire auprès de ses parents. L'avoir laissé croupir dans ce bagne ne s'assimilait-il pas à de la maltraitance ?

C'était au tour de Cordelle de poser des questions et de prendre la déposition de Chloé Fargue.

— Donc, quand l'académie a fermé, tu es partie avec Éloïse et puis tu as décidé de retrouver ta sœur. Est-ce que tu peux me dire qui a été à l'origine de la décision de t'envoyer là-bas ?

— Antoine Rancière.

— Comment ta sœur l'a-t-elle connu ?

— Ma sœur… Justine a sauté d'une fenêtre à l'âge de seize ans. Mes parents ont décidé qu'elle suivrait une thérapie. C'est lui qui s'en est chargé. Elle ne parlait que de lui, adorait lorsque mes parents l'invitaient à la maison, à Beg-Keradec. Il y avait une telle différence d'âge entre les deux que mon père et ma mère ne se sont doutés de rien. De toute façon, ils n'auraient pas pu comprendre, ils vivaient sur une autre planète. Après, on s'est retrouvées orphelines. On n'avait pas d'autre famille immédiate, il lui a été facile de nous isoler. C'était d'ailleurs pour ça qu'il avait choisi de se faire l'ami de mes parents, de travailler à gagner leur confiance. Ils faisaient une cible facile. Riches mais sans protection, avec personne autour de suffisamment proche pour leur dire que Rancière était louche et peut-être dangereux. Justine était déjà majeure. Elle a reçu sa part de l'héritage, la mienne a été placée sur un compte pour être touchée à ma majorité.

— Et ensuite ?

— Au bout de trois ans, Rancière s'est marié avec Justine. Il était tyrannique, voulait tout commander dans la maison. Je ne supportais pas de le voir dans le bureau de mon père, au milieu de ses meubles, manipulant ses objets, s'asseyant dans son fauteuil. Ils ont décidé de m'envoyer le plus loin possible.

— Et que s'est-il passé lorsque tu es arrivée à Saint-Sauveur-du-Merlet ?

— Je suis arrivée en bus. J'ai demandé mon chemin, je suis montée à pied à la clinique. Un docteur a ouvert et m'a amenée à ma sœur. Rancière n'était pas là. Je lui ai dit que je voulais mon argent. Justine m'a expliqué que ce n'était pas possible, qu'il avait été investi dans des projets. Que c'était pour mon bien. C'est là que j'ai explosé. J'ai insinué que son mari avait tué nos parents, que tout ce qui l'intéressait était leur fortune, qu'il cherchait depuis le début à nous dépouiller. Elle m'a hurlé que c'était n'importe quoi, que je n'avais qu'à regarder autour de moi pour voir que c'était le contraire, que Rancière voulait notre bien. Selon elle, l'académie où ils avaient décidé de m'envoyer avait coûté les yeux de la tête.

— Et tu penses vraiment que Rancière est responsable de la mort de tes parents ?

— Il est capable de tout.

— Ensuite ?

— On a continué à se disputer violemment. Je savais qu'elle pouvait vriller, j'ai senti que sa crise montait, mais je ne pouvais plus me contrôler. C'est là qu'elle a pris le tisonnier de la cheminée et m'a frappée à la tête.

Bordarier tâta sa propre blessure. La plaie avait fait une belle croûte. Il avait profité d'être à l'hôpital pour la faire regarder par une infirmière. Il pourrait s'estimer heureux si les cheveux repoussaient sur la cicatrice.

La blessure de Chloé avait été beaucoup plus sérieuse. Selon le docteur, elle avait eu de la chance. Il lui avait prescrit des antibiotiques pour chevaux de course.

— Quand je me suis réveillée, j'étais à l'arrière d'un utilitaire, couverte de sang. J'étais complètement sonnée. J'ai appelé ma sœur. J'ai même appelé Rancière. Alors le conducteur s'est retourné et m'a dit qu'à ma place, il n'appellerait pas ce bonhomme, parce qu'il venait de lui demander de le débarrasser de moi. Et puis il m'a dit de ne pas s'inquiéter, qu'il n'allait pas le faire. Il trouvait que Rancière et le maire se croyaient un peu trop malins. C'était toujours le cas des gens qui n'étaient pas du pays et qui débarquaient en croyant pouvoir tout changer. L'utilitaire s'est arrêté. J'avais très mal à la tête. Je pouvais à peine marcher. Il m'a fait entrer dans une maison et descendre dans le souterrain. Il est revenu plus tard pour laisser de la nourriture et des médicaments sur les marches de l'escalier. Du désinfectant. Des pansements. Je suis restée seule jusqu'à l'arrivée de Léa, un jour plus tard. Elle s'est occupée de moi. Pendant quelques jours j'ai eu beaucoup de fièvre. Je délirais.

— Et puis ton amie Éloïse est arrivée à son tour.

— Oui. J'aurais dû l'écouter. Elle ne voulait pas que j'essaye de retrouver ma sœur. À notre arrivée en France, on s'était promis de s'écrire et de se retrouver. Sans nouvelles, elle a compris qu'il se passait quelque chose. C'est grâce à elle que je suis là, non ?

Bordarier se frotta le menton. C'était surtout grâce à une autre fille abandonnée dans un coin de garrigue et maintenant dans un tiroir de la morgue. Sans nom.

— Tout ce temps, il n'y a eu que vous trois, dans le souterrain ?

— Oui. Éloïse, Léa et moi. Il est mort, celui qui nous a enfermées ?

— Non, dans le coma. On espère qu'il en sortira.

— Et ma sœur ?

— On pense que Rancière l'a envoyée quelque part, qu'il l'a cachée parce qu'elle risquait de parler. Lui, il est en fuite avec la femme du maire. Mais on va les retrouver, ne t'inquiète pas.

Le temps que leur avait accordé le médecin était écoulé et l'infirmière tenait la porte ouverte. Au moment de sortir, Bordarier jeta un dernier coup d'œil en arrière. Chloé avait tourné la tête et regardait les arbres par la fenêtre.

Son téléphone vibra. C'était Michel Stern, le juge d'instruction. À sa voix, le commissaire comprit qu'il était en rogne, comme à chaque fois qu'on ne le tenait pas au courant d'une affaire autant qu'il l'aurait voulu.

— Et Antoine Rancière ? Et sa femme, comment s'appelle-t-elle, déjà ?

Bordarier entendit un bruit de papiers froissés, des pages tournées à toute vitesse, le bruit d'un dossier tombé d'un bureau qui devait craquer sous le poids de la paperasse.

— Justine Rancière, née Fargue. On n'a pas encore réussi à la localiser. En revanche, on a toutes les raisons de penser que Rancière est en cavale avec la femme du maire, Mélanie Darieux. On va y arriver, n'en doutez pas. Comme vous le savez, tous les avoirs sont bloqués…

— Oui, oui…

— À moins qu'ils aient du liquide quelque part ou un compte en Suisse, ils ne vont pas aller très loin. Je ne serais d'ailleurs pas surpris que Mélanie Darieux se décide à aller frapper à la porte d'un commissariat ou d'une gendarmerie. Elle n'est pas faite pour la cavale… Et puis, en dénonçant Rancière, elle pourrait avoir des circonstances atténuantes. Ça peut la faire réfléchir.

— Et vous avez un motif, pour ces enlèvements, parce que moi, d'ici, avec le peu d'informations que vous m'envoyez, je ne suis pas sûr de tout comprendre !

— Qui peut dire ce qui se passe dans la tête des gens ? Éric Darieux, son truc, c'était le zoo.

Il se fantasmait en sauveur de l'économie locale. Quant à Rancière... En vérifiant ses données bancaires, Genet a découvert qu'il a apporté la plus grande partie des fonds pour le zoo. En fait, il a aussi investi dans ce projet la part de l'héritage de ses beaux-parents qui appartenait à sa belle-sœur, Chloé Fargue, dont il était le tuteur légal avec sa femme. Du moins jusqu'à sa majorité.

— Je vois, le coup classique du détournement des fonds de l'héritage. Ni le conseil de famille, ni le juge des tutelles n'ont suivi l'affaire.

— Voilà.

— Ce que je ne comprends pas, c'est pourquoi cet homme aurait mis autant d'argent dans un zoo...

— Difficile à dire. L'amour peut-être ? Après tout, il s'est enfui avec Mélanie Darieux, la femme du maire. Elle aurait pu le convaincre de marcher dans le projet de son mari. J'ai l'impression que ces trois-là avaient une relation un peu compliquée.

— Et les filles ?

— Quand Chloé s'est retrouvée libérée de sa détention à Rome, et qu'elle est arrivée à Saint-Sauveur-du-Merlet, sa sœur a paniqué. Chloé était devenue majeure et réclamait sa part d'héritage. Justine Rancière n'est pas très stable, c'est le moins qu'on puisse dire. D'après la déposition de Chloé qu'on vient de prendre, elle l'a frappée et l'a laissée pour morte. Rancière s'est naturellement tourné vers le maire, Darieux, qui lui a envoyé son homme à tout faire, Jacob Crémieux, pour se débarrasser de Chloé.

— Mais pourquoi le maire aurait fait une chose pareille ?

— C'était dans son intérêt de la faire disparaître, parce que si Rancière s'était fait arrêter, ç'aurait été la fin du projet de zoo. Sauf que les choses ne se sont pas passées exactement comme ils l'escomptaient. Premièrement, Jacob Crémieux a décidé de sauver Chloé Fargue en la mettant à l'abri dans le souterrain sous sa maison. Ensuite, il a fait brûler un corps…

— Oui, justement, commissaire, quel corps ?

— À mon avis, celui qu'on a trouvé dans la garrigue.

— Donc, ce que vous me dites, commissaire, c'est que Jacob Crémieux, chargé de faire disparaître le corps de Chloé Fargue, l'enferme, puis fait brûler un autre corps dans la montagne ? Pourquoi ?

— C'est ce qu'on essaie de comprendre, monsieur le juge… Peut-être une autre gêneuse qu'il fallait faire disparaître ? Ou alors, pour donner le change à Rancière en lui faisant croire qu'il s'était acquitté de sa mission. On espère que le jardinier sortira bientôt de son coma…

— Et l'autre fille, Léa Hubert ?

— Enlevée par Crémieux parce qu'elle avait été témoin de la tentative de crémation du cadavre.

— Et cette Éloïse Lanson ?

— Elle s'était échappée du centre pour enfants avec Chloé Fargue. Sans nouvelles de son amie, à qui elle avait donné rendez-vous, elle est venue mener l'enquête…

— Et ils l'ont enlevée à son tour…

— C'est Jacob Crémieux qui a été chargé par Rancière de la faire disparaître et de fouiller sa chambre, à l'hôtel. Mais là non plus, il n'a pas suivi les instructions.

— C'est pour ça que Darieux et Rancière ont cherché à le tuer ?

— Je ne suis pas sûr qu'ils aient été au courant que les filles étaient encore vivantes. Crémieux les faisait chanter, ils ont dû comprendre que c'était lui. Le jury des Villes et Village Fleuris arrivait. Il a peut-être dit qu'il allait faire un scandale au village s'ils ne payaient pas. Mais ce qui a déclenché la fusillade, à mon avis, c'est mon voyage en Bretagne.

— En Bretagne ?

— Vous n'êtes pas au courant ? Je suis allé à Beg-Keradec mener l'enquête et là je me suis aperçu que Rancière nous menait en bateau depuis le début. Écoutez, j'espère que c'est clair, parce que là j'ai eu une longue journée et j'aimerais rentrer me reposer.

— Mais la Bretagne, ce cadavre ? Att…

Le commissaire avait raccroché. Ce n'était pas en passant sa vie au téléphone qu'il allait faire avancer les choses.

43

L'enregistrement des dépositions avait été éprouvant, sans parler du chaos des jours précédents. En sortant de l'hôpital, le commissaire décida qu'il avait besoin d'un remontant, une gâterie non seulement susceptible de lui refaire le sang, mais aussi de compenser dans la mesure du possible l'affligeante traversée du désert qu'il venait de subir, gastronomiquement parlant. Avec un petit haut-le-cœur en pensant au jambon-beurre sec et rance qu'il avait obtenu d'un distributeur dans la cafétéria de l'hôpital, il prit la direction du centre, se disant qu'une boîte de petits pâtés nîmois, accompagnée d'une bonne bouteille, ferait peut-être l'affaire, du moins pour commencer.

Une fois arrivé au bout des quais de la Fontaine, il gara la Primula à l'ombre d'un micocoulier, devant l'eau verte du canal, puis traversa la rue pour pousser la porte d'un traiteur à la réputation internationale, qu'il fréquentait aussi assidûment que le lui permettait sa paye de commissaire. Il demanda à la vendeuse un assortiment de ces amuse-gueules dont il raffolait, regardant à travers la vitre du présentoir, l'eau à la bouche, leurs pâtes brisées mignonnement estampillées d'un animal à tentacules, d'une ancre camarguaise ou du symbole de la ville, un crocodile enchaîné à une palme.

Il y en avait au poulpe, à la brandade, au taureau, au veau et au porc. De retour dans sa voiture, il posa délicatement la boîte enrubannée sur le siège passager et prit la direction du mazet.

Il était presque arrivé chez lui, en train de se demander s'il avait une bouteille au frais ou s'il lui faudrait penser à en mettre une dans le congélateur en attendant que les pâtés atteignent leur température optimale de 180 degrés, seuil au-delà duquel les graisses auraient commencé à fondre et à s'assécher, lorsqu'il détecta de manière quasi subliminale une anomalie dans le paysage. Il fit encore quelques mètres sur le chemin, en proie à un vague malaise, jusqu'à ce qu'il arrête la voiture et fasse marche arrière pour tenter de comprendre ce qui l'avait dérangé.

Il regarda d'abord à droite. Des chênes verts bruissaient de cigales dans un terrain rempli d'herbes rêches. Il y avait des murets un peu éboulés, qu'il faudrait remonter. À gauche, c'était la même chose. Rien de frappant. Il allait repasser la première, lorsqu'il la vit. Sa finition olive était un camouflage presque parfait dans l'endroit ombragé où elle avait été garée. La Jaguar de Rancière. Il en était quasiment sûr. Il s'immobilisa, s'attendant à voir son pare-brise traversé par une balle de carabine, puis s'aperçut qu'elle était vide.

Malgré la chaleur, un frisson glacé courut le long de son dos. Il coupa immédiatement le contact, fit le geste de chercher son arme, se souvint de l'avoir laissée dans son coffre-fort. Il sortit son portable et composa le numéro de Namgyel pour lui expliquer la situation.

— Barrez-vous commissaire, j'envoie la cavalerie.

Bordarier réfléchit. S'il partait maintenant, il n'était pas sûr que Rancière allait se laisser prendre dans la nasse. Peut-être flairerait-il quelque chose au dernier moment. Il fouilla dans la pochette de sa portière pour en extraire le vieil Opinel noirci qu'il savait être là et sortit de l'habitacle. Il était à peu près à cent mètres du mazet. S'il était rentré directement du commissariat, il serait arrivé par une autre route. Celle où Rancière le guettait certainement. Le chemin où il était maintenant faisait un coude. En partant du principe que l'autre l'attendait là-bas, près de chez lui, il était peu probable qu'il l'ait vu arriver. Il entra dans le terrain où était la voiture, s'en approcha peu à peu.

C'était bien la Jaguar de Rancière, il n'avait pas rêvé. Il y avait même un autocollant promotionnel pour le zoo de Saint-Sauveur-du-Merlet sur le coffre. Il planta la lame de l'Opinel dans un des pneus arrière, le taillada sur une longueur de dix centimètres, fit de même de l'autre côté. Comme ça, il n'irait pas loin.

Réfléchissant que Rancière avait probablement suivi la route, Bordarier escalada le talus qui fermait le fond du terrain. Il connaissait le chemin qui passait là. Il menait directement derrière son mazet après avoir traversé une combe envahie de ronciers. S'il arrivait à entrer chez lui sans se faire voir, par le jardin, il pourrait récupérer son Glock.

Il procéda lentement, tous les sens aux aguets, bien conscient qu'il était en train de s'exposer inutilement, que la meilleure chose à faire aurait été d'attendre les renforts. Mais les choses, depuis quelques jours, avaient pris une tournure personnelle. Dès leur première rencontre, Rancière s'était foutu de sa gueule. Maintenant, il avait perdu la partie et voulait se venger. Bordarier sortit son portable, s'assura qu'il était en mode silencieux, eut une pensée pour ses pâtés nîmois laissés en plein soleil, qui allaient commencer à suer.

Autour de lui, le chant des cigales sur les chênes était assourdissant, tout était immobile, sans un souffle d'air. En contrebas d'un aplomb rocheux de cinq mètres, il y avait la piscine de ses nouveaux voisins, heureusement invisible de son terrain à lui. Un adolescent poussait des petits cris en entrant dans l'eau pendant que sa mère lisait sur un transat. Il était maintenant juste derrière son mazet. Il se dressa sur la pointe des pieds et jeta un coup d'œil par-dessus le mur. Il n'y avait personne, un oiseau était en train de picorer le morceau de pain qu'il avait laissé sur la table après son petit déjeuner. La difficulté allait être maintenant d'escalader le mur sans faire de bruit. Il n'avait pas pensé à ça. Les pierres sèches étaient un véritable système d'alarme, aussi antique que les chiens et les oies et presque aussi efficace que les détecteurs de mouvement modernes. Chaque fragment en équilibre était prêt à se décoller et rebondir avec des tintements mats.

Il était en train de se résoudre à attendre lorsqu'il entendit un cri d'effroi qui venait de la piscine en dessous. Il se baissa instinctivement, sentit une morsure sur sa joue au moment où une détonation retentissait. Rancière était à deux mètres de lui, tirant sur la culasse de sa carabine pour la réarmer. Bordarier lui lança une pierre au visage puis fonça à quatre pattes vers ses mollets en tentant de l'amener au sol, où il espéra que sa corpulence lui offrirait l'avantage. Il sentit que les choses n'allaient pas exactement se passer comme il l'escomptait lorsqu'ils se mirent à rouler ensemble sur la pente qui menait à l'aplomb de la piscine. Au moment de franchir le bord fatidique au-delà duquel il n'y aurait plus que l'inéluctable loi de l'attraction terrestre et l'aplatissement sur une plage de piscine à tous les coups en dallage ou en ciment, il parvint à ruer pour se décoller de la paroi, cherchant le salut de l'eau bleue et chlorée.

Ils touchèrent tous les deux la surface, puis le fond, Rancière forcené, cherchant à lui enfoncer les doigts dans les yeux, Bordarier s'accrochant quand même à son cou de ses deux mains, prenant le dessus, parvenant enfin, dans un enfer de bulles, à poser son pied sur la gorge de l'assassin maintenant couché sous lui à 1,50 mètre de profondeur, reprenant une inspiration aussi délicieuse et fraîche qu'un petit rosé de pays d'Oc frappé à la perfection, regardant à travers ses cheveux collés les mines effarées de sa voisine en bikini turquoise et de l'adolescent glabre dont ils avaient interrompu la baignade. Rancière continuait à gigoter sous lui sans parvenir à se dégager.

— Ça vous gênerait d'appeler mes collègues pour leur dire de venir ?

Sa voisine sortit de sa stupeur et se saisit de son portable posé à côté d'elle sur une serviette.

— Qu'est-ce que je fais, le 112 ?

Bordarier secoua la tête et lui donna le numéro de Namgyel.

— Et puis j'aurais besoin d'une corde aussi.

— Du fil de cuisine, ça ferait l'affaire ?

— On va bien voir.

Quand les mouvements de Rancière se furent un peu calmés, il plongea pour l'attraper par les cheveux et le tirer vers les quelques degrés qui assuraient une entrée progressive et agréable aux baigneurs, quelles que soient leur agilité et leur tolérance aux variations de température. Une fois qu'il ne lui fut plus possible de compter sur la poussée d'Archimède, il le prit par les aisselles et le traîna jusqu'aux dalles de la plage de piscine, où il l'aida à sortir de son apnée en lui assenant quelques claques appuyées ainsi que deux gros coups de poing sur le sternum. Rancière était devenu vieux et pathétique en quelques instants, une loque qui se laissait faire alors que le commissaire lui attachait les mains avec la bobine de fil de cuisine, improvisant des nœuds aussi serrés que nombreux.

— Vous m'avez quand même bien pris pour un con, hein, Rancière…

L'autre répondit par un gémissement.

Bordarier s'assit, ruisselant, remarquant pour la première fois que du sang coulait de son visage et tombait à grosses gouttes sur les dalles, où il se mélangeait à l'eau en faisant de petits tentacules roses. Il espérait vraiment avoir pensé à mettre une bouteille au frais.

44

La mise en examen eut lieu le soir même. Bordarier avait à peine eu le temps de manger ses pâtés nîmois, de descendre sa bouteille de rosé et de se faire recoudre à l'hôpital, où il s'était rendu quand il était devenu évident que le saignement n'allait pas s'arrêter tout seul.

Au tribunal de grande instance, le juge d'instruction exultait. Tout allait devenir clair maintenant, les bêtes mensonges des uns et des autres, leurs actes insensés allaient être jugés par les pouvoirs de la Raison et de l'Intelligence conjugués à ceux de la Loi.

Mélanie Darieux, qui s'était volontairement constituée prisonnière au commissariat, fut présentée au juge en compagnie de son avocat. Elle n'avait plus rien de son élégance habituelle. Son maquillage avait coulé. Son chignon laissait échapper des mèches ternes.

Elle accusa son mari de l'avoir envoyée dans les bras de Rancière pour assurer le financement du zoo. Tout ce qu'elle avait fait, ç'avait été par amour pour son mari.

Stern affichait une curiosité détachée.

— Est-ce que vous saviez que votre mari et Antoine Rancière avaient tenté de se débarrasser de Chloé Fargue ?

— Non. Tout ce qu'il m'a dit, c'est que quelqu'un essayait de les faire chanter pour une bêtise de la femme d'Antoine, Justine, mais qu'ils allaient régler le problème.

— Et quand vous avez rejoint Rancière, après la fusillade, qu'a-t-il dit ?

— Que mon mari avait été tué par le corbeau et qu'il fallait disparaître pendant quelques jours pour réfléchir à ce qu'on allait faire. Il était paniqué, désespéré même.

— Et vous n'avez pas pensé que ce serait mieux d'aller voir la police ? Votre mari est tout de même mort, madame.

— Antoine avait besoin de temps…

— Il était votre amant, n'est-ce pas ?

Stern avait lancé ça en faisant un petit signe d'intelligence à Bordarier.

— C'est plus compliqué…

— Essayez de m'expliquer, je ne suis pas plus innocent qu'un autre.

— Antoine aimait me faire plaisir. C'est pour ça qu'il a accepté de financer le zoo.

— Mais si je comprends bien, en vous faisant plaisir, il serait devenu propriétaire majoritaire et Éric Darieux aurait dépendu de lui.

— C'est une façon de voir les choses.

— Et vous, en faisant plaisir à Antoine, vous faisiez plaisir à Éric, non ?

Mélanie serra les lèvres. On comprit qu'il n'en sortirait plus rien pour cette fois.

Stern semblait satisfait. Tout ce qu'il entendait cadrait avec sa conception d'un univers composé à quatre-vingt-dix-neuf pour cent d'imbéciles. Le dossier serait plié en un rien de temps. Il congédia la mise en examen d'un geste impatient. Elle fit un petit adieu triste, du regard, à Bordarier. Il lui rendit un discret hochement de tête.

Le juge d'instruction fit ensuite entrer un Antoine Rancière échevelé, le regard hagard. Il ne semblait même pas avoir remarqué la présence du commissaire.

— Antoine Rancière, vous êtes soupçonné de vous être rendu coupable de ce qui a tout l'air d'une captation d'héritage, vous avez couvert la tentative de meurtre perpétrée par votre femme, Justine Rancière, née Fargue, à l'encontre de sa sœur cadette, Chloé Fargue. En fait, il semblerait que vous soyez allé jusqu'à faire appel à quelqu'un pour l'achever et se débarrasser de son corps. Vous avez ensuite tenté d'assassiner l'un de vos acolytes, Jacob Crémieux, avant de vous en prendre au commissaire, ici présent, qui avait mis au jour vos agissements. Est-ce que vous avez quelque chose à dire sur les faits qui vous sont reprochés ?

— Non.

— Éric Darieux vous a mis en contact avec Crémieux n'est-ce pas ?

Rancière soupira. Il semblait souffrir d'un terrible mal de tête.

— Lorsque vous avez compris que c'était lui qui vous faisait chanter, vous vous êtes dit que vous vous en débarrasseriez. Peut-être même en lui collant les disparitions sur le dos ? Mais il n'a pas suivi vos instructions pour disposer du corps de Chloé ! Il n'a pas non plus éliminé Éloïse Lanson comme vous l'espériez ! En fait, il n'a même pas tué celle qui l'avait surpris en train de brûler le corps que vous croyiez être celui de votre belle-sœur. Je n'irai peut-être pas jusqu'à dire que Crémieux est doté d'une grande conscience morale, mais tout de même, contrairement à vous, on peut lui accorder quelques scrupules. Expliquez-moi pourquoi vous étiez prêt à tuer pour financer ce zoo ?

— Vous ne comprendriez pas.

— Soyez aimable, essayez…
— Non.
— Mélanie ?

Rancière se leva en poussant un rugissement et courut tout droit vers la baie vitrée qui donnait sur la rue. Son front rebondit bruyamment sur le verre et il tomba à la renverse. La tentative de défenestration s'était soldée par un échec, mais il fallut faire venir les pompiers pour emmener le mis en examen, pissant le sang et complètement sonné.

45

Bordarier se leva assez tard, prit son café à l'ombre de la treille que la canicule commençait à faire jaunir. Son bol bleu ciel, ébréché, faisait un joli contraste avec la toile cirée rouge, imprimée de branches d'olivier et de petites abeilles, qu'il avait agrafée à sa table de jardin. Il appela l'hôpital. Une infirmière au courant de l'affaire l'informa que Jacob Crémieux n'était pas encore sorti de son coma artificiel, mais que son état semblait se stabiliser. Il faudrait encore attendre quelques jours pour voir comment les choses allaient évoluer.

Devant lui s'étendait la terre aride qu'il aimait, avec ses collines brûlées, ondulations d'un sol caillouteux auquel s'accrochait, tenace, une végétation sèche de verts glauques, argentés, oxydés, ternes comme des lichens, garrigue que le développement urbain n'avait pas encore trop fortement altérée. À part la villa à piscine en contrebas, il n'y avait dans son voisinage immédiat que quelques mazets, dont les jardins minuscules laissaient échapper des buissons de fleurs cultivées. Non loin se dressait aussi la forme d'une capitelle, refuge ancien à voûte de pierre où jadis on cherchait la fraîcheur, ou alors, à la mauvaise saison, un peu de chaleur dans la fumée d'un feu. Bordarier savait que d'ici quelques années, tout ce paysage serait transformé.

Au bout du chemin, de l'autre côté, lorsqu'on descendait vers la ville, il les voyait qui montaient déjà à l'assaut de la colline, une par une, d'abord petites verrues grises amenées par les tractopelles et les bétonneuses, puis, une fois le crépi appliqué comme un épais fond de teint, les tuiles rutilantes posées comme un rouge à lèvres de grande surface, obscénités aguicheuses qui suaient l'argent sous le soleil, sans charme. Il en avait remarqué récemment une nouvelle particulièrement hideuse, à deux ou trois cents mètres. Avec ses parpaings encore à nu, sa façon de tourner le dos au chemin, ses trois étages, sa terrasse en hauteur qui aurait pu servir de chemin de ronde à des gardes armés de fusils-mitrailleurs, elle ressemblait à un bunker de mafieux.

Bordarier mit un disque sur sa platine.

Claude Nougaro.

Il amena délicatement le saphir sur le début du morceau qu'il avait tout à coup eu envie d'entendre. « Chanson pour le maçon ». Hommage poignant d'un poète à un autre poète, Jacques Audiberti, dont Bordarier détenait quelque part l'un des recueils. La voix forte et claire du chanteur sembla donner de la vie à la brise chaude qui entrait par la fenêtre grande ouverte.

« *Alors mon petit, que s'est-il passé ?*
Est-ce que ta salade plaît à la façade ?
Que t'ont dit les marches quand tu chantais l'air ?
Et les volets verts se sont-ils ouverts ?
Le vert des volets devint-il du verre ?
Quand tu as chanté, rue du Saint-Esprit. »

Bordarier arrêta le disque, enfila une chemise et sa veste maintenant sèche quoique froissée. Il décida qu'au lieu de prendre la Primula, il irait à pied au commissariat. Quelques kilomètres de marche ne lui feraient pas de mal.

Il suivit le chemin de terre, passa un amoncellement d'éclats de roche qui résultait de l'épierrement d'un terrain, sourit en pensant au soir où Namgyel, venu chez lui écouter des disques et boire du whisky, l'avait décoré d'une guirlande de drapeaux de prière multicolores, ce qui avait fait courir dans le voisinage le bruit qu'une invasion de hippies était en préparation.

Les murs de pierres sèches firent bientôt place à des enceintes maçonnées. Tenues par un cœur de mortier, leurs pierres avaient un air droit, monotone et triste qui évoquait la prison. Bordarier n'y retrouvait rien du charme des pierres en équilibre, de la grâce que leur impartissaient les mains habiles qui les ajustaient au plus serré selon leur forme et leur taille, prenant soin de les placer là où leur force serait la plus grande. Les habitants modernes de la garrigue cherchaient le confort. Et le confort, ça voulait d'abord dire s'enfermer à l'abri des regards et des cambrioleurs derrière de hauts murs qu'il n'était pas besoin de remonter à chaque fois que la pluie et les ans les avaient fait s'effondrer. Dans le temps, continua Bordarier, de plus en plus nostalgique, il n'y aurait rien eu à voler, dans ces mazets où l'on ne gardait que quelques ustensiles de cuisine noircis par le feu, des chaises à la paille éventrée, une table vermoulue. Est-ce que cela ne suffisait pas ? Où était l'exubérance simple des petits ouvriers d'antan, des employés qui le week-end arrivé venaient ici cuisiner au feu de bois, chanter, poétiser, manger. Désormais, le rare piéton se faisait raser par des 4×4. Le bruit des télés sortait de fenêtres protégées par des systèmes d'alarme dernier cri et se mêlait au glouglou des piscines. Bordarier s'essuya le front, tout à coup accablé par la lumière blanche qui menaçait de faire bouillonner le goudron de la route. Un homme passa en courant à côté de lui, sans le saluer parce que ses lèvres étaient occupées à saisir la tétine d'une poche à eau. Bordarier se rendit compte que son monologue intérieur l'avait mené sur un terrain malsain.

— Ma parole, tu te transformes en vieux con, mon pauvre Émile ! Tu nous fais chier avec ton terroir et tes traditions, tes mazets de la garrigue, tes capitelles de la garrigue, tes oliviers de la garrigue, tes bouffadous de la garrigue !

Il fut soulagé d'être interrompu par la distraction simple d'un embranchement.

À droite ou à gauche ?

D'un côté, c'était la descente vers la ville. De l'autre, un chemin remontait vers la tour de télécommunication rouge et blanc et l'endroit où le cadavre avait été découvert. À vol d'oiseau, c'était à peine à trois kilomètres. Il sentit qu'il fallait qu'il y retourne. D'où pouvait bien venir ce foutu cadavre ? Rancière était en garde à vue, Mélanie Darieux s'était rendue à la police, Éric Darieux était mort et bientôt enterré, le jardinier toujours inconscient. Trois femmes avaient disparu, puis avaient été retrouvées, mais toujours pas d'identification. Ce retour à la case départ n'était pas ce qu'il avait escompté. Il passa sous les lignes à haute tension, enjamba quelques fossés, suivit des chemins envahis d'herbes jaunes. Au bout d'une petite heure, il retrouva la clairière où tout avait commencé.

Le trou d'où on avait extrait le cadavre n'avait pas été comblé. Quelques fragments du ruban jaune qui avait servi à délimiter la scène de crime restaient accrochés aux arbres. Bordarier s'assit sur une pierre, à côté de la tombe vide. Un oiseau voletait entre les branches d'un chêne vert et s'arrêtait de temps en temps pour le considérer.

Son téléphone sonna. C'était Samuel André.

— J'ai des nouvelles, pour le petit gars qu'on cherchait.

— Vous l'avez arrêté ?

— Non, on vient de le retrouver. Il est planqué dans un appartement. On les surveille, lui et sa copine.

Bordarier sentit son cœur chavirer.

— Sa copine ?

— Émile, ça fait longtemps qu'on se connaît, toi et moi, alors j'aimerais que tu me le dises franco. Comment tu as su que c'était Marcello Garcia qui avait embarqué la came, chez Mourad Boumaza ?

Bordarier s'attendait à cette question depuis qu'il avait mis son collègue sur la voie. Il apprécia l'ironie. Pendant que lui cherchait le nom d'une fille morte dans les montagnes cévenoles, un autre avait retrouvé la sienne. Ça méritait une explication.

— J'ai vu sur l'ordinateur de ma fille qu'elle s'était intéressée à cette affaire avant de disparaître. Elle traînait avec un mec qui essayait de se mettre au vert. Je n'étais sûr de rien. Un soupçon. J'espérais qu'elle ne serait pas mêlée à tout ça.

— Bon, on pense que les propriétaires de la came ont l'intention de la récupérer aujourd'hui. Ils sont au courant que Marcello Garcia est de retour à Nîmes.

— Ils sont où ? Tu as combien d'hommes pour les protéger ?

— Dans l'appartement de ta fille. Mais ne t'en fais pas, il ne va rien lui arriver. Je viens de mettre quatre collègues supplémentaires sur le parking. S'ils s'amènent, ils n'auront même pas le temps de s'approcher de la porte.

Le commissaire raccrocha. Il était seul, au milieu de la garrigue, devant un trou dans la terre, une tombe sauvage. Seul, alors que sa fille avait besoin de lui. Il se mit à courir, trébuchant sur les pierres. Très vite, il fut en nage, son cœur battant la chamade, la respiration courte.

L'automobiliste qui le vit émerger des buissons, titubant, au bord du malaise, fit un écart pour l'éviter et appuya sur l'accélérateur. Il brandit sa carte de police en lui criant de s'arrêter, mais ce fut peine perdue. Le chant assourdissant des cigales se mêlait au bruit du sang dans ses tempes. Il descendit pendant quelques minutes une rue interminable, entre des murs qu'à intervalles plus ou moins grands interrompaient des portails de métal hauts et fermés. Il pensa sonner mais se dit que ce serait une perte de temps. Les gens seraient au travail, ou alors n'ouvriraient pas. Une voiture arrivait derrière lui. Il se retourna. C'était un 4 × 4. Une femme était au volant. Deux petites filles étaient à l'arrière. Le bandeau bleu blanc rouge de la carte de police sembla cette fois faire son effet, puisque la femme baissa sa vitre et le considéra par-dessus ses lunettes noires aux épaisses montures en plastique blanc. Une bouffée d'air artificiellement refroidi vint déposer un frisson de fièvre sur le cou ruisselant de Bordarier.

— Vous pouvez me déposer en ville ? C'est une urgence.

Elle jeta un coup d'œil sur la banquette arrière, où les deux fillettes s'étaient déjà désintéressées de la situation pour se concentrer sur un écran d'où montait une musique de dessin animé. Puis elle releva ses lunettes.

— Tu ne me reconnais pas, Émile ?

Bordarier s'essuya les yeux du pouce et de l'index pour se débarrasser de la sueur qui dégoulinait de ses sourcils.

Incroyable. Oui, il la reconnaissait. Il l'avait rencontrée deux étés auparavant à la fête de l'âne organisée par le comité de quartier. Cherchant tous deux à échapper à l'odeur de crottin, ils s'étaient retrouvés assis à la même table dans l'ombre et la fraîcheur d'une paillote déployée pour l'occasion à côté de la buvette. Elle était venue seule. Ils avaient bu quelques bières, pour la bonne cause, puisque les profits étaient destinés à renflouer les caisses du comité. Il ne se souvenait plus de ce dont ils avaient parlé, seulement qu'à un moment elle l'avait regardé d'une façon qui laissait peu de place à l'ambiguïté. Ils ne s'étaient vus que deux ou trois fois, chez lui. Sans trop de paroles échangées parce qu'ils avaient compris depuis le début qu'ils n'avaient quasiment rien en commun. Maintenant non plus, il ne trouvait pas grand-chose à dire. Ç'avait l'air de l'amuser.

— Qu'est-ce qui t'arrive ?

46

Elle le déposa au coin de la rue. Il se retourna une fois, elle attendait pour redémarrer qu'il ait disparu de son champ de vision.

Il s'approcha de l'immeuble et leva les yeux vers les fenêtres de l'appartement de sa fille. Seul le bleu du ciel se reflétait dans les vitres. Les collègues étaient bien là, en planque dans le sous-marin, une camionnette blanche aux vitres teintées garée sur le parking. Il y en avait aussi d'autres qui attendaient, un peu plus loin, dans une voiture banalisée. Il avisa un minuscule troquet dans lequel il n'était jamais entré, mais d'où il calcula qu'il pourrait embrasser à peu près l'ensemble de la scène. Ce ne fut que lorsqu'il eut poussé la porte qu'il s'aperçut que Samuel André était tranquillement accoudé au bar, en train de prendre un café.

— Tu as fait fissa ! D'après ce que j'ai compris en interrogeant les voisins, elle est de retour chez elle. Ils sortent le moins possible. Ils se font livrer de la nourriture. Pas n'importe quoi d'ailleurs. Ils mènent grand train.

Bordarier se retint de dire que ce n'était en tout cas pas avec l'argent des chichis. Il commanda un noisette et un verre d'eau à la femme qui lisait le journal à côté de sa caisse enregistreuse. Elle mit le percolateur en route.

— Vous êtes de la police, vous aussi ?

Bordarier jeta un coup d'œil dans le miroir contre lequel se reflétaient des bouteilles d'alcool et de liqueur posées sur des étagères de verre. Derrière lui, trois vieux jouaient aux cartes en sirotant des pastis. La télé était éteinte. Le ménage n'avait pas été fait depuis longtemps. Des verres vides, sur lesquels de la bière avait laissé des traces comme l'écume de la marée sur un rivage, occupaient presque entièrement une table et servaient de terrain de jeu à un essaim de mouches. Son propre visage cendreux était en parfaite harmonie avec le cadre.

— Ça m'en a tout l'air.

— Cette fille, là-bas, dans la garrigue, vous ne savez toujours pas qui c'est ?

— Des fois, les choses ne vont pas comme on voudrait. Mais il ne faut pas désespérer, n'est-ce pas Samuel ?

— Tu l'as dit, Émile.

— Vous croyez que c'est la pègre ?

— Et vous ?

— C'est vous la police. Moi j'ai pensé aux gens du voyage. Ils braquent, ils s'en prennent aux distributeurs de billets, c'est peut-être un coup qui a mal tourné ? Ou alors, si c'est pas eux, c'est les Russes, les gens des pays de l'Est, avec les Roumaines et les Bulgares qu'ils envoient faire le tapin… Quelle misère ! Aux prochaines régionales, je vais pas me gêner. Dans la famille bleu, blanc, rouge, je prends le bleu. Le bleu marine, si vous voyez ce que je veux dire. Ils vont vous foutre un de ces coups de balai dans tout ça !

— Confidence pour confidence, des trois couleurs que vous avez mentionnées, il n'y a que la dernière qui me donne envie d'aller déposer un bulletin de vote.

Elle jeta presque le café sur le comptoir.

— Ah, ça, non !

André le regardait d'un air surpris. Bordarier ne fit qu'une gorgée de son café. C'était un jus infect. Il se sentait belliqueux, avait envie de provoquer.

André lui toucha l'épaule du revers de la main, lui signalant de regarder dehors.

Un scooter de livraison de pizza venait de passer devant le bar et de tourner dans le parking. Bordarier avait eu le temps de voir que le casque était teinté et que le livreur n'avait pas le profil habituel du jeune ou de l'ado. C'était un homme mûr. Quoique par ces temps de crise économique, on pouvait imaginer que livrer des pizzas puisse intéresser n'importe qui.

André avait pris sa radio.

— Interceptez le livreur.

— Reçu.

Les policiers étaient sortis du camion, mais l'homme, vif et rapide, était déjà entré à l'intérieur de l'immeuble avec un sac de sport noir qui ressemblait à tout sauf à un sac à pizza. Ils foncèrent à sa suite.

— Cordelle, quelqu'un est en train de monter. Tenez-vous prête à intervenir.

— Cordelle est là-haut ?

— Je l'avais postée au dernier étage, au cas où.

Sans écouter Samuel André, il sortit du café, traversa la rue et le parking en courant, pénétra dans l'immeuble. La porte de l'ascenseur était ouverte, ce qui voulait dire que les policiers, tout comme le soi-disant livreur de pizzas, avaient pris les escaliers. Il s'empara d'un balai oublié contre le mur et s'en servit pour bloquer la porte automatique. Au moment où il ouvrait celle de la cage d'escalier, cinq ou six détonations ébranlèrent les parois de papier de l'immeuble. Bordarier regarda derrière lui. André était sur le parking et appelait déjà les renforts. Il monta les escaliers en courant.

La scène était chaotique. Le faux livreur de pizza avait blessé deux policiers qui gémissaient et juraient sur les marches pendant que deux autres les aidaient à redescendre. Cordelle était également là, le visage crispé.

— Je n'ai pas réussi à l'intercepter. Il m'a vue et a commencé à canarder dans l'escalier. J'ai été obligée de me mettre à couvert.

L'arme au poing, Bordarier jeta un coup d'œil sur le palier.

La porte de l'appartement de sa fille était fermée. Le bois avait été traversé à hauteur d'abdomen par deux balles qui avaient projeté des échardes blanches sur le sol. Sans doute la riposte des flics au moment où le livreur entrait dans l'appartement en les arrosant de plomb.

Juste en face de la cage d'escalier, une porte était en train de s'entrouvrir tout doucement, en silence. Un visage se profila dans l'entrebâillement.

Il reconnut Albert Ravaud, le chasseur qui s'était débarrassé de son chien.

Est-ce que les dieux avaient décidé de s'offrir une partie de rigolade ? Lorsque le commissaire l'avait rencontré sur le parking, la dernière fois, avec son gamin et son chien, il avait compris qu'il habitait dans le quartier, mais de là à imaginer qu'il était le voisin de sa fille... Et puis merde, les divinités de tous les panthéons pouvaient aller se faire voir en enfer ! Il fit signe à Ravaud de fermer sa gueule et d'ouvrir grand sa porte. L'autre le regarda en secouant la tête d'un air ahuri, mais obtempéra, se soumettant à la fatalité qui plaçait à nouveau cet encombrant commissaire sur son chemin.

Bordarier traversa le palier en courant, Cordelle à sa suite, et entra dans un appartement qui sentait les poubelles. Une femme endormie écrasait les ressorts d'un canapé fatigué. Sur la table basse étaient posées des boîtes de médicament ouvertes dont les notices pliées étaient tombées par terre. Le sosie du chien par qui tout avait commencé le regardait en haletant, la langue tirée, le coin des babines ourlé en une sorte de sourire étrange. Bordarier tira sur une lanière noire de crasse qui sortait du mur et remonta doucement le volet roulant qui donnait accès à l'étroit balcon. Albert Ravaud, resté muet, mit lentement sa main en visière pour se protéger les yeux, comme s'il voyait la lumière pour la première fois de la journée. De gros flocons de poussière scintillaient dans l'air.

Le commissaire fit un pas à l'extérieur. Le balcon courait sur toute la longueur de l'étage, des plaques de plexiglas délimitant le petit bout de soleil et de plein air dévolu à chaque lot de l'immeuble. Il entendait une voix d'homme crier.

— Sale petit con. Tu m'as tendu un piège, hein ? Tu vas crever avec moi. Et toi aussi, salope !

Marcello pleurait.

— Je savais pas que c'était votre came, putain ! C'est pas moi qui ai appelé les flics.

L'autre faisait les cent pas, se disant sans doute que son patron l'avait envoyé au casse-pipe. Bordarier l'aperçut qui collait son visage à la baie vitrée pour regarder le parking. Il reconnut Jean Lavalade, un homme de main affilié à une bande locale.

— On va se tirer avant que le RAID se ramène. Toi tu vas marcher devant et toi tu vas rester avec moi. Vous avez une voiture ?

— Oui, sur le parking. La Lancia.

Eh bien, le voilà l'argent de la drogue, pensa Bordarier en déplorant le manque d'imagination de l'élu de sa fille.

Il entendit un sanglot. C'était Marion.

— Ta gueule pétasse !

Faisant signe à Cordelle, le commissaire retraversa l'appartement pour se poster près de la porte d'entrée, qu'il entrouvrit doucement, juste assez pour n'avoir qu'à la pousser, le moment voulu. Le chien les suivit tranquillement en remuant la queue. La dormeuse avait entrouvert un œil mais ne semblait pas pouvoir faire la différence entre le rêve et la réalité. Ravaud avait pris son fusil de chasse et s'apprêtait à le charger, mais Cordelle lui opposa d'un doigt péremptoire un non qui le transforma en statue. Il y eut un bruit sur le palier. Bordarier poussa un peu la porte pour éviter qu'un liseré de lumière n'éveille la suspicion du preneur d'otages et se mit à suivre la scène à travers l'œilleton.

Le crâne rasé et couturé de Marcello était apparu sous le plafonnier. Le truand, lui, était encore invisible. Bordarier comprit qu'il devait avoir le canon de son arme dirigé vers la tempe de sa fille.

— Hé, la flicaille, on sort, alors pas de conneries ou je les bute tous les deux !

Sur un signe du preneur d'otages, Marcello enfonça le bouton d'appel de l'ascenseur. Quelques secondes s'écoulèrent.

— Il ne vient pas.

— Putain de merde, tu te fous de ma gueule ? Tu veux que j'éclate la tête de ta copine ?

L'homme lâcha Marion pour appuyer rageusement sur le bouton. C'était le moment ou jamais. Bordarier poussa la porte et chargea comme un taureau, ne laissant pas à l'autre le temps de se retourner. Il y eut le bruit déplaisant d'un visage s'écrasant contre la porte en fer pendant qu'une arme tombait sur le sol et qu'un coup partait, assourdissant, dans l'espace confiné du palier.

— Tu ne bouges pas !

Cordelle pointait son arme sur la nuque de Lavalade pendant que Bordarier lui passait les menottes qu'elle lui avait tendues, même si ça semblait superflu tant le truand était devenu mou et inerte. Cordelle le mit en position de sécurité tandis que Bordarier se relevait péniblement en prenant appui sur le derrière du vaincu.

Marion s'était laissé tomber contre le mur et pleurnichait doucement en tenant son mollet. Bordarier comprit que la balle perdue avait ricoché et l'avait frappée. Il n'en attendait pas moins de son horoscope de la journée.

Tout à coup, il se sentit mal. La course dans la chaleur de la garrigue, ce café qu'il avait pris avant de monter les marches quatre à quatre, le stress de la fusillade, le spectacle de sa fille blessée, c'était trop. Cordelle commença à faire une compression sur le mollet de Marion. Marcello était auprès d'elle et appelait une ambulance sur son portable. Le commissaire n'eut que le temps de se retourner pour vomir sur le paillasson de Ravaud. Le chien, qui avait à peine aboyé lorsque le coup de feu était parti, se mit à dévorer ce qui restait de son petit déjeuner, sous les yeux résignés de son maître.

Se sentant un peu mieux, le commissaire poussa le petit dealer d'un coup d'épaule pour s'agenouiller à côté de sa fille. Comme quand elle était enfant, sa lèvre inférieure s'était avancée pour former une moue boudeuse et tremblait doucement. Il se mit à lui caresser la nuque et ramena sa tête sur sa poitrine.

47

Le funérarium avait une tristesse d'entrepôt que les gerbes et les bouquets, de toute façon peu nombreux, ne pouvaient suffire à égayer. Bordarier trouva même que ces fleurs, qui n'étaient pas de la première fraîcheur, rendaient le lieu encore plus sinistre. Il n'y était entré qu'à regret, motivé par le désir de comprendre ce qui avait pu conduire le maire de Saint-Sauveur-du-Merlet à tout risquer pour un malheureux zoo et le développement immobilier qui l'accompagnait, entraînant Rancière à sa suite. Était-ce la passion des animaux ? Avait-il vraiment cru pouvoir faire fortune de cette façon ? Est-ce que ç'avait vraiment été, comme le commissaire l'avait suggéré au juge d'instruction, la volonté de se voir sacrer sauveur providentiel de la commune ?

Bordarier s'approcha du corps de Darieux. Allongé dans le cercueil ouvert, celui-ci donnait l'impression d'être desséché, frigorifié. Une carcasse de cire, une enveloppe vide. Mais il fallait reconnaître que le préparateur funéraire était un artiste de talent. Le commissaire avait vu le visage déformé, le crâne perforé de Darieux, mais tout avait été miraculeusement effacé. Il paraissait apaisé. Il repensa à son arrivée à Saint-Sauveur-du-Merlet et à la soirée qu'il avait passée chez Darieux. Savait-il à ce moment-là que la femme de son partenaire en affaires avait fait une tentative de meurtre sur sa sœur, Chloé Fargue ? Oui, sans doute, puisque tout donnait à penser que c'était lui qui avait envoyé Jacob Crémieux pour la faire disparaître une bonne fois pour toutes. Savait-il également que Léa Hubert avait été enlevée après avoir surpris Crémieux en train d'essayer de brûler un corps ? Peut-être pas. En tout cas, ç'avait été extraordinaire de culot, de sa part, que de l'inviter, lui, le commissaire, à sa table alors qu'il se savait coupable d'une complicité de meurtre et d'un recel de cadavre.

Étaient présents ses collègues de l'équipe municipale, la secrétaire de mairie, qui semblait douée d'une capacité hors du commun à paraître blasée en toutes circonstances, les propriétaires de l'hôtel des Bancels, divers villageois que Bordarier avait aperçus dans les rues lors de son séjour. Les employés des pompes funèbres, tout en componction, en chuchotements, guidaient les visiteurs d'un simple geste de la main ouverte, frôlaient les coudes pour les placer, les aider à trouver une chaise. L'absence de Mélanie Darieux était frappante. Une vieille femme qui venait d'arriver se mit à sangloter. Elle était enveloppée dans une robe noire de tissu épais, faite pour l'hiver, qui embaumait si bien la naphtaline et la poussière des vieilles armoires que Bordarier la sentait d'où il était. Ses pleurs faisaient grimacer le reste du groupe, visiblement très mal à l'aise.

Enfin, le cercueil fut scellé et tout le monde se mit en route. Bordarier suivit la procession que menait le corbillard, une camionnette gris métallisé, sur les petites routes qui conduisaient au cimetière où Darieux allait être enterré. Par les fenêtres ouvertes entrait la fraîcheur des hauteurs et des bois de châtaigniers. Les voitures s'arrêtèrent finalement sur un parking. Tout en bas, il y avait l'enclos d'un petit cimetière de village.

Il fallut descendre par un chemin scabreux qui mit à rude épreuve les porteurs du cercueil. En costume, maintenant gantés, ils serraient les mâchoires, luttaient contre la pente, hésitaient sur les cailloux qui prenaient un malin plaisir à rouler sous les semelles lisses de leurs chaussures de ville. Anticipant une catastrophe, voyant déjà le cercueil tomber, faire la roue comme une voiture qui aurait raté son virage, s'ouvrir et laisser échapper un corps désarticulé, quelques-unes des personnes venues accompagner la dépouille d'Éric Darieux lâchaient de petits « ah ! » ou aspiraient l'air entre leurs dents en faisant des bruits de reptiles, à chaque fois qu'un genou fléchissait ou qu'une épaule semblait sur le point de laisser filer sa charge. Cette péripétie faisait oublier tout le reste.

Bordarier se laissa dépasser par les quelques personnes avec qui il marchait pour rentrer dans le gros du peloton. On bavardait et on chuchotait. Les circonstances de la mort du maire, l'incertitude qui planait encore sur le rôle qu'il avait pu jouer dans l'enlèvement et la séquestration des trois filles, la disparition de sa femme en fuite avec Rancière, faisaient que les disputes autour du projet de zoo, le démontage de la yourte, le sac de la mairie, n'avaient plus d'importance que comme de ces incidents prémonitoires. Darieux hurlant à la fenêtre de la mairie, il y avait à peine quelques jours, était déjà en train de préparer sa propre mort. On prononçait aussi beaucoup le nom de Jacob Crémieux en hochant la tête. Certains étaient convaincus qu'il avait réussi à empêcher un triple meurtre. D'autres le voyaient comme pleinement complice de Rancière et de Darieux. Quelques imaginatifs à la tête chaude prétendaient que c'était lui, le cerveau de la bande, que depuis le début il menait le village par le bout du nez, et que les investissements disproportionnés et irréalistes qui avaient été faits dans le fleurissement du village portaient sans aucun doute possible sa signature.

Ils atteignirent enfin le cimetière. Des herbes passaient dans les jours des croix rouillées. Des oiseaux s'échappèrent d'une tranchée fraîchement creusée où ils étaient venus picorer des vers.

Le prêtre, un très vieil homme à cheveux blancs et visage rouge, mit en valeur les qualités humaines et politiques de Darieux. La question du zoo et de sa mort brutale ne fut évoquée qu'à la fin.

— Éric s'est engagé comme personne dans la vie de son village, dans les œuvres de l'église. La mort a interrompu son mandat et son projet de développement économique qui aurait permis la construction d'un zoo et à terme dynamisé le tourisme dans la vallée. Ce zoo ne sera peut-être pas. Mais rien ne nous fera oublier que si certaines erreurs ont pu être commises, s'il nous reste beaucoup à apprendre et à comprendre devant le mystère de cette vie qui vient de s'éteindre, soyons sûrs que les intentions étaient pures. Éric était réellement passionné par ce projet. Il voulait améliorer le quotidien des hommes.

Avant que la terre ait fait disparaître le cercueil, les gens commencèrent à remonter le chemin.

Bordarier s'approcha d'un des porteurs du cercueil qui s'en retournait, fourbu, vers son véhicule, où les trois autres se préparaient à faire tomber leur chemise et leur masque de componction. Il considéra une couronne qui était restée sur la plage arrière du corbillard. Un picotement passa sur sa nuque.

— Dites, monsieur, d'où viennent les fleurs ?

— Ah, vous ne les trouvez pas jolies... C'est qu'elles ne viennent pas du même endroit que d'habitude.

— Ah bon ?

— Eh oui, en cette saison, c'est Jacob Crémieux qui fournit normalement l'entreprise. On a un contrat avec lui. C'est un très vieil ami du patron. Ses roses sont les plus belles de la région.

Bordarier fronça les sourcils. Quelque chose venait de remuer à l'intérieur de sa tête.

— Et Crémieux vient les livrer directement chez vous ?

— Oui, bien sûr, à l'entreprise.

Il sortit sa carte de police.

— Je peux parler à votre patron ?

C'était possible. Bordarier suivit le corbillard jusqu'à Saint-Sauveur-du-Merlet, puis sur la route de Nîmes, jusqu'à ce qu'il mette son clignotant et tourne pour se garer devant un bâtiment sinistre à l'allure d'entrepôt industriel. Une grande bannière proclamait qu'on y faisait tout : 24/24, 7J/7, AMBULANCE, POMPES FUNÈBRES, CHAMBRE FUNÉRAIRE, MARBRERIE FUNÉRAIRE, INCINÉRATION, LARGE GAMME D'ARTICLES FUNÉRAIRES, etc. Des stèles et de grosses plaques de marbre attendaient la gravure. Il pénétra à la suite des employés dans le hall d'accueil où un homme en costume noir et chemise blanche vint immédiatement vers lui, sans doute alerté par téléphone par ses employés.

— Monsieur ?

— Émile Bordarier, SRPJ de Nîmes.

L'homme accusa le coup. Sa peau avait pris la couleur du faux plafond d'où tombait une lumière sale. Il avança une main moite et froide.

— Charles Coulomb. En quoi puis-je vous aider ?

— Je crois que vous le savez.

— Oui, la fille… Je…

— Quand est-ce que Jacob Crémieux vous a convaincu de marcher dans sa combine ?

L'homme vacilla sur ses jambes. Il semblait penser à autre chose. À la fermeture de son entreprise, par exemple. Au scandale de sa famille soudain dépossédée de cette source de revenus qui avait irrigué plusieurs générations. Au regard accusateur de ses enfants lorsqu'ils viendraient le voir en prison. Il avala péniblement sa salive, sembla revenir au présent, très las, découvrir que ce commissaire était bien devant lui, à lui demander des comptes.

— Je l'ai fait pour sauver cette fille. Antoine Rancière voulait vérifier que Jacob allait bien brûler le corps pour s'en débarrasser. Mais il ne voulait pas s'en mêler de trop près. Il voulait regarder ça avec des jumelles, de chez lui. Jacob m'a demandé un cadavre pour le brûler et épargner la fille qui était encore vivante.

— Ça va contre tous les codes déontologiques de votre profession, non ? À qui appartenait-il, ce corps ?

— C'est une jeune femme qui est morte dans un accident, après un saut d'un hélicoptère. Ça s'appelle du wingsuit, je crois, ça consiste à se jeter dans le vide avec une combinaison qui fait comme des ailes. Apparemment on vole. Pour elle, ça s'est mal terminé, puisque son parachute ne s'est pas ouvert. Il y a eu une enquête de la gendarmerie, puis la famille est venue chez nous pour les obsèques. Comme le cercueil était fermé, il n'a pas été difficile de remplacer le corps par des sacs de pommes de terre.

— Pourquoi avez-vous pris tous ces risques pour Jacob Crémieux, ça en valait la peine ?

— C'était un ami d'enfance. Et puis il m'avait promis de me livrer gratuitement des fleurs pendant un certain temps. Surtout, je ne voulais pas qu'il arrive malheur à cette pauvre fille.

— Vous auriez pu appeler la police, dénoncer Rancière ? C'était facile, vous l'envoyiez en prison.

— C'était pour protéger Jacob… Et aussi pour que le projet de zoo que Darieux avait monté avec Rancière aboutisse. Il y avait tellement d'argent en jeu, pour nous, dans la région. Mais si j'avais su que les autres disparitions étaient aussi à cause d'eux, soyez sûr que j'aurais dit quelque chose…

Bordarier fit quelques pas et s'assit sur une banquette. Devant lui était une salle pleine de fleurs de toutes sortes, en plastique et naturelles, en pots, en couronnes, en guirlandes. Tout tombait en place. La jeune femme de la garrigue était l'accidentée. Le médecin légiste avait remarqué des choses étranges, des blessures d'une violence rarement constatée, des rafistolages, et puis il avait trouvé que le corps avait reposé un long moment avant la crémation. Bordarier se souvenait aussi d'avoir lu dans le journal, le lendemain de son arrivée à Saint-Sauveur-du-Merlet, ce fait divers sur l'accident en wingsuit, au-dessus de l'Aigoual. Le dimanche suivant, ç'avait été le tag sur l'arrêt de bus, sans doute fait en hommage à la victime, qui était de la région, peut-être même du village. Les deux graffeurs s'étaient ensuite attaqués à la citerne, qu'ils voulaient aussi transformer en monument pour la fille tombée du ciel. Le plus beau, c'était que l'hélicoptère qu'ils avaient réquisitionné était apparemment celui à partir duquel le saut avait eu lieu. Le commissaire secoua la tête en pensant aux longues explications qui l'attendaient dans le bureau du juge d'instruction et eut un petit rire, pour lui seul, devant les fleurs qui l'observaient avec leurs têtes penchées.

48

Lorsqu'il annonça à Benedetta que sa fille avait été blessée, elle décida qu'elle descendrait le surlendemain par le TGV. Il répondit que c'était une bonne idée. La canicule commençait à faiblir et ce n'était qu'une question de semaines avant que le temps ne change et que ne surviennent les pluies d'automne, autant profiter de ce qui restait de soleil.

— C'est pour toi que je viens, Émile.

— Oui.

— Tu es sûr que ça va ?

Il lui assura qu'il ne fallait pas s'en faire. Il ne lui dit pas qu'il avait rendu visite à sa fille à l'hôpital et que celle-ci n'avait pas été très contente de le voir. Surtout quand il lui avait expliqué que ce petit con de Marcello Garcia allait prendre de la taule et que c'était une chance qu'il la protégeait et affirmait qu'elle n'avait été au courant de rien.

En début d'après-midi, il prit la route pour se rendre à Saint-Sauveur-du-Merlet avec Namgyel et Cordelle.

Ils arrivèrent juste à temps pour l'exhumation qui avait été ordonnée par le juge d'instruction et qui était supervisée par le capitaine Guénant. Il les accueillit comme de vieilles connaissances.

Les employés du cimetière remontèrent le cercueil, qui semblait encore tout neuf. Puis il fallut quelques minutes pour le déboulonner. Enfin le couvercle sauta.

Trois sacs de patates de vingt kilos. Elles avaient un peu germé, mais semblaient encore comestibles.

Caroline Bourquin avait depuis toujours eu la passion des sports extrêmes et l'avait payé de sa vie. Le commissaire trouvait étonnant que son corps brisé d'oiseau tombé du ciel l'ait mené à ces trois filles, chacune ayant fui une vie qui ne lui convenait pas et cherché quelque chose qui ressemblait à la liberté.

Au moment où ils sortaient du cimetière, Cordelle lui donna un coup de coude.

— Tiens, commissaire, nos graffeurs.

Ils étaient tous deux au travail sur le mur d'une laverie automatique. C'était une strophe de poème.

Envole-toi bien loin de ces miasmes morbides,
Va te purifier dans l'air supérieur,
Et bois, comme une pure et divine liqueur,
Le feu clair qui remplit les espaces limpides.

Les deux gamins les avaient vus et se mirent à courir le long de la route. Guénant, qui venait de passer à son tour la grille du cimetière, fit mine de les courser puis posa une main sur ses lombaires et revint sur ses pas. Il considéra le mur.

— Il ne faut pas leur en vouloir, après tout. La défunte, c'était une cousine du beau gosse, là. Il l'admirait beaucoup. C'est sa mère qui me l'a dit. Quand cet accident est arrivé, il aurait voulu que le village lui élève un monument. Je me demande de qui est ce poème. Si ça se trouve, c'est lui qui l'a écrit. Il a du talent ce petit !

Namgyel prit Bordarier de vitesse.

— Baudelaire, ils ont dû étudier ça au lycée…

Le capitaine Guénant le regarda d'un air méfiant. Comment cet homme, qui était en définitive à peine français, faisait-il pour savoir tout ça ?

Ils remontèrent dans la voiture et prirent la direction de Nîmes. Ils n'avaient plus rien à faire ici. Un terrain boisé, à la sortie, était noir de monde. Une banderole qu'il n'avait pas remarquée en arrivant annonçait les 27es rencontres protestantes de Saint-Sauveur-du-Merlet, sur le thème des résistances en Cévennes. Les gens, installés sous les arbres, étaient vêtus de couleurs claires. Plusieurs pasteurs, en noir, eux, hommes et femmes, étaient rassemblés sur une ligne, et l'un d'eux, parlant dans un micro, avait sa main sur la tête d'une jeune femme aux cheveux bruns, en robe blanche. Bordarier ralentit pour écouter la voix qui sortait des enceintes.

— Jacquie, avec l'église universelle, voulez-vous confesser la foi chrétienne ?

Il appuya sur l'accélérateur.

À 18 heures, Cordelle l'appela pour l'informer que Justine Rancière avait été retrouvée en Bretagne et que Jacob Crémieux était réveillé depuis le matin.

Bordarier arriva à l'étage qu'on lui avait indiqué et repéra la chambre du premier coup. C'était la seule devant laquelle un policier montait la garde.

Cordelle et Namgyel étaient déjà là, au chevet du convalescent.

Il y avait un grand bouquet de fleurs sur le rebord de la fenêtre.

L'infirmière qui venait d'entrer les avisa, elle aussi.

— Les fleurs sont interdites.

Namgyel leva les yeux de l'écran où il s'apprêtait à prendre la déposition.

— C'est pas nous, madame.

Bordarier fut pris d'un doute.

— Qui c'est alors ?

Cordelle eut l'air de comprendre soudain quelque chose.

— On a croisé Henri Brioux et Michel Carcel dans le couloir, en arrivant.

— Les propriétaires de l'utilitaire volé ?

Bordarier sortit à grands pas, Cordelle à sa suite.

Ceux qui avaient déposé des fleurs dans la chambre de Crémieux n'avaient pas eu le temps de quitter le parking, dont la sortie était bloquée par un ralentissement.

Bordarier frappa à la vitre du conducteur et leur fit signe de se garer et de sortir.

Ils avaient l'air terrifiés.

— Vous vous êtes bien foutus de nous, dites ? Depuis le début, vous saviez exactement ce qui s'était passé. Vous êtes conscients de ce que ça peut vous coûter, une complicité de recel de cadavre ?

Michel Carcel avait perdu son beau teint carotte et s'était assis au bord du parking. Il se sentait mal. Brioux tremblait, les yeux affolés.

— C'est Jacob qui nous a demandé de l'aider. Il nous a dit qu'il avait besoin de notre utilitaire pour emmener la belle-sœur de Rancière à l'abri. Il nous a dit que Darieux et Rancière étaient devenus fous, qu'ils voulaient la tuer, mais qu'il avait un plan. Il la tiendrait cachée jusqu'à ce que le zoo soit construit, puis il ferait éclater la vérité. Comme ça, Saint-Sauveur-du-Merlet aurait un beau zoo et on serait débarrassés de Darieux et de Rancière. Personne ne devait mourir.

— Et ce plan ne vous a pas paru un peu abracadabrant ?

— C'était mieux que de devenir complices de Darieux et Rancière en taisant le meurtre de cette fille ! Ou que de les dénoncer tout de suite et de laisser la vallée aux mains des yourteurs.

— Mieux que de laisser la vallée aux yourteurs ? Mais vous êtes tous dingos, dans votre village, ma parole ! Si je comprends bien, alors, vous avez déclaré le vol de la camionnette après en avoir donné les clés à Jacob Crémieux.

— Oui, il pensait que ce serait mieux de dire que l'utilitaire avait été volé, au cas où il serait vu. Il nous a dit qu'on ne serait pas embêtés, nous, qu'on était au-dessus de tout soupçon.

Secouant la tête devant cette histoire de fous, le commissaire leur annonça qu'ils recevraient sous quelques jours une convocation de la part du juge d'instruction et les laissa repartir avant de remonter.

— Bon, Crémieux, comment vous avez fait pour vous fourrer dans ces draps-là ?

La voix de l'homme alité était faible.

— Je ne les ai pas sauvées, ces filles ?

— D'une certaine façon. Mais vous auriez aussi bien pu aller directement à la gendarmerie… C'était plus simple, non ?

— Et le zoo, alors ? Et puis j'avais besoin d'argent. Avec ce qu'ils avaient fait aux filles, je me suis dit que j'allais les ponctionner…

— Ils n'ont pas apprécié, apparemment. Pourquoi ont-ils choisi ce moment-là plutôt qu'un autre pour essayer de se débarrasser de vous ?

— Je leur avais dit que s'ils ne me donnaient pas mes dix mille euros, je raconterais tout pendant la visite du jury des Villes et Villages Fleuris. Je pensais qu'ils paieraient…

— Qu'est-ce que vous auriez fait de ces filles, une fois payé ?

Il toussa en se tenant la poitrine, puis ferma les yeux. Un gros pansement carré la recouvrait en son centre. Ils n'en tireraient rien de plus aujourd'hui.

49

— Tu sais, Marcello, c'est quelqu'un de bien, de vrai. Il a peut-être fait une connerie, mais ça, c'est pas lui, dans le fond.

Lorsque Marion avait fait cet apologue du kéké à gourmette qu'il avait vu embarquer par ses collègues avec une satisfaction sans mélange, Bordarier s'était déjà heureusement un peu calmé. Sa gueulante avait duré en tout et pour tout une vingtaine de minutes. Il lui avait reproché son talent pour aller se fourrer avec les pires délinquants, ce petit Marcello qui ne trouvait rien de mieux que d'aller faucher la came d'une bande de vrai durs. Qui sait ce qu'il se serait passé si la police n'était pas intervenue ? Est-ce qu'elle se rendait compte de ce qui aurait pu lui arriver, qu'elle s'en tirait à très bon compte avec une balle dans le mollet ? Il allait falloir qu'elle se ressaisisse, qu'elle arrête les conneries, il ne serait pas toujours là pour lui sauver la mise. Pour une fois, elle avait subi sans se défendre, quoique en le regardant à plusieurs reprises comme s'il avait été un spécimen dont le comportement hautement prévisible pouvait encore surprendre à l'occasion. Bordarier avait continué sur sa lancée, puis ce calme l'avait troublé, il s'était peu à peu tu, avait fini par s'asseoir sur le lit d'à côté, qui était libre, puis s'était allongé.

Ils avaient allumé la télé et regardé le cinquième set d'un match de l'US Open. Federer était en train de massacrer un joueur issu des profondeurs du classement ATP. Ils avaient commenté les coups de manière intermittente. Elle lui avait demandé d'aller lui chercher un chocolat au distributeur.

— Je ne savais pas qu'il avait pris la drogue. Enfin, je m'en doutais un peu, mais je n'étais pas sûre.

Bordarier s'abstint de souligner qu'ils avaient quand même acheté la Lancia. Il lui paraissait inconcevable que l'apparition de cette berline, absolument hors de portée pour le vendeur de chichis, n'ait pas servi à confirmer ses soupçons.

— Qu'est-ce que tu vas faire, maintenant ?

— Peut-être monter à Paris.

Bordarier se contint.

— Si tu veux changer de style de vie, tu peux le faire ici, pas la peine de partir. On s'emporte toujours avec soi, tu sais.

Elle fit une grimace.

Il s'excusa d'un mouvement de la main. Il aurait mieux fait de la laisser dire. Paris, c'était un projet qu'elle n'accomplirait jamais, des paroles en l'air.

— De toute façon, je n'ai pas envie de changer, je suis bien comme ça. La fille à problèmes. Il faut bien que les cordonniers soient les plus mal chaussés, hein ? Une fille de flic doit traîner avec les pires délinquants, sinon ce serait pas marrant.

Toujours cette provoc débile. Mais derrière tout ça, il y avait un fond de vérité. Elle s'était résolue à rester comme elle était, à suivre sa pente. Est-ce qu'il était possible de changer, de se refaire ? Il repensa à ce que son premier patron lui avait dit, un jour, après une affaire particulièrement glauque, un tueur qui s'était arrêté pendant quinze ans, puis qui avait repris, dégommant trois personnes d'un coup, comme le fumeur repenti de longue date qui entre dans un bureau de tabac pour acheter un paquet de Gauloises sans filtre. Il le revoyait, le commissaire déjà âgé, proche de la retraite, qui parcourait le dossier sans montrer la moindre émotion. *Vous savez, Bordarier, si je pouvais agir différemment de ce que je fais, je ne serais pas moi, je serais quelqu'un d'autre.* Lorsque Bordarier lui avait demandé s'il ne croyait pas au libre arbitre, il avait répondu sans hésiter. *Nous sommes déterminés, Bordarier, pas moyen de sortir des rails. C'est pour ça que je ne m'émeus jamais.* Il avait fait un geste vers le dossier. *Il n'y a rien de personnel dans tout ça, juste des gens qui font ce qu'ils ont à faire.*

— Ça te dirait de passer quelques jours au mazet ?

— On risque d'être un peu serrés, non ?

— Tu seras à l'abri, et puis ce sera l'occasion de parler un peu plus. On ira faire des balades dans la garrigue.

Elle le regarda en relevant un sourcil amusé et en montrant sa jambe.

— Tu me mettras dans la poussette, alors.

50

Benedetta avait réussi à se libérer pour trois jours et allait arriver par le train de l'après-midi. Bordarier décida de faire ses courses aux halles. Il resta quelques minutes en grande contemplation devant des étalages de poissons méditerranéens, goûtant en imagination les roses et les rouges pâles des peaux et des chairs, les bleus épais et gluants, comme des bouts de profondeur, et les gris qui n'étaient jamais entièrement gris, mais parsemés de taches orange qui faisaient presque de minuscules fleurs. Tout cela était ciselé par l'infime géométrie des écailles, si bien qu'on aurait dit des étoffes posées sur des objets aux formes étranges. Plus il les regardait, plus il avait faim.

Tout en tronc et en avant-bras, le poissonnier désignait un panier plein de glace pilée sur lequel quelques rascasses aux faces anguleuses reposaient sur le ventre, donnant l'impression qu'elles étaient en train d'apprendre à marcher sur un estran antédiluvien. On lisait dans leurs yeux comme un air de surprise de se retrouver là, un peu bêtes, soumises à l'examen soupçonneux des chalands.

— Celles-là, ça me fait mal de les vendre, mais au moins, avec vous, je sais qu'elles ne vont pas être préparées n'importe comment… Vous allez les faire comme la dernière fois ?

— Ah, non, ce soir j'essaie une nouvelle recette. Je les fais cuire dans un bouillon de soupe de poisson, puis je les sers avec des pommes de terre safranées et des quartiers d'artichaut poivrade, sans oublier un émincé de calamar…

Le poissonnier emballait déjà les rascasses.

— Mais je vais m'inviter chez vous, si vous continuez à me dire ce genre de cajoleries…

Ses poissons et les calamars à la main, Bordarier alla chercher sa fille à l'hôpital. Elle avait obtenu son autorisation de sortie. Le juge d'instruction en charge de l'affaire allait la faire comparaître, mais elle ne serait sans doute pas mise en accusation.

Arrivée chez lui, elle s'installa sur le canapé. Il mit de la musique et lui fit un thé d'herbes de Provence, remède imparable à toutes les maladies de l'âme et du corps.

Vers 17 heures, il alla chercher Benedetta, qui pleura un peu lorsqu'il lui raconta les détails de ce qui s'était passé les derniers jours. À son grand soulagement, Marion était encore là, sur le canapé, lorsqu'ils arrivèrent au mazet. Ils se mirent à cuisiner. Sa fille boitait et avait mal, mais elle fut d'accord pour éplucher les patates.

À 19 heures, Cordelle et Namgyel arrivèrent pour le dîner.

Le poisson avait délivré tout son potentiel. Ils parlèrent et mangèrent joyeusement, puis se mirent à raconter des histoires. Il était près de 23 heures lorsque Namgyel prit la parole.

— Cette histoire de yourte et de zoo m'a fait penser à quelque chose.

— Ah bon ?

— Je vous préviens, je tiens ça d'un lama, qui le tenait lui-même d'un lama, qui le tenait, lui, d'un autre lama qui l'avait entendu étant petit…

— Elle est longue ton histoire ?

— Si vous m'interrompez déjà, oui, elle risque d'être assez longue…

— Bon, vas-y alors !

Namgyel prit une grande gorgée d'un vin des terrasses du Larzac dont ils avaient déjà vidé quelques bouteilles.

— Je commence.

— C'est quand tu veux Chögyam !

— Un moine tibétain, au début des années 1920, avait fait le long voyage jusqu'en Mongolie, pour rendre visite à Bogdo Khan, le roi et le chef spirituel du bouddhisme dans ce pays. À ce moment de l'année, il habitait dans son palais d'hiver, au cœur de la ville qui deviendrait Oulan-Bator, mais qui s'appelait encore à l'époque Ourga. Un jour, le lama visite le palais d'hiver pour être reçu par le roi. C'est là qu'il découvre, dans les jardins du palais, le premier zoo de Mongolie. Il y avait des loups, des oiseaux, même un éléphant qui avait été acheté en 1913 à la ville de Krasnoïarsk, en Sibérie, pour la somme de 25 000 roubles. Mais notre moine tombe en arrêt devant une autre cage, à l'intérieur de laquelle tourne un ours. Du moins, il croit d'abord que c'est un ours, puis il se rend compte que non, ce n'est peut-être pas un ours. En fait, plus il le regarde, cet ours, plus il lui semble que ce qu'il a devant lui, c'est un homme déguisé en ours. Il demande au gardien pourquoi un homme déguisé en ours vit en cage. Est-ce que ç'aurait été un caprice du roi ? Le gardien qui s'était jusque-là tenu à l'abri du vent en buvant une vodka de lait…

— C'est quoi, une vodka de lait, Chögyam…

— Tu devrais savoir ça, Cordelle, ça vient de pas très loin de chez toi. Un alcool distillé à partir de lait fermenté. C'est une spécialité mongole.

— En Sibérie on ne boit que de la vodka classique. Et du lave-vitre, de l'eau de Cologne bon marché, de l'antigel…

— Bon, je continue. Le gardien du zoo répond au lama que, premièrement, il ne faut pas tirer de conclusions hâtives, car est-ce que ce qu'il a devant lui ne pourrait pas être, à l'inverse, un ours se transformant peu à peu en homme ? Reprenant une bonne lampée de vodka, il ajoute que, deuxièmement, la cage est de toute façon ouverte. L'ours-homme ou l'homme-ours pouvait sortir s'il le désirait. Personne ne l'obligeait à rester là. Le lama n'en devient que plus curieux. Il insiste. D'où vient cette créature ? Le gardien, qui s'était levé en titubant, lui explique qu'il avait en fait raison dans sa première supposition. Oui, c'était parfaitement vrai, cet ours avait été un homme. Un berger nomade qui avait possédé une yourte, avait une femme, des enfants, mais qui, étant venu à la capitale pour acheter des provisions, avait découvert le zoo, et ce lieu lui avait tellement plu qu'il avait prolongé sa visite pour pouvoir s'y rendre tous les jours. Une semaine s'était écoulée. Puis un mois. Puis deux. À force de le voir tourner autour des enclos, l'administrateur de l'époque lui avait offert d'y travailler. Au début, tout s'était bien passé. Mais au bout d'un moment, on s'était aperçu que le berger dormait dans une cage restée vide après la mort d'un ours. On l'avait laissé faire jusqu'au jour où, au lieu de se mettre au travail comme d'habitude, il était resté dans la cage. Impossible de l'en faire sortir. Un mois plus tard, le roi, à qui on avait finalement fait appel pour tenter de raisonner le berger, s'était rendu auprès de lui, accompagné de la reine. « Pourquoi, petit berger, lui demanda-t-il, joues-tu à être un ours ? Ne crois-tu pas que la comédie a assez duré ? » L'autre, qui ne s'exprimait depuis des semaines qu'avec des grognements d'ours, commença à parler. « Quand je traversais les steppes avec mes chevaux et mon troupeau, que je plantais ma yourte près des pâturages d'herbes grasses, je me croyais libre, dit-il. Mais quand j'ai vu tes animaux, ô mon roi, qui mangeaient à volonté, se faisaient laver, brosser, quand j'ai vu ton éléphant qu'on menait en promenade à la rivière, qu'on nourrissait des meilleurs fruits, je me suis dit que ma liberté de berger n'était qu'une illusion, puisque je devais travailler tous les jours, gagner mon pain, l'arracher à la terre et au ciel en élevant des bêtes ou en chassant. L'ours qui était dans cette cage est mort et j'ai vu que je serais bien bête d'attendre qu'un autre animal prenne la meilleure place du royaume. Je ne te demande rien de plus que d'être traité comme n'importe lequel de tes autres animaux domestiques. C'est bien simple, je préfère ta cage à ma yourte. » Le gardien explique au lama que le roi, à qui les Chinois n'avaient pas rendu la vie facile ces derniers temps, s'était approché du berger et lui avait murmuré quelque chose à l'oreille. « Personne ne sait ce qu'il lui a confié, mais j'ai ma petite idée », dit alors le gardien au lama. Le lama le presse. Le gardien finit par lâcher, regardant par-dessus son épaule. « C'est bien simple, le roi envie le berger. Il le trouve plus malin que lui, heureux dans sa cage, alors que lui, sur son trône, il se sent plus malheureux que le moins libre de ses animaux. » De plus en plus éberlué, le lama se rapproche des barreaux, les frappe avec son bâton de pèlerin. Il veut voir le visage de cet homme dont la peau d'ours laisse dépasser deux jambes dodues. Le gardien le prie de cesser d'importuner l'ours. « C'est le début de sa période d'hibernation, explique-t-il, le roi a donné l'ordre de ne déranger son sommeil sous aucun prétexte. »

Namgyel se pencha en avant pour ranimer les braises du feu qu'ils avaient fini par allumer contre la fraîcheur du soir. Quand il les eut fait rougeoyer avec le bouffadou, il regarda son public, qui restait silencieux.

— Voilà, c'était la chute. C'est fini. C'est comme ça que l'histoire se termine.

Assise au pied du canapé, Benedetta déplia une jambe, puis l'autre, se leva pour aller chercher une nouvelle bouteille dans l'évier de la terrasse, s'arrêta au retour devant Namgyel.

— Alors, dis, *cazzo*, c'est quoi la morale de ton histoire ? Ce n'est pas très révolutionnaire, ça. Tu nous dis qu'il est mieux de rester en cage ?

Il haussa ses solides épaules, les mains en l'air, secouant la tête.

— Je n'en sais rien, c'est à vous de la trouver, la morale, si vous en voulez une, moi je ne fais que raconter.

Cordelle protesta.

— Tu te fous de nous, Chögyam !

Ils partirent tous d'un éclat de rire, sauf Marion, qui jouait avec le pansement qu'elle portait encore au mollet, les yeux perdus dans les flammes de l'âtre. Le feu repartait, attisé par le mistral qui commençait à mugir, dehors, annonçant un sérieux rafraîchissement. Bordarier se dit qu'elle ne serait jamais comme le berger nomade qui avait préféré la cage à la yourte. S'il pouvait la garder trois jours au mazet, il s'estimerait heureux.

COMPOSITION RÉALISÉE PAR BELLE PAGE
IMPRESSION RÉALISÉE
PAR MAURY MALESHERBES
POUR LE COMPTE DES ÉDITIONS J.-C. LATTÈS
EN AVRIL 2023

PAPIER À BASE DE
FIBRES CERTIFIÉES

LE MASQUE
s'engage pour l'environnement
en réduisant l'empreinte carbone
de ses livres.
Celle de cet exemplaire est de :
270 g éq. CO_2
Rendez-vous sur
www.lemasque-durable.fr

N° d'édition : 01 N°
d'impression : 269826
Dépôt légal : mai 2023
Imprimé en France